**Я сижу на берегу,
Не могу поднять ногу́.
Не ногу́, а но́гу.
Все равно не мо́гу.**

Этот нехитрый стишок прочитал мне однажды друг. Я поправил его речь, на что получил вполне резонное стихотворение о бессилии и бесполезности грамматики в нашей с ним ситуации. Друг ушел из жизни, ушел добровольно и правильно. Он ушел, а стишок остался мне на память.

Рубен Давид Гонсалес Гальего

Я СИЖУ НА БЕРЕГУ...

ЛИМБУС ПРЕСС
Санкт-Петербург · Москва
2005

УДК 882
ББК 84(2Рос=Рус)6
Г 17

Оформление Александра Веселова

Рубен Давид Гонсалес Гальего

Г 17   Я сижу на берегу. – СПб.: Лимбус Пресс, 2005. –   368 с.

Новое произведение автора романа "Белое на черном" (Букеровская премия за 2003 г.)

Два друга, не по своей воле изолированные от внешнего мира, живут вместе. Они разговаривают и играют в шахматы. Вся жизнь им кажется шахматной доской, на которой каждая фигура имеет свое значение. Оба знают, что рано или поздно, когда игра закончится, фигуры будут собраны в коробку. Один из них умный, он решает остановить игру и выигрывает. Другой – дурак. Он очень плохо играет в шахматы. Поэтому он остается в живых и несколько лет спустя совершает самую большую глупость в своей жизни – пишет книгу. Автор книги – дурак Рубен, который искренне считает, что нужно бороться до конца и что на войне нужно становиться на сторону слабого. Слабый человек, который борется до конца, может выиграть или попасть в Валгаллу. Тот, кто борется на стороне сильных, не имеет никаких шансов. Он обречен вечно убивать, вечно есть, вечно служить хозяину и умереть в окружении людей таких же презренных, как и он сам. Тот, кто выбирает играть на стороне власть предержащих, не имеет никакой возможности достойно умереть с оружием в руках и достичь Валгаллы.

Это книга о том, что в шахматной партии с Дьяволом выиграть невозможно, можно только сыграть вничью. Лучший выход – не вступать в сделку с Дьяволом.

Рубен Гальего

ISBN 5-8370-0397-5

*Всякая тварь на Земле,
каждая травиночка,
каждая букашка
жить хочет.
Даже Рубен.*

Просьбы

Автор категорически возражает против того, чтобы актеры имели явно выраженные физические недостатки. Единственное исключение Автор сделал бы для одного актера без руки. Отсутствие руки у этого актера никто бы не заметил. Никаких инвалидных колясок, костылей или протезов. Актеры должны быть здоровы хотя бы настолько, чтобы бить чечетку.

Просьбы к Режиссеру. Второй акт Автор полностью оставил на усмотрение Режиссера. Тем не менее, несколько просьб-советов.

Два актера сидят на рядом стоящих стульях. Все реплики направлены в зал. Остальные актеры садятся на принесенные с собой стулья.

Ни нянечки, ни ангелы на сцене не появляются.

Голоса ангелов, они же голоса нянечек, идут из динамиков, закрепленных над зрительным залом. Таким образом, обращаясь к ангелам или нянечкам, актеры обращаются поверх зрительного зала.

Голоса из динамиков нарочито громкие.

Голоса два: молодой и пожилой. Пожилой голос говорит и от имени фельдшера.

АКТ ПЕРВЫЙ

СЦЕНА ПЕРВАЯ

На авансцену выбегает Б а л е р и н а.
Очень нарядная, в балетной пачке.
Кланяется. Стоит, улыбается. Уверенная в себе, радостная.
Убегает.
Выходит, выносит табличку "Дурдом". На этот раз балерина одета в обычную одежду, как она сама захочет и как ей удобнее. Уходит.
Поднимается занавес.
Через всю сцену идет забор. К забору привязано штук двадцать собачьих ошейников.
Перед каждым ошейником табличка "Не человек". Все таблички – простые прямоугольники на невысоких подставках. Ошейники синхронно двигаются влево, потом вправо. Они подняты над землей на высоту обычной собаки. Впоследствии ошейники всегда обращены в сторону Доктора, они пытаются следовать за ним, но им мешают цепочки. Несколько в стороне от общего ряда ошейников привязана собака. Сенбернар.
Входит Д о к т о р. Лысый усатый человек небольшого роста в докторском халате, очках, в руке – стетоскоп.
Внешность несколько кукольная.
Выходит Б а л е р и н а. Ставит перед Доктором табличку "Доктор". Уходит. Вообще, когда она носит таблички, Балерина не спешит. Ходит нормальным шагом.

Д о к т о р. Я – Доктор. Обычный доктор. Не смотрите на меня так. Я на самом деле врач. У меня диплом есть. И шапочка. (*Вынимает из кармана*

*белый высокий колпак, надевает. На колпаке – круп-
ный красный крест. Подходит к собаке.)* Кто это тебя
так? Зачем привязали? *(Вверх.)* Степанида Евлампиевна, вы зачем его привязали? Вы б еще наморд-
ник надели. Тоже мне, фельдшер.

Голос пожилого ангела. Не положено на-
мордник.

Доктор. А ошейник положено? *(Снимает с собаки ошейник.)*

Выходит Балерина. Ставит перед собакой табличку
"Человек". Уходит.

Ты смотри, какой. Хороший, хороший. Глаза умные. А она тебя на ошейник. Абсолютно не понимает. А еще фельдшер. *(Вверх.)* Как вы могли? Обра-
зованная женщина, почти врач. Зачем вы надели
на него ошейник?

Голос пожилого ангела. Опасный он, буйный. Чуть палец мне не откусил. Вот.

Доктор *(делает вид, что разглядывает палец)*.
Да, жалко, что не откусил.

Голос пожилого ангела. Шуточки у вас,
доктор.

Доктор. Я абсолютно серьезен. Я почти всегда
серьезен. *(Медленно, раздельно.)* Я вообще очень серьезный человек. *(Вверх.)* Рассказывайте.

Голос пожилого ангела. Чего рассказывать?

Доктор. Расскажите, как он вас укусил.

Голос пожилого ангела. Ну, привезли его.
Он в угол забился. Смотрит на всех, как зверь. Все
как обычно. Повели на прогулку, я стала на него
ошейник надевать, он и взбесился. Кричал, плакал,
потом кусаться стал. Злой он.

Доктор. Не сходится. Какой у него диагноз –
знаете?

Голос пожилого ангела. Не знаю, и знать не хочу. Мне работать надо, а не диагнозы читать. Вы – доктор, вы и читайте. Тоже мне, диагноз ему подавай. У него весь диагноз на лице написан. Дебил он. Да еще и буйный.

Доктор. Непорядок. Вы же принимали больного. Должны были ознакомиться с историей болезни. К тому же, сопровождающее лицо должно было описать течение болезни и особенности психики ребенка.

Голос пожилого ангела. Какое там лицо? Там было такое лицо! Рожа там была. Моя бы воля, я бы это лицо тоже к буйным определила. Алкаш какой-то, еле расписаться смог.

Доктор. Ваша беда в том, Степанида Евлампиевна, что вы абсолютно, чудовищно нелюбопытны. Заглянули бы в историю болезни, а? Почитали бы.

Голос пожилого ангела. И чего я забыла в его истории? Я тридцать лет работаю, все истории и так знаю. Не нужен никому человек, его к нам. У нас полный дурдом таких историй болезни.

Доктор. У нас не дурдом, а психоневрологический интернат. Хотя, может быть, ваше определение и точнее отражает суть происходящего. К сожалению, вы очень часто бываете правы. Это человек. Никому не нужный человек. А вы на него ошейник. *(Нагибается над собакой. Слушает ее стетоскопом, заглядывает в пасть.)* Так. Слюны течет мало, это хорошо. Сердце, легкие. Все нормально. Парень здоров. *(Вверх.)* Вы знаете, он абсолютно здоров.

Голос пожилого ангела. Они все тут абсолютно здоровы. Некоторые даже слишком. Чего им сделается? Питание четырехразовое, свежий воздух. Только с головой не в порядке. Здоров он. А как за палец фельдшера кусать?

Доктор. И все-таки вы могли почитать его историю болезни.

Голос пожилого ангела. Да надоели вы мне со своей историей. Одни дураки пишут, другие читают. Я дураков и без историй, на взгляд различаю.

Доктор. А умных?

Голос пожилого ангела. При чем тут умные?

Доктор. Дураков вы на взгляд различаете, а умных можете на взгляд отличить от очень умных?

Голос пожилого ангела. Умных к нам не привозят.

Доктор. В таком случае, вы на взгляд должны были определить, что у него церебральный паралич. Скелет и мышцы в норме. Челюсти развиты нормально. (Громко.) Если бы он хотел откусить вам палец, он бы его вам откусил, уверяю вас.

Голос пожилого ангела. Вот вам и откусит.

Доктор. Не откусит. Ни мне, ни вам. Он не настолько глуп, чтобы откусывать людям пальцы. Ладно, лень вам было анамнез читать, в глаза бы посмотрели. Глаза же умные. (Нагибается. Что-то рассматривает на земле; вверх.) Вот интересно, почему он сидит возле лужи?

Голос пожилого ангела. Потому что с краю.

Доктор. А почему он с краю?

Голос пожилого ангела. Последним выводили. Он первым не хотел. Я же говорю – буйный он.

Доктор. А почему у него рукав в грязи? А почему правый рукав? Вам не интересно?

Голос пожилого ангела. Мне не интересно. Устала я с вами разговаривать. Мне работать надо. Как ребенок, честное слово. Ну, букву он рисовал. Букву "А". Они все буквы рисуют. Некоторые и "Б" умеют рисовать. Что из этого? Мучают их родители, учат. А зачем их учить? Только время переводить. Им эти буквы ни к чему. Выучат пару букв, а потом людей за пальцы кусают.

Доктор. Вы ошибаетесь. Вы очень сильно ошибаетесь. В первый день он, наверное, пытался рисовать буквы. А сейчас? Что он нарисовал сейчас? Вот нагнитесь, посмотрите.

Голос пожилого ангела. Палки. Они все рисуют одно и то же. Палки и круги. Иногда слова пишут – "мама", "папа", "Миша".

Доктор. Все правильно. Он понял, что слова вас не убедят. Вы верите в пришельцев?

Голос пожилого ангела. Еще чего! Я и так в дурдоме работаю. У меня своих проблем достаточно. С утра до вечера кручусь, стараюсь, а потом приходит этот алкоголик и задачки задает.

Доктор *(вынимает из кармана фляжку, отвинчивает пробку и делает маленький глоток).* "Алкоголик" – это, я понимаю, про меня? *(Закрывает фляжку, трясет над ухом, улыбается, прячет в карман. Левой рукой снимает с головы колпак, внимательно разглядывает его, качает головой, тоже прячет в карман. Медленно, кажется, что говорит сам с собой.)* А потом приходит алкоголик и задает задачки. Нет, дорогая моя Степанида Евлампиевна, не задает алкоголик задачки, а разгадывает. Во всяком случае, пытается разгадать. По крайней мере, сегодня. *(Вверх.)* Так вы не верите в пришельцев? Инопланетян, посланцев иного разума, зеленых человечков, чертей, ведьм, вампиров и прочее? Вам никогда не снились кошмары по ночам, не чудилось, что в шкафу кто-то есть?

Голос пожилого ангела. Нет.

Доктор. Ни разу в жизни?

Голос пожилого ангела. Ни разу.

Доктор. А вот, если бы, к примеру, к вам прилетел инопланетянин, что бы вы ему сказали?

Голос пожилого ангела *(зло, отрывисто).* Отстаньте от меня.

Доктор. Нет. Ну, а все-таки?

Голос пожилого ангела. Пить меньше надо. Тогда не будет зеленых человечков. *(Уже мягче, после паузы.)* Вызвала бы санитаров. Буйного – к буйным, спокойного – к спокойным. Не бывает никаких инопланетян, значит, нечего об этом и думать.

Доктор. А книжки про инопланетян вы читали?

Голос пожилого ангела. Еще чего? Когда мне книжки читать? Мне работать надо. У меня тут этих инопланетян живьем некуда девать. Каждый второй – инопланетянин, а кто не инопланетянин, тот Наполеон. Книжки читать. Я вам, Доктор, не обезьяна, чтобы книжки читать. Я работать должна – и за себя, и за некоторых, которые от безделья книжки читают.

Доктор. А в детстве?

Голос пожилого ангела. Что "в детстве"? При чем тут детство?

Доктор. В детстве вы книжки читали? Про Карлсона читали?

Голос пожилого ангела. Не читала.

Доктор. И мультики не видели?

Голос пожилого ангела. Нет, не видела.

Доктор. Может, случайно, по телевизору?

Голос пожилого ангела. У меня нет телевизора.

Доктор. Но сказки вам в детстве рассказывали?

Голос пожилого ангела. Рассказывали.

Доктор. И какая вам больше всего нравилась?

Голос пожилого ангела. Не помню. Ерунда все это. Пойду я. Некогда мне тут с вами время переводить. Сказки, книжки. Алкаш.

Доктор. Допустим. Допустим, я – алкаш. Что это меняет? Вот сами нагнитесь и посмотрите. Тут вполне законченный рисунок. Никуда вы не пойдете. Мы с вами, если помните, на работе, и я, между прочим, пока ваш начальник.

Голос пожилого ангела. Ну, ладно-ладно, доктор, я ж не со зла. Ну, рисунок так рисунок. Треугольник у него тут. Подумаешь, треугольник.

Доктор. С квадратами.

Голос пожилого ангела. С квадратами.

Доктор. С квадратами на сторонах треугольника. Или три квадрата, касающиеся друг друга углами. А треугольник посередине, между прочим, прямоугольный. Степанида Евлампиевна, вы не знаете случайно, что такое прямоугольный треугольник?

Голос пожилого ангела. Не знаю и знать не хочу. Я пойду?

Доктор. А кто такой Пифагор?

Голос пожилого ангела. Доктор, оставьте меня в покое, а? Хотите, я вам тоже нарисую треугольник? А в прошлый раз он вон там сидел, так буквы рисовал. Что из этого?

Доктор (проходит несколько шагов по сцене, нагибается). Все нормально, "Е" равняется "М". А он не так прост. (Тихо.) Я так и думал, конечно, "Е" равняется "Эм Цэ квадрат". (Собаке.) Видишь, оно как? (Вынимает фляжку, смотрит на нее пристально. Отвинчивает пробку, смотрит опять. Оглядывается на динамики, смотрит по сторонам. Долго пьет. Сам себе.) Вот оно как. Пифагоровы штаны, "Эм Це квадрат". А она его на ошейник!

СЦЕНА ВТОРАЯ

В левой части сцены верхом на низкой скамейке сидит
Летчик. На голове у него – мотоциклетный шлем. Летчик сосредоточенно перемещает воображаемый штурвал,
щелкает выключателями на воображаемой приборной панели. Иногда, в ответственные моменты, негромко гудит.
На Летчике – больничная пижама, на ногах – тапочки.
В правой части сцены – два стула и шахматный столик.
Доктор с Собакой играют в шахматы. Шахматные часы
выключены.

Голос молодого ангела. Смотри, смотри,
Доктор с ним в шахматы играет. Вроде, получается, что он умный.

Доктор. Получается, что я умный, или он умный?

Голос пожилого ангела. Ничего не получается. Вы, конечно, специалист в своей области,
но, Доктор, согласитесь, все ваши усилия напрасны. Он все равно ненормальный и нормальным никогда не станет.

Доктор. Пару дней назад вы утверждали, что
он откусит мне палец. И как? (*Поднимает вверх обе
руки, растопыривает пальцы.*) Вот они, пальчики-то.
Все на месте. А что с вашим пальцем?

Голос пожилого ангела (*мрачно*). Спасибо, хорошо.

Доктор. И кто оказался прав? Буйный он или
нет?

Голос пожилого ангела. Ну, пусть не буйный, пусть он тихий. Это ничего не меняет. Вы, если
бы не пили, могли бы светилом стать. Вы и не такое
можете. Вон, Летчика, когда привезли, он тоже кусался, а сейчас ничего. Только зря вы ему свой шлем
мотоциклетный подарили. Ему бы и тазик подошел.

Доктор. Бритвенный?

Голос пожилого ангела. Почему именно бритвенный? Не поняла я.

Доктор. Не переживайте. Не поняли так не поняли. Нет, Степанида Евлампиевна, тазиком тут не обойтись. Летчику нужен был шлем, я подарил ему шлем, пусть и мотоциклетный.

Голос пожилого ангела. А сами?

Доктор. Что сам? Мне шлем не нужен, я не летчик.

Голос пожилого ангела. А мотоцикл?

Доктор. Мотоцикл мне тоже не нужен. Хотите, вам подарю?

Голос пожилого ангела. Зачем мне мотоцикл?

Доктор. И мне незачем. А человеку – польза. *(Подходит к Летчику. Летчик замирает на мгновенье. Доктор поднимает ему веко, слушает стетоскопом грудь.)* Дышите, не дышите. Отлично. Здоровье в порядке, аппетит в норме. Все хорошо. Слышите, Степанида Евлампиевна, у него все хорошо!

Голос пожилого ангела. Скажете тоже, хорошо. Взрослый мужик сидит на лавочке и гудит себе под нос. Ерунда все это, глупость. Никакой он не летчик, а обыкновенный сумасшедший.

Доктор. А мы с вами – нормальные люди?

Голос пожилого ангела. Ну, за вас я бы не поручилась, а я нормальная.

Доктор. Уверены?

Голос пожилого ангела. Уверена.

Доктор. На все сто процентов?

Голос пожилого ангела. Про проценты я не понимаю. Проценты только в лекарствах бывают.

Доктор садится на стул перед шахматным столиком. На втором стуле сидит Собака. Доктор двигает фигуры, бурчит себе под нос. Теперь он разговаривает с Пожилым ангелом как бы рассеянно.

Д о к т о р. Иногда я вам завидую. Вы уверены в своей абсолютной нормальности. Честно говоря, это вам надо бы врачом быть.

Г о л о с п о ж и л о г о а н г е л а. Я и так почти врач. Всю работу за вас делаю, спирт не пью. Ничего, скоро приедет комиссия, разберется.

Д о к т о р. Не приедет.

Г о л о с п о ж и л о г о а н г е л а. Приедет.

Д о к т о р. Не приедет, я вас уверяю. А даже если и приедет, все останутся при своих. Я – врачом, вы – фельдшером. Нас с вами нельзя уволить. Мы – незаменимы.

Г о л о с п о ж и л о г о а н г е л а. Вас можно уволить.

Д о к т о р. А кого на мое место?

Г о л о с п о ж и л о г о а н г е л а. Кого-нибудь порядочного, не пьющего, работящего. Кто всю работу знает.

Д о к т о р. А диплом у вас есть?

Г о л о с п о ж и л о г о а н г е л а. Всегда так. Чуть что – диплом. При чем тут диплом? Работа у нас с вами простая. Уколы, таблетки. Всегда вы так. Я к вам как к человеку, а вы сразу про диплом. Нехорошо.

Д о к т о р. Ладно, ладно, больше не буду. Да, а вы знаете, что у Летчика есть диплом?

Г о л о с п о ж и л о г о а н г е л а. Какой?

Д о к т о р. Обыкновенный, нормальный диплом летчика. Можно сказать, Летчик наш – дипломированный летчик.

Г о л о с п о ж и л о г о а н г е л а. Он что же, сначала летчиком стал, а потом с ума сошел?

Доктор. Примерно так. Смотря что подразумевать под словами "стал летчиком" и "сошел с ума". Можно сказать, что он сначала сошел с ума, а потом стал летчиком. Или не сходил с ума. *(Встает, подходит к Летчику. Стоит напротив Летчика, но к стетоскопу не прикасается.)* Так, хорошо, дышите, не дышите, покажите диплом.

Летчик дает Доктору диплом. Доктор раскрывает его, читает. Отдает диплом Летчику. Возвращается к шахматному столику. Садится и продолжает играть.

Голос пожилого ангела. И как?

Доктор. Обыкновенный диплом. С отличием, как у меня.

Голос пожилого ангела. Не понимаю я вас, образованных.

Доктор. Да мы и сами себя не всегда понимаем. Но у него все очень просто. Получил диплом, потом понял, чем придется заниматься всю жизнь.

Голос пожилого ангела. А до этого не понимал?

Доктор. До этого не понимал. Или делал вид, что не понимал. Или делал вид, что понимал. Как вам больше нравится.

Голос молодого ангела. Не понимаю. Вы тут все сумасшедшие?

Доктор. Подождите, вы еще молодая, с годами поймете.

Голос пожилого ангела. Доктор, я тоже не понимаю. Если врач – лечи, если Летчик – летай. Все просто.

Доктор. Все не так просто. Летать он хотел, а возить – нет. Когда он узнал, что именно ему придется возить, сошел с ума. Но я бы сказал, что онто как раз и стал нормальным. А те, кто не сошли с ума – сошли с ума.

Г о л о с м о л о д о г о а н г е л а. А что надо было возить?

Л е т ч и к. Военная тайна.

Доктор выбегает на середину сцены, нервно смотрит вверх, постепенно повышает голос.

Д о к т о р. Тайна, понимаете? Военная тайна. Не хочу, не хочу, отстаньте от меня. Не хочу быть летчиком. Раньше хотел, а теперь не хочу. Не надо! *(Кричит.)*

Г о л о с п о ж и л о г о а н г е л а. Доктор.

Д о к т о р. Я не Доктор, я Летчик.

Г о л о с п о ж и л о г о а н г е л а. Хорошо, хорошо, вы – Летчик. Только успокойтесь. Успокойтесь пожалуйста.

Д о к т о р. Не хочу успокаиваться.

Г о л о с п о ж и л о г о а н г е л а. Не хотите?

Д о к т о р *(кричит все громче)*. Не хочу!

Г о л о с п о ж и л о г о а н г е л а. Уверены?

Д о к т о р. Уверен.

Г о л о с п о ж и л о г о а н г е л а. Санитара позвать?

Д о к т о р. Не надо. *(Абсолютно спокойно подходит к шахматному столику, садится. Первые фразы произносит очень тихо, потом повышает голос до нормального.)* Так на чем мы остановились?

Г о л о с п о ж и л о г о а н г е л а. На военной тайне.

Д о к т о р. Да. На военной тайне. В общем, его к нам. Дальше вы все знаете. Отделение для буйных.

Г о л о с п о ж и л о г о а н г е л а. Он Санитару зуб выбил.

Д о к т о р. Странно, что не все.

Г о л о с п о ж и л о г о а н г е л а. Вы опять шутите?

Доктор. Я опять серьезен. Теперь, когда он летает каждый день, у него все хорошо. Аппетит в порядке, реакции в норме. Он нормален. Он более, чем нормален. Я только хотел посоветоваться.

Голос пожилого ангела. Со мной?

Доктор. Почему бы и нет? Мы же коллеги?

Голос пожилого ангела. А как же!

Доктор. Правда, что некоторые сотрудники используют труд пациентов в личных целях?

Голос пожилого ангела. Не правда, врут. Как же можно их использовать. Они же буйные.

Доктор. А тихих можно?

Голос пожилого ангела. Все равно врут.

Доктор. Не обижайтесь, пожалуйста. Мы ж с вами друг друга знаем много лет.

Голос пожилого ангела. Доктор, мы с вами друг друга знаем, но мы не одни. Вы ж понимаете, кругом завистники. И все против меня. Вам соврали, а вы поверили.

Голос молодого ангела. Ты это про кого? Где завистники? Ты на что намекаешь?

Голос пожилого ангела. Да так. Ни про кого конкретно.

Доктор. Перестаньте. Меня абсолютно не интересуют ваши дрязги. Я только хотел спросить.

Голос пожилого ангела. Только спросить?

Доктор. Только спросить.

Голос пожилого ангела. Спрашивайте.

Доктор. Как вам это удалось?

Голос пожилого ангела. Что?

Доктор. Как вам удалось уговорить Летчика не летать?

Голос пожилого ангела. Так я ж не навсегда, только на несколько дней.

Доктор. Я не смог.

Голос пожилого ангела. Доктор, не переживайте. Я нечаянно. Я и сама толком не поняла, что произошло. Я вроде как сама с собой разговаривала. У меня огород. Вы же знаете, у меня огород. Одна я не управляюсь. Шла по коридору и разговаривала. Как обычно.

Голос молодого ангела. Как обычно? Вы всегда ходите и сами с собой разговариваете? Дурдом. Как же можно с собой разговаривать?

Доктор. Можно. Еще и не такое можно. Лучше с собой поговорить, чем молчать. Вы недавно у нас, еще не привыкли.

Голос пожилого ангела. В общем, иду, думаю об огороде, а навстречу – Летчик. Он как раз шел к утреннему вылету. Предложил помочь. Вот и все. А он такой милый, хоть и сумасшедший. Способный очень. И видит хорошо.

Доктор. Разумеется, у летчиков хорошее зрение.

Голос пожилого ангела. Я не про зрение. Зрение у него хорошее, но у него еще и взгляд есть. Я ему только один раз показала, что пропалывать, а он сразу понял. Это талант. Не у всех получается.

Доктор. Пропалывать. Вы сказали "пропалывать"?

Голос пожилого ангела. Ну да.

Доктор. Тогда все понятно, теперь все сходится.

Голос пожилого ангела. Что вам понятно?

Доктор. Все понятно. Теперь мне все понятно.

СЦЕНА ТРЕТЬЯ

Слева на сцене стол с шахматами. На одном из стульев сидит С о б а к а. Шахматы расставлены, но Д о к т о р не прикасается к фигурам. Справа в глубине сцены стол, стул, на столе пишущая машинка. За столом сидит Б а л е р и н а и печатает. Печатает она очень медленно, одним пальцем.

Д о к т о р. Теперь у тебя есть печатная машинка. Можешь печатать все, что захочешь.

Г о л о с   п о ж и л о г о   а н г е л а. Доктор, а как же вы?

Д о к т о р. Я буду печатать по ночам, как и раньше.

Г о л о с   п о ж и л о г о   а н г е л а. Привязались вы к нему. Что с вами, Доктор? Вы по полдня с ним в шахматы играете, машинку вон свою дали электрическую. И спит он у вас в кабинете.

Д о к т о р. Где ему спать?

Г о л о с   п о ж и л о г о   а н г е л а. Где положено.

Д о к т о р. Нельзя ему где положено. Он их боится.

Г о л о с   п о ж и л о г о   а н г е л а. Вас не боится?

Д о к т о р. Он даже вас уже не боится.

Г о л о с   м о л о д о г о   а н г е л а. И меня не боится. Когда по коридору прохожу мимо него, он мне кивает. Может, это он так здоровается?

Г о л о с   п о ж и л о г о   а н г е л а. Здоровается. Мне Доктор тоже иногда кивает, когда навстречу идет, тоже вроде как здоровается. Иногда даже разговаривает. Особенно по вечерам. А наутро ничего не помнит.

Д о к т о р. Вы опять?

Г о л о с   п о ж и л о г о   а н г е л а. Что "опять", что "опять"? Кругом же свои!

Г о л о с   м о л о д о г о   а н г е л а. Да, свои же кругом, что от нас скрывать?

Доктор. Ну, вы-то могли и промолчать, недавно же у нас, не понимаете ничего.

Голос молодого ангела. Нечего тут понимать. Все с ума посходили. Не поймешь, где врачи, где пациенты. Еще собаку привели и в шахматы с ней играют.

Доктор. Он не собака.

Голос молодого ангела. А кто? Человек, что ли?

Доктор (мрачно). Он не собака.

Голос пожилого ангела. Оставь ты его. Не видишь, сейчас залает.

Голос молодого ангела. Кто залает?

Голос пожилого ангела. Доктор сейчас залает.

Доктор (тихо). Не залаю.

Доктор встает из-за стола, выходит на середину сцены и лает на динамики. Лает Доктор громко, короткими и отрывистыми рыками. Вынимает фляжку, отпивает из нее, трясет фляжку над ухом, улыбается. Спокойно возвращается к шахматному столику и начинает играть.

Голос пожилого ангела. Не надо, Доктор, пожалуйста, не надо. Не переживайте вы так. Молодая она еще. Она не со зла. Так, ляпнула, не подумав. Не сердитесь, Доктор.

Доктор. Я не сержусь.

Голос молодого ангела. Правда, не сердитесь?

Доктор (кричит). Я не сержусь!

Голос пожилого ангела. Иди отсюда. Дай с Доктором поговорить.

Голос молодого ангела. Никуда я не пойду.

Голос пожилого ангела (сухо и зло). Пойдешь. Сейчас ты пойдешь, сейчас ты побежишь просто.

Голос молодого ангела. Да ладно, пойду, пойду. Нужно мне больно с вами тут время терять.

Голос пожилого ангела. Доктор, вы уже не сердитесь?

Доктор. Нет, конечно.

Голос пожилого ангела. А почему голос грустный?

Доктор. Думаю.

Голос пожилого ангела. Да что тут думать? И так ясно, что он у вас выигрывает.

Доктор. Это ясно. Но я думаю не только об этом. Я думаю о писателях. Скажите, почему одни пишут, а другие читают?

Голос пожилого ангела. О чем вы, Доктор?

Доктор. Да все о том же. Вот вы, например, не читаете, а пишете. Зачем?

Голос пожилого ангела. Не пишу я. Я не писатель, чтобы писать.

Доктор. Не пишете?

Голос пожилого ангела. Не пишу.

Доктор. А врать зачем?

Голос пожилого ангела. Да не пишу я.

Доктор. Но бланки вы заполняете?

Голос пожилого ангела. Заполняю. И истории болезни заполняю. Что мне остается? Работать некому, все приходится самой делать. Истории болезни вы должны заполнять, между прочим.

Доктор. Я их подписываю.

Голос пожилого ангела. Вы их только подписываете, а должны писать.

Доктор. То есть, почерк я ваш знаю?

Голос пожилого ангела. При чем тут почерк?

Доктор. Почерк, собственно говоря, абсолютно ни при чем. Но бывают такие документы, без подписи. Ни за что не догадаешься, кто писал, если не знать, чей почерк. Пару недель назад я ездил в город. Зашел к другу, посидели, выпили немножко. Вы знаете, где работает мой друг?

Голос пожилого ангела. Где?

Доктор *(весело)*. Не скажу. У меня много друзей. И когда в университете учился, было много друзей. И в Москве у меня много друзей. И некоторые из них очень даже многого в жизни добились. Один мой сокурсник знаете, где работает? Тоже не скажу! Так что пишете, пишете.

Голос пожилого ангела. Я не пишу.

Доктор. Вы полагаете, что я вру?

Голос пожилого ангела. Ничего я не полагаю. Не пишу, и все тут.

Доктор. Не пишете, так не пишете. Я спорить не буду. Может быть, это и не вы писали. Ведь может такое быть, правда? Может, я почерки перепутал.

Голос пожилого ангела. Да. Верно. Вы ж выпивали там со своим другом, мало ли что могло почудиться. Не мой это почерк.

Доктор. Вот и хорошо, вот и славненько. Почерк не ваш, писали не вы. Вот и славненько, вот и прекрасненько. *(Выходит на середину сцены. Потирает руки. Явно нервничает. Вынимает фляжку, быстро отпивает из нее, завинчивает пробку, прячет фляжку в карман. Громко кричит).* Ну хорошо, вы написали заявление. Все пишут. Работа у нас такая – писать. Но зачем вы пишете неправду?

Голос пожилого ангела. Когда? Где? Какую неправду? Я только правду пишу.

Доктор. Вы пишете, что я пью.

Голос пожилого ангела. Пьете.

Доктор. Вы пишете, что я пью много.

Голос пожилого ангела. Так вы много и пьете.

Доктор. Это ложь.

Голос пожилого ангела. Не ложь. Правда это.

Доктор. Это ложь, потому что я не много пью. Я очень много пью. Я практически алкоголик. Алкоголик, слышите? *(Опять вынимает фляжку. На этот раз прикладывается основательно. Пьет дольше, чем обычно. Прячет фляжку.)* Вы пишете, что я пью спирт. Опять неправда. Никто на свете не станет пить чистый спирт. Я его разбавляю. А чем я его разбавляю?

Голос пожилого ангела. Водой вы его разбавляете.

Доктор. А какой водой я его разбавляю?

Голос пожилого ангела. Обычной, дистиллированной.

Доктор *(медленно и по слогам)*. Дис-тил-ли-рован-ной. А вы так и не научились писать это слово без ошибок. Три орфографические ошибки в одном слове. Как вы думаете, я могу узнать почерк, да к тому же еще с орфографическими ошибками?

Голос пожилого ангела. Хитрый вы, Доктор.

Доктор. Хитрый. Только вы не очень хитрая. Зачем вы написали, что я слушаю вражеские голоса? Вы понимаете по-английски? Или по-французски?

Голос пожилого ангела. Вам не все равно, что я пишу, раз у вас друзья по всей Москве?

Доктор. Мне не все равно. Одно заявление можно порвать. Два можно. Третье попадет, куда следует, и меня снимут. Я не вражеские голоса, я музыку слушаю. Музыку. И за эту музыку меня могут снять с работы.

Голос пожилого ангела. Так давно пора.

Доктор. Давно пора. Вы правы. Меня снимут с работы, а кого к вам пришлют?

Голос пожилого ангела. Хорошего человека, непьющего.

Доктор. Молодого. После университета. Женатого.

Голос пожилого ангела. Хоть и молодого, ну и что? И при чем тут жена?

Доктор. Жена при том, что и жена у него будет с дипломом. Сейчас вы имеете одного доктора с дипломом, а будете иметь двух, и тоже с дипломами. Она займет ваше место. Все, что сейчас имеете вы – достанется ей. Тринадцатая зарплата, квартальные премии, доплата за материальную ответственность, доплата за ночные дежурства, командировочные расходы. Продолжать?

Голос пожилого ангела. Все ей?

Доктор. Абсолютно все.

Голос пожилого ангела. Так что ж теперь, не писать?

Доктор. Как это – "не писать"? Зачем же сразу – "не писать"? Не писать невозможно. Пишите. Но пишите правду. Про то, что пью, пишите.

Голос пожилого ангела. А тринадцатая зарплата? А премии? Не пойму я вас, Доктор. Чего вы от меня хотите? Вас же с работы снимут.

Доктор (*вынимает из кармана фляжку, трясет над ухом, протягивает фляжку вверх в сторону динамика*). За это? За это с работы не выгоняют. Подумаешь! Кто сейчас не пьет? Я ж психиатр, а не хирург.

Голос пожилого ангела. А за радио снимут?

Доктор. И за радио не снимут. Так, переведут, может быть, в другое место. Но и тут мне особенно бояться нечего. Я нигде не пропаду. Дурдомов много, врачей мало. А вы без меня точно пропадете.

Доктор подходит к Собаке. Собака спрыгивает со стула. Доктор садится на пол рядом с Собакой. Они сидят очень близко. Доктор встает, медленно ходит перед Собакой.

Голос пожилого ангела. Доктор.

Доктор. А?

Голос пожилого ангела. Доктор. Вы на меня не сердитесь?

Доктор. Не сержусь.

Голос пожилого ангела. Совсем?

Доктор. Абсолютно.

Голос пожилого ангела. Доктор.

Доктор. Да здесь я, здесь.

Голос пожилого ангела. Доктор. Ну, вы ж понимаете, я не могла не писать. У меня же инструкции.

Доктор. Да понимаю я. Только про радио не надо было писать.

Голос пожилого ангела. Не буду про радио.

Доктор. Ну, вот и хорошо, вот и славненько. Мы друг друга поняли. Надеюсь.

Голос пожилого ангела. Доктор. А вы?

Доктор. Что я?

Голос пожилого ангела. Вы про меня пишете?

Доктор. А как же? Только я не пишу, я подписываю.

Голос пожилого ангела. Что подписываете?

Доктор *(в сторону левого динамика)*. Давайте! *(Машет рукой.)*

Голос молодого ангела *(торжественно, с огромным пафосом, почти издеваясь)*. Дисциплинированный, ответственный работник. Верный товарищ и активный общественник. Честная, порядочная женщина. Добросовестно выполняет возложенные на нее обязанности старшей медицинской сестры. Является примером для молодых сотрудников и надежной опорой для администрации учреждения.

Доктор. А администрация учреждения, если вы еще помните, Степанида Евлампиевна, это я. Больше некому. Я и есть администрация учреждения. А вы – моя надежная опора.

Голос пожилого ангела. И что, прямо так и пишете?

Доктор. Я не пишу, я подписываю. У меня и копии есть. В сейфе хранятся. Показать?

Голос пожилого ангела. Так, может, у вас в сейфе одни копии, а посылаете вы другие?

Доктор. Это невозможно. То, что пишете вы, называется "докладная записка", если вы подписываетесь, и "анонимка" – в противном случае. А я пишу характеристики на всех сотрудников. Характеристики – документы строгой отчетности. Важные, заметьте, документы. Одно неточное слово в характеристике – и все, считайте, что вам не повезло. Характеристика – она, как паспорт, на всю жизнь.

Голос пожилого ангела *(тихо)*. Доктор.

Доктор. Да доктор я, доктор, кто же еще? Куда я денусь?

Голос пожилого ангела. А если вы неправду говорите? Если вы про меня все-таки другие характеристики пишете?

Доктор. Поставим вопрос несколько иначе: если бы я писал про вас другое...

Голос пожилого ангела. Ну, это... ну, поставим вопрос. И что?

Доктор. А то, что тогда вы бы здесь уже не работали. А если еще учесть, что я совсем, абсолютно ничего не пишу про ведра...

Голос пожилого ангела. Какие ведра?

Доктор. Обыкновенные, оцинкованные. Еще простыни, лекарства, бинты, кирпич, белила, краску.

Голос пожилого ангела. Врут они все.

Доктор. Может, и врут. Мне какое дело? Только я у вас дома был и все сам видел.

Голос пожилого ангела. Что вы видели, что вы видели? Не могли вы ничего видеть.

Доктор. Ведро видел.

Голос пожилого ангела. Доктор.

Доктор. Здесь я.

Голос пожилого ангела. Мы с вами давно вместе работаем.

Доктор. Очень давно.

Голос пожилого ангела. Простите меня, Доктор. Я не подумав написала.

Доктор. Да ладно, чего уж там. Свои люди.

Голос пожилого ангела. Доктор, я понимаю. Не писать нельзя, про радио нельзя. А как можно? Вы скажите, я сделаю.

Доктор. Все просто. Напишите, например, что я на Новый год особенно сильно напился. А на Первое мая – не очень. Что пил, когда пил, когда не пил.

Голос пожилого ангела. Так вы ж почти всегда.

Доктор. Как это "почти всегда"? Что вы такое говорите? Вы уверены, что почти всегда? Придумайте что-нибудь, разнообразьте.

Голос молодого ангела. Еще положительное можно писать. Прошлой зимой, когда у нас грипп был, Доктор почти каждую ночь дежурил. Правильно, Доктор?

Доктор. Вообще-то правильно. Только что-то вы быстрая очень. Не хорошо это.

Голос пожилого ангела. Иди отсюда. Сама знаю про положительное. Доктор после работы всегда остается. Иногда и спит на работе. Об этом можно писать?

Доктор (грустно). Можно и об этом.

Доктор подходит к Балерине. Выкручивает из пишущей машинки лист бумаги. Читает вполголоса. Садится на пол напротив Собаки. Балерина уходит.

(Собаке.) И что ты тут написал? Ага, без ошибок. Здравствуйте, дорогие... Это не интересно. Так ты письмо написал? Чудак. Отсюда ж письма не ходят. Все письма Степанида Евлампиевна читает и аккуратненько в папочку складывает.

Голос пожилого ангела. Да какие у них письма? Это разве письма? Бумажки, клочки. У нас ни карандашей нет, ни бумаги. Зачем им писать? Наполеон, тот да, Наполеон пишет. Так ему писать по сюжетной линии положено. Вот он и пишет.

Доктор. По крайней мере, от писем Наполеона еще никому хуже не стало. И про вражеское радио он не пишет.

Голос пожилого ангела. Доктор.

Доктор. Что, "доктор"? Что, "доктор"?

Голос пожилого ангела. Не надо, пожалуйста, я все поняла.

Доктор. Кто вас знает? Сегодня вы поняли, а назавтра забудете. С какой стати я должен вам верить? Да и кому сейчас вообще можно верить на слово?

Голос пожилого ангела. Мне можно. Я поняла все.

Доктор. И что вы поняли? Повторите, пожалуйста.

Голос пожилого ангела. Все поняла.

Доктор. "Все" – это не ответ.

Голос пожилого ангела. Я про ведра поняла.

Доктор. Ну, тогда да, тогда я понимаю. Если поняли про ведра – вы поняли все. Вы замечательная женщина. Я вами восхищаюсь.

Голос пожилого ангела. Вы опять шутите?

Доктор. Почему "опять"? Я всегда шучу. *(Мрачно.)* И всегда серьезен. *(Собаке.)* Не ходят отсюда письма. И почтового ящика у нас нет. Пациенты писем не пишут, а мы со Степанидой Евлампиевной отправляем письма в городе. *(Вверх.)* Да еще тайком друг от друга.

Голос пожилого ангела. Хватит вам.

Доктор *(спокойно)*. Хорошо, уговорили. Хватит так хватит. Больше к этой теме не возвращаемся.

Голос молодого ангела. К какой теме?

Голос пожилого ангела. К какой теме?

Доктор. Да ни к какой. Это я так. Перепутал. Сбился с ритма. *(Встает. Читает текст. Иногда шевелит губами. Некоторые фразы произносит вслух. Первые фразы произносит медленно, несколько рассеянно. Последние – быстро и уверенно.)* Здравствуйте, дорогие мои... очень хорошо... деревья красивые... много цветов... Я еще не привык здесь жить. Тут одни дураки. Дураков выводят на ошейниках. Санитар ходит с палкой, я его боюсь. Я укусил фельдшера за палец, не хотел одевать ошейник. Потом пришел Доктор и меня спас. Но фельдшер не злая, так положено всем: на ошейниках гулять или сидеть в палате. Доктор хороший человек, только глупый очень. Все время играет сицилианскую защиту и все время проигрывает. Я пытался играть с ним ферзевый гамбит, но он не хочет, сразу нервничает и начинает рассказывать, как он учился в Москве. Я лучше буду играть сицилианскую защиту. Пожалуйста, заберите меня отсюда. *(Садится на пол, кладет письмо в карман.)*

Голос пожилого ангела. Вранье все. Неправда это.

Доктор. Что неправда?

Голос пожилого ангела. Про Санитара неправда. У него палка так, для виду. И про меня неправда.

Доктор. Нет. Все правда. И про вас, и про меня. Я – глупый человек и не умею играть ничего, кроме сицилианской защиты. Ходы помню, а играть не могу. И ферзевый гамбит не понимаю. Плохо.

Голос пожилого ангела. Что "плохо", Доктор? Все же хорошо! Мало ли что и кто напишет? Письмо это я выкину. Выкину и все.

Доктор. И все? Так просто? Выкинуть письмо, и все будет хорошо, так?

Вынимает фляжку, долго пьет. Внезапно становится заметно, что он сильно пьян. Шатается, подходит к собаке. Садится рядом, обнимает Собаку за шею.

Один ты у меня. Никого у меня нет. Только ты меня понимаешь. Спирта хочешь? Не хочешь. Такие дела. Спирт ты не пьешь.

Входит Балерина. Ставит на стол перед Доктором тарелку с котлетами. Уходит. Доктор берет одну котлету, откусывает от нее, остальное протягивает Собаке. Собака ест у него с руки. Доктор одновременно говорит и кормит Собаку.

Котлеты ешь, а спирт не пьешь. Чудак-человек. Так ты на самом деле думаешь, что они за тобой приедут? Что они хорошие люди? И Степанида Евлампиевна хороший человек? И Санитар? И я? А вот эти, которым ты пишешь, ты что, не понимаешь, что это они тебя сюда и направили? Не разобрались, ошиблись? Нет! Им просто все равно. Им на тебя полностью наплевать. Не веришь? Веришь? Как же можно доктору не верить? Я клятву давал. Гиппократа. Знаешь такого? Не прочитают они письмо и не приедут к тебе. Да и не ходят отсюда письма. Все. Не осталось у меня больше. Хорошие котлеты? А как же! Я один живу. Сам делаю котлеты. Все один и один. Приходится все делать самому. Даже котлеты.

Входит Балерина. Поднимает с пола пустую тарелку. Уходит.

Голос пожилого ангела. Доктор. Вам спать пора.

Доктор. Почему?

Голос пожилого ангела. Вы перебрали сегодня. Чушь несете всякую. Вам надо бы поосторожнее с алкоголем.

Доктор (встает с пола, вытирает руки о халат, вынимает из кармана письмо). Степанида Евлампиевна. У нас есть конверты?

Голос пожилого ангела. Зачем вам?

Доктор. Так, письмо надо отправить.

Голос пожилого ангела. Вы серьезно?

Доктор. Абсолютно.

Голос пожилого ангела. Не надо, Доктор. Дайте письмо мне, я сама отправлю.

Доктор. Да. Вы отправите. Не стыдно врать?

Голос пожилого ангела. Ну, ладно, ладно. Не отправлю, положу в папочку. У меня уже есть папочка для Наполеона. Папочкой больше, папочкой меньше. Мне не жалко.

Доктор. Не жалко?

Голос пожилого ангела. Не жалко.

Доктор. В дополнение ко всем вашим несомненным достоинствам вы еще и щедрая женщина. Дайте конверт.

Входит Балерина с конвертом. Доктор берет конверт, начинает тщательно его разглядывать. Балерина уходит.

Голос пожилого ангела. Теперь все в порядке. Спать пойдете?

Доктор. Теперь все в порядке. Но конверт у вас без марки.

Голос пожилого ангела. Доктор, вы взрослый человек. Вы серьезно хотите отправить эту бумажку?

Доктор. Это не бумажка. Это письмо. И я его отправлю.

Голос пожилого ангела. Там же про Санитара. И про цветочки. Вы разве не поняли про цветочки?

Доктор (подходит к шахматному столику, чуть отодвигает шахматную доску в сторону). Я понял про цветочки, грамотный. (Вынимает из кармана ручку. Собаке.) Смотри. Я еще цветочки подрисую, и еще. И еще один цветочек! Адрес на конверт. (Рисует на письме, вкладывает письмо в конверт, заклеивает, пишет на конверте.)

Голос пожилого ангела. Зачем вам это, Доктор? Не надо.

Доктор. Почему "не надо"?

Голос пожилого ангела. Они же прочитают.

Доктор. Пусть читают. Нам с вами не жалко. Пусть все читают.

Голос пожилого ангела. Нас с вами с работы снимут.

Доктор. Не снимут.

Голос пожилого ангела. Не понимаю я вас, Доктор.

Доктор. Да чего тут понимать? Получат письмо, прочитают и выкинут в корзину. Или сожгут.

Голос пожилого ангела. Вы уверены?

Доктор. Больше чем уверен. Вы помните мужчину, который его нам привез?

Голос пожилого ангела. Помню.

Доктор. Тогда представьте его в качестве адресата. Я вам обещаю, они даже не ответят. Они же грамотные. Кто-то же учил его читать, писать, играть в шахматы? Или вы полагаете, они не знали, что такое дурдом? Знали, конечно знали, но парня направили именно к нам. Если разобраться, то они даже хуже нас. У нас Санитар с палкой, ошейники и успокоительные лекарства. А у них что? Ничего. Ничем они не лучше нас. Такие же сволочи.

Голос пожилого ангела. Хитрый вы, Доктор. Все учли. У меня бы так не получилось. Им-то письмецо тоже невыгодно.

Доктор. Оно никому не выгодно. Кроме меня.

Голос пожилого ангела. А вы-то при чем? Вам зачем это все?

Доктор (*вынимает из кармана печать, дышит на нее*). А Доктор сейчас печать поставит на конверт. Печать лечебного учреждения. И письмо дойдет. (*Кричит.*) У меня печать, власть! Как у капитана корабля или армейского генерала. У меня такая печать, такая печать! С такой печатью письмо и без марки дойдет. (*Совсем тихо.*) Ой, качает что-то. Шторм. (*Кричит.*) Я – капитан корабля, а вы, Степанида Евлампиевна – мой боцман!

Доктор садится на пол. Плачет. Пытается встать, падает. Опять пытается встать. Встает на четвереньки, тихо скулит. Подползает на четвереньках к Собаке, обнимает ее. Выходит С а н и т а р. Очень осторожно поднимает Доктора. Доктор встает на ноги, несколько секунд смотрит прямо перед собой. Сосредотачивается.

Не надо, я сам... сам. Сейчас... я сейчас. Мне надо сказать, обязательно надо сказать.

Доктор мягко отталкивает Санитара. Санитар отпускает Доктора, но остается стоять позади него с видом и намерением подхватить в случае чего.

Тут написано... *(Вынимает письмо из кармана, шевеля губами, читает адрес на конверте, что-то бормочет про себя.)* Тут написано главное.

Доктор подходит к краю сцены. Взглядом останавливает Санитара. Санитар остается стоять, не следуя за Доктором. Видно, что Доктор пьян, но может себя контролировать. Пауза.

Тут написано, что Доктор – хороший человек. *(Трясет письмом и кричит все громче.)* Доктор – хороший человек. Доктор – хороший человек! Доктор – хороший человек!!

Занавес

АКТ ВТОРОЙ

ПРАВДА

Взрослые всегда врали. Все. Врали учителя. Учителя говорили, что мы должны хорошо учиться, только у тех, кто хорошо учится, есть перспективы. Это не было правдой. Воспитатели учили нас, что главное в жизни – слушаться старших, не пить водку и не курить. Ерунда, полная чушь. Пили водку и курили почти все взрослые, которых я знал. Чаще всех лгали врачи. Врачи лгали почти всегда. Но именно врачи соглашались иногда сыграть со мной партию-другую в шахматы. Я знал, я был уверен: те, кто хорошо умеет играть в шахматы, гораздо умнее и честнее остальных людей. Только один раз за всю мою детскую жизнь взрослый человек заговорил со мной как с равным. На прямой вопрос, не лучше ли было бы для меня и таких, как я, умереть, чтобы не портить жизнь себе и окружающим, взрослый человек ответил прямо. Он поднял голову от шахматной доски, посмотрел мне в глаза, ответил не задумываясь: "Не знаю, – сказал он, – может быть, это было бы и гуманнее. Только я тебе в таких делах не советчик. Меня профессия обязывает людям жизнь спасать". "И мне?" – спросил я. "И тебе тоже, – ответил он спокойно. – Твой ход". Быстро и уверенно передвигая фигуры, он выиграл у меня три партии подряд. Честно играл, правильно. Хороший мужик, хороший врач.

Шахматы. Жестокая игра. Игра по строгим правилам, без передышки, без пощады. Часы включены, фигурки плавно перемещаются по доске. Время уходит, ничего нельзя сделать. Мат королю, конец. Партия.

Те, кто умели играть в шахматы, всегда были правы. Днем и ночью они играли между собой в шахматы. Днем и ночью они разрабатывали сложные комбинации черных и белых фигур. Нормальным считалось держать в голове по шесть-семь партий одновременно. Умные, слишком умные мальчики из моего далекого детства объясняли мне устройство мира. Школьные учебники они знали почти наизусть. Если из-за частых простуд мне приходилось пропускать школьные уроки, я не особенно переживал. Пацаны поначалу объясняли мне непонятное, а потом научили читать учебники. Читай учебники как книги, говорили они. Я читал учебники как книги, читал все подряд. Читал свои учебники и учебники старших классов. У меня не было родителей. Были братья. Старшие братья, пацаны. Они учили меня всему. Однажды их отвезли в дом престарелых, и они все умерли. Умерли, потому что у них была миопатия. Умерли, потому что, если не можешь сам добраться до туалета, ты должен умереть. Умереть страшной смертью. Быстро умереть не дадут. Умереть быстро не поможет ничто, ни физика, ни химия, ни анатомия. Даже шахматы не помогут.

ЧЕСНОК

Он полулежал на низенькой тележке с подшипниками и ел чеснок. Ноги его свисали с тележки. Ноги ему были уже не нужны. Правая рука нужна была для того, чтобы поддерживать тело, левой он подносил ко рту то хлеб, то чеснок. Голова – нормальная детская голова. Умные глаза, большой, открытый лоб, веснушки. Обычная голова, неестественно огромная по сравнению с тщедушным и почти никуда не годным телом.

– Я могу зубок чеснока совсем без хлеба съесть, – похвастался я.

– Ты откуда такой умный?

Я ответил.

Он улыбнулся. Усмехнулся невесело.

– Тебя как зовут?

– Рубен.

– А меня – Миша.

Он в очередной раз откусил от куска хлеба. Кусал он как-то странно, пытаясь за один раз запихнуть в рот как можно больше. Чеснок же он подносил ко рту бережно, от чеснока он откусывал едва заметный кусочек. Чеснок он почти лизал. Жевал медленно. Я знал, что жевать ему было тяжело. Миопатия.

– Ты дурак, Рубен. Видишь ли, задача состоит в том, чтобы съесть как можно большее количество хлеба с как можно меньшим количеством чеснока. Понятно?

– Понятно. Здесь плохо кормят. Значит, у тебя где-то должна быть спрятана соль в бумажном пакетике. С солью можно много хлеба съесть. И перец. Соль тебе приносят ходячие из столовой, а перец передают из дома. Я угадал?

– Приблизительно. Соль мне действительно приносят, а перец я покупаю. Но у меня есть кое-что получше перца. Вечером покажу.

Я начинаю надеяться.

– Ты, Миша, как пацаны.

– Какие пацаны?

– Ты в шахматы вслепую можешь на шести досках?

– Могу, а что?

Я рассказываю про пацанов. Он слушает, забыв про хлеб и чеснок.

– Все сходится, – говорю я. – Ты играешь на шести досках вслепую, у тебя соль в пакетике.

– Соль у меня в пузырьке, в пузырьке она не так мокнет.

– Неважно. У тебя есть соль, ты нормально играешь в шахматы. И ты назвал меня дураком. Меня тоже пацаны часто дураком называли.

– И ты не обижался?

– А на что обижаться? С виду я умный, и язык у меня хорошо подвешен, но на самом деле я – дурак.

Я молчу. Похоже, придется рассказать ему главное. Все равно он догадается.

– Знаешь, Миша, я и вправду дурак. Я не умею играть в шахматы. Совсем.

– Не беда, я научу. Доставай доску.

– В том-то и дело. С доской я умею. С доской любой дурак сумеет. Но ведь если человек не помнит, где какая фигура стоит, какой из него шахматист?

– Все, кто не умеет играть в шахматы вслепую, по-твоему, дураки?

– Конечно. Вот тебе пример. Меня пацаны этому учили. Представь себе, весь детдом.

Миша откидывает голову назад, прикрывает глаза.

– Может, ты и дурак, но с тобой весело.

– Представил?

– Представил.

– Убери девочек. Они не играют в шахматы. Для девочек это неважно. Убери тех, у кого родители пьют, тех, кому хоть раз в жизни давали наркоз, тех, кто пошел поздно в школу. Теперь убери дэцэ-пэшников, ДЦП – болезнь мозга. Все эти люди по определению не могут быть умными. Кто у тебя остался?

Миша открывает глаза.

– Мы с Федькой.

– У Федьки какая инвалидность?

– Никакой, хромает немножко.

– Я так и думал. Его сюда и привезли, потому что дурак.

– Федька не такой уж и дурак.

– В шахматы играет?

– Нет.

– Понятно. Остаешься ты. Один ты, обидно. Пацанов много было.

– Погоди, значит, у нас тут дурдом, что ли?

– Конечно, дурдом. И книжки специальные, и еда плохая. Дурдом и есть.

– Нормальные книжки, никакие не специальные.

– Ты учебник математики за какое время можешь прочитать?

– Болел как-то долго, пропустил много. Прочитал пол-учебника за неделю.

– Правильно, значит, ты – как пацаны. Ты нормальный. Остальные дураки. А там, на воле, все дети – нормальные. Я тоже сначала не верил. Это все пацаны между собой придумали. А потом нам учительница математики после контрольной работы сказала, что если бы мы учились в общеобразовательной школе с нормальными детьми, мы были бы двоечниками. Нам оценки из жалости ставят. Она все объяснила, она сказала, что от наших оценок нужно отнимать по два балла, получится настоящая цифра. У меня одного "тройка" вышла, у остальных "двойки" и "колы". Она настоящая учительница была, с воли, подменной у нас работала. Кричала сильно.

— Так она со злости это сказала.

— Конечно, со злости. Взрослые со злости только правду и говорят. Вот врачи, когда спросишь что-нибудь важное, улыбаются так добренько: "Будешь ходить, будешь ходить". А однажды мой лечащий врач в больнице ручку уронил, полез под кровать. Когда разогнулся, сказал со злостью: "И зачем его лечить? Все равно ходить не будет". Так и эта учительница. Я ее на следующий день стал про оценки спрашивать, она заулыбалась и сказала, что я ее не так понял. Добренько так сказала, ласково. Я сразу понял — врет. Я теперь всегда от своих оценок по два балла отнимаю. И учиться стараюсь хорошо. Учителя "пятерки" ставят, но я-то знаю, что это "тройки".

Миша погрустнел. Миша начал считать. Лицо у него в это время стало, как у Сашки Поддубного, когда он над шахматным ходом думал.

— Не сходится у тебя. Я не круглый отличник.

— Все у меня сходится. Тебе-то зачем учиться? Ты все равно умрешь скоро. У тебя миопатия.

— А тебе зачем?

— Я в Новочеркасск верю. Ты знаешь про Новочеркасск?

— Слышал. Это про интернат, где картошку дают и живут долго?

— Про него.

– Брехня все это. Не верю я.

– А я верю. Только туда не всех переводят, а только тех, кто учится хорошо.

Миша посмотрел на меня внимательно. Как на шахматную доску.

– После ужина все пойдут кино смотреть по цветному телевизору. "Три мушкетера". Ты не ходи. И я не пойду. Я книжку читал.

– Хорошо тут у вас. Телевизор цветной.

– Ты дурак, Рубен. Телевизор – не главное.

Мне хочется посмотреть кино, но я слушаюсь Мишу. К тому же я тоже читал книжку. Если читал книжку, зачем кино?

Нам приносят обед. Я ничего не ем. Выпиваю компот. Компот по цвету и вкусу слабо отличается от воды. Я откладываю хлеб с обеда. Когда хлеб высохнет, его можно будет грызть как сухари.

Вечером приносят ужин. На ужин я тоже ничего не ем. Хлеба на ужин дают только по полкусочка. Пытаюсь выпить содержимое стакана. На вкус – гадость.

– Что это? – спрашиваю я Мишу.

– Питье.

– Я слышал, как нянечки говорили, что питье несут. Я думал, они так шутят. У вас всегда так кормят?

– Питье как питье. Ты его не нюхай и не пробуй. Пей залпом, там дневная норма сахара. А кормят нормально. В октябре борщ еще ничего, из свежей капусты. К декабрю хуже. Летом дают яблоки. Два года назад дали арбузы, каждому по ломтику. На 7 Ноября, Новый год и День Победы дают курицу. Ты что больше любишь, ножки или крылышки?

– Ножки. Можно кость разгрызть и долго мозг сосать.

– Я тоже ножки, но это уж как повезет. Утром первого января дают по две ложки жареной картошки. Это специально делают, чтобы старшеклассники после пьянки проснулись. Каждый первый четверг месяца дают колбасу, шестьдесят грамм. В столовой, может, и шестьдесят грамм, нам – меньше. Еще иногда вкусные вещи дают. Капусту соленую или икру кабачковую. Можно нянечек попросить, они тебе капусту или икру на хлеб положат.

– На хлеб больше положат?

– Нет, не больше. Но если икру кабачковую с перловой каши снимаешь, ее совсем мало получается. А на хлебе все тебе достается. Пусть лучше она в хлеб впитается, чем в кашу. Верно ведь?

Миша становится серьезным. Миша с гордостью прерывает рассказ.

– Ладно, хватит болтать. Говоришь, у пацанов соль была?

– Была. Я хотел у тебя попросить соли, я новенький, у меня своей еще нет.

– "Попросить", – передразнивает он меня. – Интересно, кто тебе соли просто так даст? Ладно, живи, пока я добрый. Подползи к дивану, что найдешь за диваном, – неси сюда. Я и сам могу ползать, но у тебя быстрее получится.

Я ползу к дивану. Между диваном и батареей парового отопления нахожу баночку с солью и завернутую в газету бутылку.

– Миша, – говорю я, – ты как хочешь, но я пить не буду. Я вино еще никогда не пил.

– Это не вино, – отвечает Миша. – Тащи сюда.

От дивана до Миши – пара метров. Я бережно толкаю соль и бутылку к Мише. У бутылки – странный запах.

Миша приоткрывает горлышко бутылки. Достает из кармана тетрадный лист, кладет на пол. Перекладывает на бумагу наш хлеб. Открывает баночку с солью. Щедро посыпает хлеб солью. Наклоняет над хлебом бутылку, тоненькой струйкой льет на хлеб подсолнечное масло. Я не смог бы так точно одной рукой управиться с бутылкой.

Я не скрываю восхищения. Я поражен.

– И часто ты так ужинаешь?

– Когда захочу. Моя бутылка.

Я поражен.

– Целая бутылка подсолнечного масла?

– Половина. Закончится – еще куплю.

– Деньги родители передают?

– Нет у меня родителей, – гордо говорит Миша. – Я покупаю масло на свои деньги. У нас пожарники шефы. Они каждый год конкурс наглядной агитации в детдоме проводят. Победителям дарят фотоаппараты. Я свой продаю. Понятно?

– И каждый год ты побеждаешь в конкурсе?

– Конечно. Я к этой наглядной агитации подписи делаю из цветной фольги. Мне все равно, кто победит. Чья бы работа ни победила, подпись будет моя. А пожарники – хорошие мужики. Они для своей выставки мне подписи заказывают. Один раз три рубля дали. В прошлом году мне шахматы подарили, я их тоже продал. Зачем мне шахматы?

Миша не спешит есть свой хлеб. Он ждет, пока масло получше впитается. Масло уже растворило соль на хлебе. Я тоже не спешу. Мы делаем вид, что хлеб с маслом нас совсем не интересует. Миша показывает, как он делает эти подписи. Тонкими изящными пальцами он очень точно намечает шариковой ручкой на фольге контуры будущих букв. Намечает с изнанки. Плавно водит по фольге ручкой, переворачивает фольгу, опять водит ручкой. Контур проступает медленно, очень медленно. Наконец Миша откладывает ручку и протягивает фольгу мне. На фольге каллиграфическим почерком выдавлено слово, одно слово: "Рубен".

Мы едим хлеб.

Хлеб очень вкусный. В тот момент мне казалось, что на свете нет ничего лучше черного хлеба с солью и подсолнечным маслом.

Я съедаю свой хлеб быстро. Миша жует не спеша. Он говорит, что ест медленно, чтобы растянуть удовольствие, но я ему не верю. Я знаю, что ему тяжело жевать.

Миша доедает хлеб, затыкает бутылку куском газеты. Я толкаю бутылку к дивану, прячу ее. Ужин закончен.

Миша смотрит на меня.

– Так, говоришь, они все умерли?

– Все.

– Жалко.

– Конечно, жалко, они хорошие были.

– Ты не понял, – говорит он сухо, – жалко, что я с ними в шахматы не поиграл.

ШОКОЛАДКА

Миша – мой друг. Это значит, что мы должны всем делиться. Дружба невыгодна Мише. Он может со мной делиться, я – нет. Он старше меня на три года. Он уже пьет вино, а один раз на Новый год пил водку. Про водку он мне рассказал сам. Он мне все рассказывает. С другом можно говорить о чем угодно. Когда мы остаемся одни, мы разговариваем. Я рассказываю ему книги. Он не любит читать. Миша говорит, что в книгах одно вранье, в жизни все не так. Я рассказываю ему про пацанов, просто пересказываю то, что пацаны говорили между собой.

– Знаешь, как отличить настоящего друга от ненастоящего?

– Как?

– С настоящим другом можно говорить о смерти. Ты хочешь умереть?

– Конечно. Только я быстро хочу умереть.

– Знаешь, Миша, я тоже хочу умереть. Но ведь поговорить об этом не с кем, правда?

– Со мной можешь.

– Но кроме тебя – не с кем. Значит, ты – мой друг.

Миша сидит в коридоре, я лежу рядом. К нам подходит старшеклассник. Нагибается и кладет перед Мишей большую шоколадку.

– Держи, Михаил, должок с меня. Все, как договаривались.

Старшеклассник уходит. Я ничего не понимаю. Шоколад в детдоме едят вечером, каждый в своей комнате. Старшеклассники не делятся шоколадом просто так.

– Он проспорил тебе шоколадку? О чем вы спорили?

– Мы не спорили.

– Но он сказал, что был должен тебе шоколадку.

– Правильно. Был должен, но мы не спорили. Он мне ее в покер проиграл.

– Ты играешь в карты на шоколадки?

– Не только. Я еще на деньги играю. Мне деньги нужны. Думаешь, с одного фотоаппарата много денег выходит? Мне нужно еще сигареты покупать.

– Ты ж не куришь.

– Я не себе покупаю. Мне сигареты для дела нужны.

– Но это нечестная шоколадка. Играть в карты на деньги нехорошо.

Миша уже шуршит шоколадной оберткой. Отламывает от шоколадки дольку, кладет в рот, еще одну молча протягивает мне. Я лежу на локтях, у меня грязные руки. Если я возьму чуть подтаявшую дольку рукой, она растечется по моим немытым пальцам, ее придется слизывать, будет невкусно. Беру шоколад ртом из его руки, жую. Мне стыдно есть эту нехорошую шоколадку, но и обижать Мишу я не могу. Весь детдом видит, как мы едим шоколад. Если бы я отказался, получалось бы, что Миша мне уже не друг.

Миша заворачивает нашу шоколадку в обертку. Мы съедим ее потом. Съедать все сразу было бы глупо. Шоколадка будет храниться у Миши. Я уверен, он не станет есть ее один. Он – мой друг.

– А если бы ты проиграл? – спрашиваю я.

Миша не отвечает. Миша смотрит куда-то сквозь меня. Взгляд его холодный и пустой. Шахматный взгляд.

– Извини, Рубен, я задумался. Что ты сказал?

Я повторяю вопрос.

Миша улыбается. Я люблю его улыбку. Золотистые веснушки рассыпаются по скуластому лицу. Он на мгновение становится похожим на маленького мальчика. Веселого маленького мальчика.

– Ты дурак, Рубен. Если бы я проиграл, я купил бы ему шоколадку. Я иногда проигрываю специально. Иначе со мной играть никто не захочет. Я помню колоду. Могу карта за картой три колоды в голове держать. Они же не помнят колоду. Никто не помнит, я проверял. А когда вина выпьют, совсем дурные становятся. А я даже после вина все четко помню. Я пьяный на спор вслепую на шести досках играл. На деньги.

– В шахматы на деньги?

– Почему бы и нет?

Все путается у меня в голове. Миша пьет вино и играет в карты на деньги. Он – плохой. Но он делится со мной шоколадом и подсолнечным маслом. Он – хороший. Он плохой или хороший? Я не знаю ответа, я повторяю себе: "Миша – мой друг. Миша – мой друг. Миша – мой друг".

ТЕМНАЯ

В детдоме – скандал. Новенькому устроили темную. Темная – это когда человека накрывают покрывалом и бьют чем попало: руками, ногами, костылями, протезами. У кого что есть. Через покрывало не видно, куда бьют. И кто бьет – не видно.

Пару дней назад новенький отобрал у Миши колбасу. Миша ел бутерброд с колбасой, а новенький подошел, взял бутерброд из его руки и съел. Все знали про колбасу и новенького, но прямых улик против Миши не было. В тот день Миша купил сигареты. Сидел во дворе и всех угощал. Всем, кто курил, он давал по сигарете.

Все любили Мишу. Он покупал сигареты и раздавал всем. Очень часто он угощал сигаретами Федьку. Федька, здоровенный парень, таскал за собой Мишину тележку за веревочку. Он мыл Мише голову, сажал на горшок. Федька курил, как паровоз, но своих сигарет у него не было. Когда сигарет у Миши было мало, он давал их только Федьке. Никто не обижался за это на Мишу. Федька был сиротой. Я тоже был сиротой. С Федькой Миша делился сигаретами, со мной – едой. Никто не мог его ни в чем упрекнуть.

Конечно, я знал про темную. Конечно, я был на стороне Миши. Если бы новенький попытался отнять колбасу у меня, я укусил бы его за руку. Или хотя бы попытался его укусить. Я мстил бы ему потом, как мог. И дело тут не в колбасе.

ФУТБОЛ

Тетя Клава режет хлеб. Старается. Резать хлеб очень трудно. Если нарезать буханку на куски поровну на всех, то тете Клаве ничего не останется. Но так не бывает. Тетя Клава всегда оставляет себе полбуханки. Острым ножом нянечка пытается расщепить хлеб на тонкие ломтики. Хлеб крошится, ломается. Тетя Клава старается все сильнее, но чем сильнее она старается, тем хуже у нее выходит. Тетя Клава злится. Тетя Клава – злая нянечка.

Нянечки бывают злые и добрые. Это понятно. Люди бывают разные. Но тетя Клава – особенная нянечка. Она – одна такая в нашем детдоме. Все нянечки – злые и добрые – приносят продукты из дома. Они едят принесенные из дома бутерброды, заваривают принесенный из дома чай. Некоторые нянечки платят в бухгалтерию детдома небольшие деньги, тогда на них выделяют дополнительные порции. Если нянечка платит деньги, она ест вместе с нами. Нянечки не хотят платить деньги. Нянечки не хотят есть вместе с нами. С нами едят только одинокие женщины, только те, у кого дома совсем никого нет. Когда нянечка ест вместе с нами, она делит хлеб на всех поровну.

На праздники нянечки приносят из дома что-нибудь очень вкусное. Праздники у нянечек не такие, как у учителей. Годовщина Октябрьской Революции или Первое Мая их не интересуют. Настоящие праздники – это поминки и свадьбы. Если у нянечки умер или женился кто-нибудь из родственников, то в ее дежурство мы обязательно едим пироги, блины и варенье. Варенье нянечки мажут нам на хлеб или разбавляют водой. Если варенье смешать с водой – получается компот. Очень вкусный компот. Одна нянечка принесла как-то целую сумку разной еды. Она доставала из сумки уже нарезанные куски вареной и копченой колбасы, пирога и селедки. Еды было много, очень много. Мы съели не все. А под конец нянечка раздала нам каждому по пять конфет. Пять конфет – это пять конфет. Обычно нянечки раздавали нам по две конфеты. В то утро нянечка не пошла в столовую за кашей и чаем. Зачем? Даже хлеб она принесла из дома. Еще она принесла из дома большую фотографию в деревянной рамке. На фотографии был молодой солдатик в военной форме – ее сын. Сын пришел из армии – это праздник. Счастливая нянечка показывала нам фотографию, рассказывала, какой чудесный у нее сын. Отличник боевой и политической подготовки.

Тетя Клава из дома никогда ничего не приносила. Тетя Клава носила нашу еду себе домой. Тетя Клава была особенная нянечка.

Чемпионат мира по футболу. Серьезное соревнование. Посмотреть хочется всем. Второй тайм показывают после отбоя. Второй тайм хочется посмотреть больше, чем первый. За три дня до чемпионата детдом замирает в ожидании. Никто не ругается матом. Все старшие мальчики послушны как никогда. Курят только тайком, а когда курят, бросают окурки исключительно в мусорницы. Никаких пьянок. Какие могут быть пьянки? Чемпионат мира по футболу – это серьезно. Если твой день рождения выпал на чемпионат мира – считай, тебе повезло. Ты выпьешь с друзьями вина после чемпионата. Вина будет больше, чем обычно. Пить будете и за день рождения, и за советских футболистов.

Серега болел за Бразилию. Почему за Бразилию, он объяснить не мог. Серега ничего не знал про Бразилию. Болел и все. Наши футболисты никуда не годились – это понятно. Но и в хоккее Серега болел за Канаду. Такой он был парень – Серега.

Миша ни за кого не болел. Миша говорил, что гонять мяч по полю – глупость.

Тетя Клава ходит по детдому, поджав губы. Тетя Клава громко кричит на всех, ей никто не отвечает. Директор детского дома разрешил смотреть футбол, дежурный воспитатель разрешил. Последнее слово – за тетей Клавой. У тети Клавы – власть.

За полтора часа до отбоя все малыши помыли руки и легли спать. Тихо в детдоме. Никто не спорит с тетей Клавой. Все ведут себя хорошо. Когда тетя Клава идет по коридору, – все уступают ей дорогу. Даже те, кто на костылях. Даже безногий Серега на своей тележке. Все хорошо, все спокойно. Тете Клаве нравится, когда все спокойно. Тете Клаве нравится, когда ее уважают. Если тетя Клава разрешит смотреть футбол, все забудут про тетю Клаву. Они сядут перед телевизором, они будут радоваться и огорчаться вместе, без тети Клавы.

Тетя Клава не разрешает. "Все, – говорит тетя Клава, – идите спать". Упрашивать тетю Клаву бесполезно. Тетя Клава непреклонна. Спать – значит, спать.

В комнате старшеклассников спор. Серега предлагает запереть тетю Клаву в комнате.

– А что, – говорит Серега в запальчивости, – я затолкаю ее в комнату и запру на швабру. Что она мне сделает? Посмотрим футбол и выпустим.

С Серегой никто не спорит. Пусть. Ссориться с Серегой никто не хочет. Всем нравится Серегина идея. Все по очереди ругают тетю Клаву. Все правильно. Тетя Клава сама нарывается на скандал. Давно пора ее проучить.

Молчит один Миша. Миша молчит и улыбается.

– О чем ты думаешь? – спрашивает Мишу Серега.

– О шахматах. Не о футболе же.

– Нет. Что ты думаешь о тете Клаве?

– Сука. Сука и дура.

Серега подъезжает поближе к Мише.

– Вот и мы думаем, что сука. Стоит ее проучить. Ты согласен?

Миша улыбается. Миша почти всегда улыбается.

– Конечно, согласен. Только запереть мало. Она вырываться станет, дверь сломает. Завтра скандал поднимется, твоих родителей вызовут.

– Мне все равно.

– Ну, если тебе все равно, тогда другое дело. Я думал, что тебе не все равно. Запереть себя просто так она не даст. Сопротивляться будет. Ты сильный, а в ней весу килограмм сто, наверное. В общем, если ты ей что-нибудь сломаешь, сядешь в тюрьму. Тебе шестнадцать есть?

– Есть. Мне все равно. Сказал – должен сделать.

– Так делай.

На полу перед Мишей лежит пустая шахматная доска и вырезка из газеты. Фигур на доске нет, но все знают, что фигуры Мише не нужны. Все фигуры у него в голове. Миша делает вид, что анализирует шахматную партию. Миша делает вид, что ему все равно.

Серега сердится.

– Тебе хорошо. Твои шахматы ночью не показывают.

– Ты ошибаешься. Последний чемпионат показывали ночью. Мне все равно. Главное – знать запись партии.

– Что ты предлагаешь?

– Я ничего не предлагаю. Делайте, что хотите. Можете тетю Клаву зарезать, утопить, зажарить живьем на костре, скормить крокодилам. Только где крокодилов взять, я не знаю.

Никто в детдоме не может так разговаривать с Серегой. Только Миша. Миша говорит тихо, очень тихо. Но в комнате так тихо, что Мишины слова слышат все.

– Миша, – говорит Серега, – у тебя голова не болит?

– Нет.

– Тогда сейчас заболит.

– У меня голова никогда не болит.

– А если коляска перевернется, заболит?

– А с чего ей переворачиваться?

– Я ее сейчас переверну. Случайно.

Миша молчит. Миша думает. После недолгой паузы серьезно, чересчур серьезно, замечает:

– Нет. Не выйдет. Ничего у тебя не выйдет. Чтобы тетю Клаву душить, две руки нужны. Чем ты будешь мою коляску переворачивать?

Серега старается держать себя в руках. Серега не может признать перед всеми, что Миша прав.

– Ладно, – внезапно и радостно замечает Миша, – ты малышей уложил?

– Уложил. Они уже полчаса как спят.

– Все спят?

– Все.

– Спорим на шоколадку, что не все?

Серега не хочет спорить.

– Ну тебя на фиг. С тобой спорить – себя не уважать. Я тебе уже три шоколадки проспорил.

– Так всегда. Все приходится делать самому. Пойду малышей спать укладывать.

– Ты? Как ты будешь их укладывать? Так они тебя и послушались.

– Возьму кулек конфет и уложу. Делов-то. Давай конфеты.

– Это не мои конфеты. Мы их для чая оставили.

– Ничего не знаю. Без конфет я с ними не управлюсь. Кстати, объясни мне, пожалуйста, зачем тебе конфеты? Сахар для мозгов полезен, а тебе нужно мышцы качать. Мозгов у тебя все равно нет. Творог тебе нужен, а не конфеты. Да и не справедливо это. Вы будете футбол смотреть, а малышам что? Хоть конфет поедят. Так. Некогда мне с тобой разговаривать. Откати меня в комнату к малышам. Книгу только захвати.

Серега берет в руки Мишину книгу.

– "Хоровое пение". Ты им петь собрался?

– Надо будет – буду петь.

– Ну, ты и даешь. Что еще придумал? Я откачу, мне не трудно. А Федька где? Разбудить его?

– Федьку не трожь. Я его сразу после ужина спать послал. Вам, дуракам, хорошо. Тетю Клаву на костре зажарите, вас лет через десять из тюрьмы выпустят за хорошее поведение, а Федьке чуть что – дурдом. На всю жизнь.

Серега берется за веревку, привязанную к Мишиной тележке. Одной рукой он отталкивается от пола, другой тянет за собой Мишину тележку.

В комнате у малышей Серега включает свет.

– Иди спать, – говорит ему Миша шепотом. – Лежи на кровати, пока тетя Клава не позовет футбол смотреть. И все наши пусть ложатся. Скажи: мы объявляем тете Клаве бойкот. Пока о футболе не заговорит – всем молчать.

Серега кивает. Бойкот – это серьезно. За бойкот в тюрьму не посадят.

Малыши спят. Все накрыты одеялами с головой. Тихо.

– Так, – говорит Миша. – Похоже, Серега, проспорил я тебе шоколадку.

– Мы не спорили.

– Ну, как хочешь, не спорили так не спорили. Раздадим по конфете тем, кто не спит, и пошли отсюда. Обойдешься без футбола.

Из-под одеял показываются детские головы. Не спит никто.

– Так, – говорит Миша, – Серега вас, чертей, уложить не смог, за это тетя Клава запретила всем смотреть футбол. А ты, Серега, пошел вон отсюда, хреновый из тебя педагог. Сегодня – я дежурный. Всем равнение на меня. Я вам не Серега, у меня не побалуешься. У меня живо все заснут. Трех часов не пройдет, как все будут спать как убитые. Всем понятно? Начнем с хорового пения.

Серега не обижается на Мишу. До Сереги доходит. Он со смехом возвращается в свою комнату, оставляя малышей на попечение великого педагога.

– Начнем с теоретической части. Кто из вас, скажите мне, знает наизусть Гимн Советского Союза? А Интернационал? И подойдите поближе, мне вас не слышно.

Все молчат. Никто не верит, что Миша не шутит. Все боятся Серегу.

– Чего молчите, – продолжает Миша, – Серегу боитесь? Или тетю Клаву? Ничего они вам не сделают. Сегодня я дежурный. А Серега с тетей Клавой поссорились и не разговаривают. Никому до вас дела нет.

Малыши потихоньку садятся на кроватях. Никто не решается первым подойти к Мише.

– Кто слезет с кровати первый, получит от меня конфету.

Маленький мальчик без руки подбегает первый. Миша разрешает ему взять конфету из кулька.

– И тому, на угловой кровати отнеси конфету, если он не спит, конечно.

– Я не сплю.

Мальчик без руки уже съел свою конфету и отнес одну лежачему малышу.

– Принесите подушки, – распоряжается Миша. – Все должны сидеть в ряд и на подушках.

Малыши очень быстро рассаживаются на подушках перед Мишей.

– Теперь хорошо. Теперь вы похожи на хор. Тому, кто расскажет наизусть Гимн Советского Союза, я дам еще одну конфету.

Гимн не знает никто. Миша открывает книгу и читает первый куплет. Просит малышей повторять за ним вслух.

Малыши тихо повторяют трудные слова, осторожно открывают рты.

– Нет, так не пойдет, так вы никогда петь не научитесь.

Миша почти разочарованно смотрит на хор, лицо его выражает полное отчаяние. Миша думает.

– Я принял решение. Вы у меня запоете. Сейчас будем брать "до". Кто умеет брать "до"?

Мальчик без руки тихонько тянет ноту.

– Тебя как зовут? – спрашивает его Миша серьезно.

– Вася.

– Что, Вася, вторую конфету хочешь? Не выйдет. То, что ты сейчас изобразил, – не "до". Это все, что хочешь, но не "до". Вполне возможно, что это "ми". Может быть, "си", но не "до". Где тебя так учили петь?

– Меня бабушка учила.

– А отбирать колбасу у беззащитных инвалидов тебя тоже бабушка учила?

Миша смотрит нагло и уверенно. Миша играет в открытую.

– Слушайте меня внимательно. "До" должно быть громче. Громче! Понятно? Еще раз и вместе. Повторяйте за мной: "до-о-о".

"До" Миша изображает очень тихо, но малыши уже поняли. Сначала очень тихо, потом все громче и громче они выкрикивают один и тот же слог. Они кричат, скачут на подушках и смеются.

Миша недоволен.

– Нет. Это все равно не "до". Впрочем, на первый раз неплохо. Сейчас каждый возьмет у меня конфету и споет "до" как умеет.

Все по очереди громко кричат и едят конфеты. Последним кричит Вася.

Его "до" выходит громче всех. Вася берет вторую конфету, еще одну без напоминания относит мальчишке с угловой кровати.

Миша недоволен. Он делает серьезное лицо.

– Чего от вас еще можно ожидать? "До" и ту громко петь не умеете. Вернемся к Гимну. Весь Гимн вы все равно за вечер не выучите. Будем учить постепенно.

Миша читает первое слово, малыши повторяют за ним. Повторяют вразнобой, нескладно. Они уже и не пытаются петь этот Гимн, только повторяют слова вслед за Мишей. Миша никого не поправляет, ни на кого не сердится. Все идет хорошо. Через несколько минут все очень громко повторяют первые три слова. Никого не надо уговаривать. Все кричат очень громко и каждый свое.

Веселье внезапно обрывается. Заходит тетя Клава. Тетя Клава – человек далекий от искусства. Хоровое пение ее не вдохновляет.

– Что вы тут делаете?

Миша невозмутим.

– Правда, они плохо поют? Ничего не могу с ними поделать. Учу, учу. Но кое-что уже выходит. Так, теперь все вместе повторяйте то, что выучили. Все хором поем "до".

Малыши не боятся тетю Клаву. Малыши боятся только Серегу. Все поют. Поют "до" как умеют, кричат "до" так громко, как могут.

– Прекратите немедленно! – тетя Клава кричит громче, чем обычно. Тетя Клава ничего не понимает в хоровом пении.

– Я так и знал, что вам не понравится. – Миша невозмутим. – Но, вы знаете, не все так безнадежно. Если заниматься с ними каждый день, может получиться очень неплохо. Как вы думаете?

Тетя Клава не может говорить. Она тяжело вдыхает и выдыхает воздух, пристально смотрит на Мишу.

– Что ты, сволочь, делаешь? Собака бешеная. Да я сейчас тебя вместе с коляской в туалет откачу и на всю ночь оставлю. Да я знаешь, что с тобой могу сделать?

– Скормить крокодилам, – невозмутимо отвечает Миша. Лицо его серьезно как никогда.

Никто в детдоме никогда не посмел бы ударить Мишу. Но тетя Клава не как все. Тетя Клава – особенная нянечка.

Миша не смелый. Миша все рассчитал.

– Вот так всегда, – продолжает Миша. – Как всегда. Стараешься, стараешься – и где благодарность? Вот скажите мне, тетя Клава, где человеческая благодарность? Мы с вами уже двадцать минут боремся с этими уголовниками. Знаете, что они придумали? Вам бойкот объявили, а меня дежурить заставили.

– Что ты мелешь, какой из тебя дежурный? Серега сегодня дежурный.

– Вот я им так и сказал. Какой из меня дежурный? У меня здоровье слабое. Да какое здоровье? Нет у меня никакого здоровья. Как и у вас. И суставы у нас с вами болят постоянно. У вас суставы болят?

– Болят, – автоматически отвечает тетя Клава.

Тетя Клава открывает рот, чтобы сказать что-нибудь еще, но Миша ее перебивает. Миша не дает опомниться бедной женщине.

– Я им и говорю, что дежурство – наш долг перед страной. Что все должны дежурить, несмотря ни на что. И футбол тут ни при чем. Правильно?

– Какой футбол? Сейчас пойду Сереге на тебя пожалуюсь. Он же их уже полчаса как уложил, все спали. Я проверяла.

Миша грустно смотрит в пол. Миша и сам поражен коварством Сереги.

– Вы меня не слушаете, тетя Клава. Никто меня не слушает. Все из-за здоровья. Все думают, что раз у меня голос слабый, меня можно не слушать. И Серега меня не стал слушать. Я ему говорил, что футбол ничего не значит. Взялся дежурить – дежурь. А он меня с коляски грозился сбросить. Всегда так. Я как лучше хотел. Никто не хотел дежурить, мне пришлось. Серега кулаки свои показывает, вы одного в туалете оставить грозитесь. Что мне делать? Ну вот, скажите, что мне теперь делать?

Миша смотрит на тетю Клаву снизу вверх. Миша почти плачет от жалости к самому себе.

Тетя Клава не понимает ничего.

– Какой футбол? Никакого футбола! Я не разрешала футбол. Они футбол собрались смотреть? Я не дам!

Тетя Клава выбегает проверить, не смотрят ли парни футбол. Возвращается еще более растерянная.

– Там телевизор выключен и никого нет, – радостно говорит тетя Клава.

– Вот и хорошо, вот и правильно, – соглашается с ее радостью Миша. – Не нужно им никакого футбола. Зачем им футбол? Пусть вовремя спать ложатся, режим дня соблюдают. Они мне говорили, что надо к вам сходить, еще раз попросить, а я им так и сказал, что тетя Клава никогда футбол смотреть не разрешит. Тетя Клава если сказала, то сказала. Ее слово твердое. Приходили они к вам?

– Приходили, – с улыбкой говорит тетя Клава. – Обещали, что хорошо вести себя будут. А я не разрешила.

– И правильно, – говорит Миша. – Так и надо. Вообще я вами восхищаюсь. Вы – честная и принципиальная женщина. Побольше бы таких в нашем детдоме. Распорядок дня – это главное. Распорядок дня серьезные люди писали, профессора московские. Сон – лучшее лекарство. Крепкий сон – основа долголетия. Вы одна стоите на страже нашего здоровья. Одна против всех. Как Джордано Бруно.

– Никакая я не бруна. Как ты со взрослыми разговариваешь? Я – порядочная женщина. Зачем бруной обзываешься?

– Я ж не спорю. Конечно, порядочная. Джордано Бруно – положительный образ. Это я вас так похвалил, а вы не поняли. Книжки надо читать. "Бруно", а не "бруна". Разницу понимаете? Мужчина это был, очень хороший человек, а главное – очень смелый. Против всех пошел.

Миша опускает глаза, тяжело вздыхает.

– Правда, кончил он плохо. Сожгли его на костре. Ни за что не хотел от своих идей отказываться. Как и вы. Вы ж против всех идете. Против нас, против дежурного воспитателя, против директора.

Лицо тети Клавы багровеет. Дыхание сбивается. Когда Миша замолкает, слышно, с какими хрипами выходит воздух из ее легких. Тете Клаве плохо, очень плохо.

– Я против директора не шла, не ври. Когда это я против директора? Я никогда против директора.

– Как же? А кто футбол запретил смотреть? Директор разрешил, воспитатель разрешил, а вы запретили. Выходит, вы против директора. Я так считаю. Правильно это. Кто такой директор? Так, букашка, сидит в своем кабинете, бумажки подписывает. А вы – сила. Ответственная ночная дежурная. Вам виднее, что разрешать, а что запрещать. Директора с работы снимут, а вы останетесь. Я правильно говорю?

– Скорее меня с работы снимут, – тихо бурчит себе под нос тетя Клава.

Тетя Клава разворачивается и выходит из комнаты малышей. Тетя Клава думает. Думать тетя Клава идет в комнату для персонала. Там, у себя в комнате, тетя Клава лечит больные суставы. Лучше всего на суставы действует спиртовая настойка травы зверобой. Зверобой – полезная трава и помогает от всех болезней. Тетя Клава говорит, что натирает настойкой больные ноги, но ей никто не верит. Когда тетя Клава работает в ночную смену, лечить суставы она начинает сразу, как приходит на работу. Часам к десяти вечера лицо тети Клавы багровеет, она в последний раз заглядывает во все комнаты, в последний раз орет на малышей, просит старших присмотреть за порядком и идет спать. Спит тетя Клава крепко.

Тетя Клава возвращается. Медленно заходит в комнату к малышам. Нагибается к Мише. У тети Клавы после настойки очень хорошее настроение. Обычно она никогда не нагибается, когда разговаривает с нами.

– Мишенька. Ты ж хороший мальчик, я знаю. Я ж тебе всегда лучшие куски даю.

Миша не обращает внимания на фразу про лучшие куски. Миша действительно добрый мальчик. Он соглашается.

– Конечно, – говорит Миша. – Да и не ссоримся мы с вами никогда. Не то, что с остальными. Я вообще считаю, что вы у нас самая хорошая. Другие нянечки, что? Они только о себе думают. Разрешили футбол смотреть и спать пошли. А вы не такая. Вы всю ночь готовы дежурить, но за порядком проследить. Правда ведь? А Серега, знаете, что еще придумал? Я, говорит, теперь буду в каждую смену, когда тетя Клава дежурит, карнавал устраивать.

Тетя Клава разгибается. Смотрит вверх. Слово "карнавал" она не знает. Миша говорит и говорит. Если Миша начал говорить, остановить его почти невозможно. Учителя утверждают, что язык у Миши подвешен очень хорошо. И это правда. Кроме языка у Миши ничего больше нет. Только язык.

– Карнавал он собрался устраивать. Маски, говорил, на всех малышей надену и песни заставлю петь. Конфетти везде, серпантин, хлопушки. Я пытался спорить. Но разве меня кто станет слушать? Они намусорят, а вам убирать. Все теперь вам одной придется делать. Вечером малышей укладывать, по утрам будить, заставлять их умываться по утрам, зарядку делать.

Очень медленно до тети Клавы доходит. Она все еще улыбается после зверобоя, но уже менее уверенно.

– Не надо карнавал, не хочу карнавал, – говорит тетя Клава. – Я директору буду жаловаться.

– На что? Карнавал Серега будет до отбоя устраивать. Все согласно расписанию. До отбоя песни никому петь не запрещено. Вот посмотрите на них. – Миша кивает на сидящих в ряд малышей. – Кому они мешают? Сидят, поют.

– Я звоню директору. – Уверенно повторяет тетя Клава. Улыбка уже сошла с ее лица.

Миша смотрит на тетю Клаву немного насмешливо. Миша спокоен и уверен. Все идет так, как он хочет.

– Звоните, – говорит Миша. – Мне то что? Только директор вам помогать не станет. Директор за "Спартак" болеет. И зачем вам директор? Сходите в учительскую за дежурным воспитателем. Сегодня как раз учитель физкультуры дежурит. Он вам быстро поможет. Да, я ж забыл совсем, он тоже за "Спартак" болеет. Вы футбол запретили, теперь ему смотреть негде. В учительской телевизора нет. В учительской только телефон. По телефону чемпионат нельзя смотреть. Только по телевизору. А телевизора в учительской нет. Так что вы ему тоже футбол смотреть запретили. Ну и правильно. Нечего ему развлекаться. Он на работу пришел. Пусть работает. А то, завели моду, или спят на работе, или футбол смотрят. Нет. Работать так работать.

Миша улыбается. Улыбается он со злостью. Губы широко раздвинуты, а глаза смотрят прямо в лицо тете Клаве. Ему тяжело держать голову высоко поднятой, но он старается, не отводит взгляда от полного лица тети Клавы.

Тетя Клава не улыбается. Тетя Клава не может улыбаться, когда ей грустно. Тетя Клава не похожа на Мишу.

– Скотина, – шипит тетя Клава.

– Вы это про кого? Если про меня, то это можно, про меня все можно говорить, я не отвечу. А если про учителя физкультуры, то тут вы не правы. Никакая он не скотина. Хороший учитель. Не пьет, не курит. Одна слабость у него – футбол. Но за футбол с работы не выгоняют. Вот за зверобой выгоняют. Не все ж поверят, что вы зверобоем коленки натираете.

Тетя Клава сдает позиции. Тетя Клава улыбается Мише. Тетя Клава старается улыбаться как можно шире, но у нее ничего не выходит. Гримаса, которую она выдает за улыбку, ей не идет.

– У меня суставы, – упрямо повторяет тетя Клава.

– Я вам верю. А учитель физкультуры может не поверить и вызвать милицию. А у милиционеров такие трубочки есть, туда всех дуть заставляют. Вот подуете в трубочку, сразу станет ясно, больные у вас суставы или нет.

Тетя Клава убегает в свою комнату и так же быстро прибегает обратно. Вид у нее радостный.

– Пусть смотрят, – говорит она. – Пусть они подавятся своим футболом.

Миша не улыбается. Миша серьезен.

– Вот сами им это и скажите. С меня хватит. Они и так на меня весь вечер обижаются.

Настроение у тети Клавы хорошее. Она уходит объявлять старшеклассникам про футбол. Как всегда она повторяет, что все должны ее слушаться. Как всегда парни заверяют ее, что все будет хорошо, все лягут спать сразу после футбола.

Радостный Серега закатывает в комнату к малышам.

– Разрешила! Все в порядке. Всем спать. Миша, пошли футбол смотреть.

Миша смотрит в пол. Миша грустит.

– Так всегда. Никому нет дела до высокого искусства. Все приходится делать одному. Нет настоящих энтузиастов. Так и не споем мы Гимн.

– Ты с ума сошел? Какой гимн? Футбол разрешили. Тетя Клава сама пришла и разрешила. Ну ты и даешь. Я, честно, не верил, что у тебя получится. Спасибо.

Лицо Сереги светится. Миша смотрит в пол, Миша почти плачет.

– Хор. Гимн. Высшие идеалы. Серега, у тебя есть идеалы?

По лицу Сереги видно, что у него нет идеалов. У него есть разрешенный футбол и хорошее настроение у тети Клавы.

– Ты про что?

– Она на весь чемпионат разрешила или только на один вечер?

– Да неважно. Какая разница? Если сейчас разрешила, то и дальше будет разрешать.

– Я просил с ней не разговаривать.

– Так она футбол разрешила!

– А ты, как идиот, прибежал малышей укладывать. Хор мой закрываешь. Они только-только "до" освоили. И первую строчку Гимна. А у меня по плану еще "Интернационал" был. И вообще, ты дежурный или я? С какой стати ты тут командуешь?

Серега злится. Все было так хорошо! Но Миша прав. Хочется посмотреть весь чемпионат, а не только первый матч.

Миша говорит очень тихо.

– Учитель физкультуры пришел?

– Нет. Он уйдет с дежурства. Вернется после футбола.

– А я ее учителем испугал. Теперь она второй матч ни за что не разрешит. И все из-за тебя. Тебе футбол пообещали, ты и рад стараться. Теперь будешь всю неделю за ней тапочки носить.

Про тапочки – это оскорбление. Любой другой за такие слова давно получил бы по морде. Любой другой, но не Миша.

Серега потихоньку начинает злиться. Серега не понимает.

– Но она же разрешила. Все в порядке.

– А почему она разрешила?

– Ты попросил.

Миша делает вид, что сердится. Миша поднимает голову. Смотрит спокойно на Серегу.

– Я попросил? Не было такого. Я никогда никого ни о чем не прошу. Я заставляю или убеждаю. Просить бессмысленно. Ее все просили. А результат? Ноль. Попросил.

Миша сокрушенно качает головой.

– Короче, иди смотри свой футбол, но второй раз я с тетей Клавой договариваться не буду. Ты все испортил.

Серега не верит Мише. Серега знает Мишу очень хорошо.

– Ладно, хватит. Не умничай. Говори, что делать, – я сделаю.

Миша расстроенно смотрит на хор. Малыши сидят на подушках. Никто и не думал ложиться.

– Нет, ты пойми тетю Клаву правильно, Серега. Вот ты укладываешь малышей спать, потом прихожу я, стараюсь, опять их укладываю спать, потом опять приходишь ты. Что получается? Получается, ты главный, а я так, случайный человек. И петь они не поют, и тетю Клаву слушаются. Плохо. Выходит, никакой я не дежурный. Второй раз тетя Клава со мной разговаривать не станет. И в карнавал не поверит.

– Какой еще карнавал?

– Обыкновенный, с хлопушками, как в Бразилии. Я ей обещал, что если она футбол смотреть не разрешит, мы карнавал устроим. От твоего имени обещал.

– Правильно, давно пора, – соглашается Серега, – дверь ей подпереть и дыма напустить через замочную скважину. Такой карнавал получится!

– Если выживет – пятнадцать суток, если задохнется – пятнадцать лет. Лучше уж крокодилам ее скормить.

Миша не улыбается, Миша серьезен как никогда.

– Серега. Ты в тюрьму сильно хочешь? Я тебе про праздник рассказываю, радость. Хлопушки, серпантин, конфетти. Неужели так трудно понять? Кто дежурный, я или ты?

– Ты. Но я на самом деле ничего не понимаю. Чего ты от меня хочешь?

– Чтобы они запели.

– Делов-то? Сейчас запоют как миленькие.

Серега берет из рук Миши книжку.

– Что тут у тебя? Гимн Советского Союза. Ерунда какая, они ж маленькие.

Откладывает книгу в сторону, уверенно оглядывает хор.

– Сейчас все у меня запоют. Петь будете про елочку. Кто будет петь тихо, получит в лоб. Всем понятно?

– Погоди, Серега. – Миша все еще серьезен. – Выкати меня из комнаты.

Серега осторожно выкатывает Мишину тележку из комнаты в коридор. В коридоре Миша очень тихо шепчет:

– Про елочку ты хорошо придумал, я бы ни за что не догадался. Сейчас не Новый год, конечно, но нам ведь главное, чтобы они пели, правда?

– Правда, – соглашается Серега и улыбается. Серега не умеет долго грустить.

– Ты, конечно, теперь дежурный, но у меня маленький совет. Можно сказать, просьба.

– Давай.

– Когда вы будете петь, и зайдет тетя Клава, все должны хором сказать: "Спокойной ночи, тетя Клава!"

– Сделаем! – Серега счастлив, Серега наконец все понял.

Миша тихо сидит в коридоре, малыши громко поют про елочку, потом про зайчика. После зайчика поют про Снегурочку и Деда Мороза. Из комнаты персонала выходит тетя Клава. Не обращая никакого внимания на Мишу, она быстро вваливается в комнату к малышам и начинает орать. Орет тетя Клава громко, но ее крик прерывает нестройное приветствие. Малыши хором желают ей спокойной ночи.

Из комнаты малышей тетя Клава выходит медленно. Замечает Мишу в коридоре.

– Сволочь, скотина, это все ты, ты у них главный, – повторяет тетя Клава упорно. На Мишу она старается не смотреть.

Но Миша совсем не обижается на ее слова. Миша – послушный мальчик.

– Тетя Клава, – робко просит Миша, – уложите меня спать, пожалуйста.

Миша смотрит на тетю Клаву наивным взглядом, Миша просит тетю Клаву очень вежливо.

– Пусть Федя тебя укладывает, нужен ты мне больно, – грубо прерывает Мишу тетя Клава и пытается пройти мимо Миши.

– Федя спит, Феде нельзя футбол смотреть. Сегодня вы меня уложите. Ну один разочек, ну пожалуйста.

Тетя Клава долго разглядывает Мишу. Она как будто не узнает его. Потом машет рукой в воздухе, крестится и мрачно нагибается за веревкой, привязанной к Мишиной тележке.

Тележку тетя Клава тянет быстро, рывками. Миша не падает. Если он упадет, тете Клаве придется его поднимать. Мише все равно – падать так падать. Когда Миша падает, он не плачет, когда радуется – не смеется. Миша – серьезный мальчик.

Тетя Клава закатывает Мишу в спальню, перекладывает его легкое тело на кровать. Миша просит принести горшок. Просьба о горшке – наглость. Просить принести горшок тетю Клаву глупо. Глупо и бесполезно. Но на этот раз она сдается. Тетя Клава молча приносит Мише горшок и также молча уходит. Она еще не придумала, как отомстить Мише, она медленно думает.

Весь вечер тетя Клава ходит по коридору, неразборчиво бурчит себе под нос. Весь вечер, пока старшеклассники смотрят футбол, тетя Клава недовольна. Она просит сделать телевизор потише, потом еще потише. Парни почти выключают звук телевизора, но продолжают смотреть. Футбол можно смотреть и без звука. Главное – не пропустить гол. Но гол пропустить невозможно. Серега, который сидит почти перед самым телевизором, аккуратно объявляет шепотом голы. Никто не кричит, не радуется. Футбол – серьезное дело.

Несколько раз тетя Клава порывается подойти к розетке. Она хотела бы выключить телевизор за несколько минут до окончания матча. Но у нее ничего не выходит. Каждый раз при приближении тети Клавы Серега как бы нечаянно перекатывается на тележке между розеткой и телевизором. Тетя Клава могла бы попробовать отодвинуть Серегу силой, но она боится. Серега и в обычные дни не очень сдержанный человек, а когда идет футбол, он вспыльчив особенно. Это знают все, это знает и тетя Клава. Наконец тетя Клава уходит к себе в комнату и засыпает. Теперь звук телевизора можно включить почти на полную мощность. Тетя Клава спит крепко.

Футбол заканчивается. Счет не важен. Важно то, что футбол разрешили. Серега выдергивает шнур питания из розетки, все расходятся спать.

В следующее дежурство тетя Клава орет на всех даже громче, чем обычно. На следующее дежурство тетя Клава приносит пачку мятых листков бумаги.

– Все, конец вам всем пришел, – громко повторяет тетя Клава и трясет мятыми бумажками. – Я заявление написала. Все в колонию пойдете. А ты, Сергей, готовься, тебя сразу в тюрьму направят. Ты – совершеннолетний.

Миша с Серегой не идут в этот день на занятия. Они сидят в коридоре перед телевизором. Ждут. Наконец их вызывают в кабинет директора. Директор занят, директору некогда заниматься пустяками. В кабинете директора их принимает завуч, строгая маленькая женщина. Некрасивые, едва заметные очки, седые волосы собраны в строгий пучок на затылке.

– Доигрались, – спокойно говорит завуч. – Все, Сергей, похоже, на этот раз тебя придется отчислить из детского дома.

Серега немного боится завуча. Завуча боятся все, все это признают, но только не Серега.

– За что? Мне полгода до аттестата осталось.

– А вот для этого мы сейчас и собрались. Чтобы выяснить, за что конкретно тебя надо лишать аттестата. Признавайся, кто был зачинщиком беспорядков: ты или Миша?

– Я, – быстро вставляет Миша. – Я – зачинщик.

Мише все равно. Мише не нужен аттестат. И из детского дома его не отчислят. После окончания школы Мишу отвезут умирать в дом престарелых. Все это знают, завуч неглупая женщина и понимает, что Миша подставляет себя не из благородства.

– Миша, помолчи пожалуйста, – вежливо просит она. – Дойдет очередь и до тебя. Пока разберемся с поведением Сергея.

Завуч кладет на стол серую папку. В папке записано все. Все, что успел натворить Сергей за школьное время. Она открывает папку, медленно пролистывает страницы.

– Итак. Ты неоднократно получал замечания от учителей и воспитателей. Ты грубишь старшим, дерзок, резок. А на прошлой неделе избил ребенка.

Серега не выдерживает. Серега вынимает из кармана эспандер. Маленький кружок резины почти незаметен в его крупной ладони. Серега методично сжимает и разжимает кисть правой руки. Считает до десяти, перекладывает эспандер в левую руку. Так он успокаивает нервы. Сейчас ему нельзя срываться. Сейчас он должен оправдываться спокойно. Если он повысит голос – все, пропадет. Кричать в кабинете директора нельзя. В кабинете директора надо разговаривать вполголоса. Кабинет директора – особенное место в детском доме.

– Никого я не избивал. Неправда это.

– У меня записано. – Завуч открывает папку на нужной странице. – Ты избил шестилетнего мальчика.

Серега почти спокоен. Он методично мнет эспандер.

– Посмотрите на мой бицепс! – Серега закатывает рукав рубашки, сгибает правую руку в локте. – Я избил ребенка? Да я взрослого кого хошь в пять минут уделаю. Если бы я кого-нибудь избил, его бы врачи по кусочкам собирали. Так, дал пару раз по шее, да и то слегка. Избил. Понапишут всякого. Я вообще никогда в детдоме не дрался. Почитайте мое дело, там все должно быть записано.

– Хорошо, хорошо, – старается успокоить Серегу завуч. – Ты прав. Слово "избил" тут не подходит. Но ты все-таки признал свою вину и извинился перед товарищем.

– Признал, – кивает Серега. – И извинился.

Серега не может сдержать улыбку. Он вспоминает, как извинялся перед малышом в присутствии всей школы.

– Видишь. Ударить маленького мальчика! – Завуч качает головой. – Тебе ведь было стыдно?

– Не было. – Серега успокоился. Теперь он может разговаривать нормально. – Как бычки из лужи подбирать, так он большой, а как по шее получить, так маленький? Неправильно это. И не бил я его совсем, только пригрозил. Я его курить отучал. Он сигарету выкурил, потом десять кругов вокруг бухгалтерии пробежал. Потом опять сигарету.

– Где ты взял сигареты?

– В магазине. Я ж не для себя покупал. Я ему, дураку, можно сказать, жизнь спасал. Вырастет, спасибо скажет.

– А бегал он зачем?

– Так у него руки нет. Если бы ноги не было, он бы у меня от пола отжимался. Я доказывал вред курения. Слабак он. После третьей сигареты заплакал и жаловаться побежал.

– Ты мог найти другие методы убеждения. Надо было с ним поговорить, рассказать о вреде курения словами.

Серега уже разговаривает в полный голос. Голос у Сереги взрослый, сильный. Как всегда, когда Серега разговаривает со старшими, он нервничает.

– Ага. На словах его не убедить. Вон, лектор каждый месяц о вреде курения рассказывает. И воспитатели. И что, убедили кого-нибудь? Ни один курить не бросил, как курили, так и курят.

– Кто конкретно курит? Ты можешь назвать фамилии?

Серега замолкает. На такие вопросы в детдоме отвечать не принято. Впрочем, и задавать их не принято. Серега делает вид, что не расслышал вопроса, завуч делает вид, что ей не так важен ответ.

– Пожалуйста, не повышай голос, – просит она вежливо.

– Я не повышаю голос, я всегда так разговариваю.

– Опять споришь со старшими, огрызаешься. На тебя регулярно жалуются воспитатели.

– Пусть жалуются. Я ж не виноват, что им не нравлюсь. Я ничего плохого не делаю. А вы папку почитайте, там все написано. Там написано, что я исправился.

– Я внимательно изучила твое дело.

– Нет, – Серега старается говорить тише, но голос его все же выдает нетерпение и резкость. – Вы только из начала читаете, там, где замечания пишут. А вы и из конца почитайте, где благодарности.

Завуч кивает, открывает Серегину папку в конце.

– Благодарность от учителя физкультуры, это понятно. Но по геометрии? Странно.

– Ага, видите? Почему странно? Когда я курил, всем было не странно, а теперь, когда бросил, странно. А что, геометрия? Я наглядные пособия на токарном станке выточил. Старые стерлись. И стул починил. Вы еще почитайте, там должно быть написано. У меня "четверка" по литературе.

Завуч поднимается, смотрит на Серегу.

– С геометрией мы разобрались. С физкультурой у тебя тоже все в порядке. И курить ты бросил. Это похвально. У меня нет оснований тебе не доверять, и я тебе верю. Но записи про литературу тут нет.

– Как нет? Я сейчас пойду с ней поговорю. Она мне обещала.

– Не надо никуда идти. Учительница литературы, наверное, просто не успела записать о твоих достижениях.

– Не успела! Так я и поверю. Она мне обещала, что в тот же день запишет.

– Успокойся, пожалуйста. Просто расскажи, как ты открыл в себе литературный талант. Я тебе поверю на слово. Может быть, ты выучил стихотворение наизусть или написал хорошее сочинение?

– Нет. – Серега резко мотает головой. – Зачем мне врать? Мне стихи трудно учить, я после наркоза. У меня после наркоза память плохая. И сочинения я пишу плохо. Я стенгазету сделал.

– Стенгазета висит уже третий день. Но я не знала, что ты – ее автор.

– Я, конечно, кто еще? Я рамку сколотил, Миша заголовок нарисовал. А статьи в газету мне за вечер написали. Я попросил. Словами.

Когда Серега произносит: "словами", он улыбается. Никто не смог бы отказать ему в просьбе. Серега самый сильный в детдоме.

Завуч едва заметно улыбается.

– Что ж. Приходится признать, что ты на самом деле встал на путь исправления. Но даже одного серьезного проступка в твоем случае хватит, чтобы отчислить тебя из детдома. Ты, почти взрослый человек, осознаешь, что поступил нехорошо? Признавайся, что ты натворил?

– Ничего.

– А может, все-таки вспомнишь, у тебя есть две минуты.

– Нечего мне вспоминать.

– Тогда я попрошу вспомнить Клавдию Никаноровну. Но в этом случае мне придется записать в деле, что ты отказался признаваться добровольно.

Серега все быстрее сжимает эспандер.

– Пишите, что хотите. Вы все равно все только против меня будете записывать. Как учительница литературы. Обещала и не записала.

– Ну, тогда как хочешь. И помни, у тебя был шанс сознаться добровольно. Клавдия Никаноровна, рассказывайте, пожалуйста.

Тетя Клава уже не может сдерживаться. Тете Клаве было трудно стоять на одном месте и молчать.

– Уголовники... Все они уголовники... Водку пьют, курят. Сволочи, гаденыши. А эти, – она показывает рукой в сторону Сергея и Миши, – самые из них опасные. Серегу в тюрьму надо, пока он никого не убил.

Тетя Клава говорит очень громко, гораздо громче Сереги. Но ей можно говорить громко, и называть Серегу сволочью тоже можно. Она взрослая.

– Извините, – тихим голосом говорит завуч, – вы не могли бы говорить несколько потише? Продолжайте, продолжайте. Рассказывайте по порядку, что произошло. Я буду записывать.

Завуч раскрывает Серегину папку, берет ручку. Она готова записывать все, что расскажет тетя Клава.

– Итак, – мягко напоминает завуч, – вы остановились на том, что в ваше дежурство мальчики распивали алкогольные напитки.

– Сережа, что ты на это скажешь?

Серега молчит. С виду он уже почти спокоен. Теперь и ему уже все равно. Его выгонят из детского дома, это точно. Спорить бесполезно.

– А она меня поймала? Пусть поймает сначала, а потом говорит. Справку пусть покажет от врача, что я пил. Без справки не считается.

– Какая тебе, сволочь, справка? – почти кричит тетя Клава. – Да у тебя пятнадцать лет на роже написаны. Тебя в любую тюрьму без справки возьмут. Я заявление написала. Мое заявление – документ. Понятно?

Серега молчит. Он низко наклоняет голову. Серега старается не смотреть на тетю Клаву. Если не смотреть на нее, тогда еще можно сдерживаться. Серега знает, что если поднимет голову, то сразу ударит. Бить сотрудников нельзя. Бить сотрудника – все равно, что бить милиционера. За это сразу посадят.

– Так, все ясно. Возразить тебе нечего. Будем считать, что ты сознался.

Серега поднимает голову, смотрит на тетю Клаву. Тетя Клава резко отпрыгивает в угол.

– Видите, видите? Я ж сказала, что уголовник. Сейчас драться кинется.

– Не кинется, – спокойно говорит Миша. Миша поднимает голову, смотрит на завуча. – Серега не сознавался. И я не сознавался. Беспорядки были, водки не было. И прав Серега, справка должна быть от врача, и свидетельские показания двух взрослых. Позовите дежурного воспитателя.

Серега улыбается. Настроение у Сереги меняется быстро. Серега вспыльчивый парень. Вспыльчивый, но отходчивый. Серега смотрит на тетю Клаву и улыбается. Тетя Клава не рада его улыбке. Тетя Клава стоит в углу кабинета и старается отодвинуться от Сереги подальше. Но отходить ей некуда. Кабинет директора не очень большой.

– Есть мнение, – уже совсем тихо говорит завуч, – есть мнение, что дежурный воспитатель отлучался с дежурства.

– Врут, – почти кричит Серега, – знаю я, откуда у вас мнение. Конечно, врут. Никуда он не отлучался. Все время на дежурстве был. Да, футбол он с нами не смотрел, ему хотелось, наверное, но он не смотрел. Но до футбола и после я его видел. Вечернее дежурство он принял, утреннее сдал. Что ему, больше делать нечего, как только футбол смотреть? Он за противопожарную безопасность отвечает. Детдом большой, ему все осмотреть надо перед отбоем. Он где угодно мог быть. У девочек в корпусе, в кочегарке. И сторож его видел. Сторожа спросите, он подтвердит.

Серега опять выходит из себя. Защищать учителя он готов с большим упрямством, чем защищаться самому.

– Тетя Клава, вы ж всю ночь не спали, подтвердите, что был воспитатель. Вы только под утро заснули, а он вас будил. Помните?

Тетя Клава думает. Впрочем, выбор у нее не большой. Ссориться с учителем физкультуры ей не выгодно.

– Был, точно был, – говорит она уверенно. – Я всю ночь не спала, был он.

Радостная тетя Клава гордо оглядывается.

– Я не спала, и он не спал, точно. Мы вместе дежурили.

– Тогда все в порядке. Я сейчас его вызову, и пусть объясняет, почему он не написал докладную записку о чрезвычайном происшествии. Распитие алкогольных напитков – серьезный проступок. Он не должен покрывать нарушителей, даже если это его любимчики.

– Не надо его вызывать, – просит тетя Клава. – Не видел он ничего. Они без него все делали. Он отошел ненадолго, а они сами. Они – вредители все. А Сергея в тюрьму надо. Уголовник он.

Завуч умело сдерживает эмоции.

– Так. Все по порядку. Дети распивали алкоголь, а дежурный воспитатель не принял надлежащих мер. Вы, конечно, доложили ему о случившемся. Что он вам ответил?

— Я не докладывала. Зачем я буду докладывать? Он тоже сволочь. Он только с виду водки не пьет, а на самом деле такая же скотина, как и все. Он, может, водку дома каждый день пьет, между дежурствами. Знаю я этих непьющих. Не пьют, не пьют, а потом напьются как свиньи и давай буянить.

— Приехали, — замечает Миша, — все. Через пять минут тетя Клава скажет, что мы вместе с учителем физкультуры водку пили.

Миша смотрит на завуча. Миша говорит серьезно и спокойно.

— Попросите, пожалуйста, тетю Клаву не ругаться, если можно, конечно. Нет, если ей так хочется, пусть она меня сволочью обзывает, я не против. Но Серегу нельзя обзывать. Серега нервничать начинает, руками размахивать. Что будет, если он случайно заденет тетю Клаву? Она ж в больницу сразу попадет.

— Миша, пожалуйста, помолчи. Разговаривать будешь, когда тебя спросят. А вы, Клавдия Никаноровна, постарайтесь следить за лексиконом.

— За кем следить? Я и так слежу. Я всегда за ними слежу.

Серега улыбается все шире. Миша не улыбается. Завуч не улыбается тоже.

— Постарайтесь не употреблять плохих слов в присутствии детей. Так понятней? Продолжим. Вы утверждаете, что дети пили водку на глазах у воспитателя, а он ничего не заметил. Это халатность. Вопрос о его поведении будет вынесен на очередное собрание коллектива. Он будет наказан, вплоть до увольнения. Но вы должны были вызвать врача. Почему вы этого не сделали? А если бы кому-нибудь из детей стало плохо? Вы понимаете всю тяжесть вашего проступка?

– Правильно, – говорит Серега. – Врача надо было вызывать. Врач бы и от коленок что-нибудь прописал. А то все зверобой и зверобой. Не только зверобой от суставов помогает.

– Не надо врача, зачем врача? Они же здоровые, как быки. Что с ними сделается? А зверобой я для компрессов использую.

– Ага, для компрессов, – Серега говорит уже почти спокойно. – Бутылка за дежурство. Это можно всему детдому компрессов наделать. И еще останется.

– Сережа, я бы посоветовала и тебе помолчать. Ты берешь плохой пример с Миши. Прекратите немедленно. Когда взрослые разговаривают, дети должны молчать. Клавдия Никаноровна, вы могли позвонить мне или директору. Наши телефоны висят на видном месте. Почему вы покрывали преступление?

– Я не покрывала.

– Пьяные дети нарушали распорядок дня, а вы бездействовали.

– Почему "пьяные"? Зачем "пьяные"? Трезвые они были. Они, когда футбол, не пьют. Да. Трезвые они были. И дежурного воспитателя звать не надо, и врача не надо.

– Так они пили или не пили?

– Пили.

– Значит, были пьяные.

– А они в другой день пили. Они все время водку пьют, но в мое дежурство не пили. Они в другое дежурство пили. А у меня не пили. Я все время слежу. Они вообще пили. И режим нарушали. Они бандиты все.

– В ваше прошлое дежурство они не пили?

– Нет. Но курили. Они все курят.

Завуч спокойна.

Серега поднимает руку. Он поднимает руку, как в школьном классе.

– Говори, Сережа.

– Я не курю. Я курить бросил. И запись об этом в моем деле есть. И Миша не курит. Он и так одним легким дышит. Куда ему еще курить?

– У тебя все?

– Все.

– Продолжайте, пожалуйста.

Тетя Клава завелась. Обычно тетя Клава думает слабо, но когда заведется, она не думает совсем.

– Да что тут продолжать? Брать их надо. В милицию везти. В милиции они сразу заговорят. Он меня убить хотел. Бандит он. Угрожал. Это надо записать, что угрожал. А еще они футбол смотрели и пели. Я петь не разрешала. И футбол не разрешала.

– Они смотрели футбол без вашего разрешения?

– Нет, с разрешением смотрели. Я им не разрешала сначала, а потом разрешила. Сволочи они. Я петь не разрешала, а они пели. А он еще угрожал мне.

– Можно мне сказать?

Миша говорит очень тихо.

– Нельзя. Надо поднимать руку и ждать, пока к тебе обратятся.

– Я приподнял кисть руки, но вам не видно из-за стола. Я низко сижу.

Завуч устала.

– Говори, только покороче.

– Я должен. Мне будет трудно, но я должен сказать всю правду. Он мой одноклассник и настоящий друг, а настоящие друзья должны говорить в глаза об ошибках товарища. И на собрании должны говорить. Серега действительно тете Клаве угрожал. Он хотел ее на костре сжечь. И крокодилам скормить. Только дрова он не заготовил. А крокодилы из яиц вылупляются. Им еще инкубатор нужен. Без инкубатора ничего не выйдет.

– Прекрати немедленно!

– Почему?

– Ты неглупый мальчик, сам понимаешь почему. Не устраивай, пожалуйста, балаган из серьезного мероприятия. Если хочешь что-то сказать, говори конкретно. Есть мнение... – Завуч делает паузу. Она молчит, а когда она молчит, все молчат вместе с ней. – Есть мнение, что Сергей угрожал запереть Клавдию Никаноровну в комнате для персонала. Это серьезное обвинение.

– Это несерьезное обвинение. Вы видели, какая дверь в этой комнате? Фанера в полпальца толщиной. Там только меня можно запереть. А тетя Клава эту дверь одной ногой вышибет, не напрягаясь. Не угрожал он ей – так, болтал без толку про крокодилов. Одни слова. Она меня в туалете на ночь хотела оставить. Там снег в туалете на подоконнике. Я бы за ночь замерз. Что с того? Слова – это только слова. Крокодилам он ее скормить хотел? Хотел. А инкубатор не построил. Сжечь на костре хотел, а дрова не заготавливал. Короче, нет состава преступления.

– И все-таки, я тебя не понимаю. Твой долг осудить товарища и помочь ему раскаяться в проступке, а ты? Ты выгораживаешь преступника.

– Меня вы не понимаете, а тетю Клаву понимаете? Тогда объясните мне. Она сама себя не всегда понимает. То была водка, то не было. То курили, то не курили. В чем конкретно она Сергея обвиняет? Он дурак, конечно, но за это не судят. Никакой он не преступник.

– Но беспорядки были?

– Были.

– Кто их организовывал?

– Я.

– Я так и полагала. Тогда приступим к твоему делу.

Завуч раскрывает Мишину папку. Мишина папка толще папки Сереги. Сразу видно, что Миша гораздо опаснее. Миша – закоренелый преступник. Рецидивист.

– В твоем деле масса замечаний: пропуски уроков, грубость старшим. Вот, например, объясни мне, откуда у тебя последнее замечание?

– Последних должно быть два. По литературе и математике.

– За что?

– За Достоевского. Я назвал Достоевского идиотом.

– А по математике за что?

– Я же сказал, два замечания. По математике тоже за Достоевского.

– Но по математике у тебя нет замечания.

– Одно из двух: или она еще не записала замечание, или Достоевский на самом деле не очень умный человек.

– Я не вижу связи.

– Все просто. Достоевский утверждал, что в рулетку можно выиграть, если ставить понемногу, а математика утверждает, что выиграть в рулетку невозможно. Даже формула есть для точного подсчета вероятности.

– Ничего страшного. Достоевский ошибался.

– Да это понятно, что ошибался. – Миша встряхивает головой, отбрасывая прядь волос со лба. – Дело не в этом. Ошибался он потому, что был глуп. Зачем мне читать книги глупого человека?

– Достоевский не глупый человек и гениальный писатель.

– Мы можем поспорить?

– Нет. Ты и так отнимаешь слишком много моего времени.

Миша молчит. Серега мрачно сжимает и разжимает в кулаке эспандер. Тетя Клава тоже молчит. Тетя Клава стоит, прислонившись к стене, и почти спит. Очевидно, у тети Клавы нет собственного мнения о Достоевском.

– Почему ты молчишь?

– Не хочу отнимать у вас время.

– Но признаваться все равно придется.

– Я знаю.

– Тогда рассказывай.

– Крокодильи яйца я не знаю, где можно купить. И страусиные тоже. Хотя говорят, что из страусиных яиц можно большие яичницы жарить.

– Хватит.

– Хватит так хватит. Хотя я вас тоже не понимаю. Сначала: говори, потом: хватит.

– Перестань изображать из себя клоуна. Будешь признаваться?

– В чем?

– В организации беспорядков.

– Так я уже признался. Вызывайте милицию, сажайте меня в тюрьму.

– С тобой невозможно разговаривать по-хорошему. У меня кончается терпение. Ты нарушал режим дня?

– Нет.

– Подожди, ты же сам только что сказал, что был организатором.

– Организатором чего?

– Вот это я и хочу от тебя услышать.

Голос завуча уже дрожит. Еще немного, и она закричит на Мишу. Миша не замечает этого, Миша думает.

– Так. Давайте по порядку. Сначала договоримся о системе аксиом, потом на основании этих аксиом выведем суждения. Хорошо?

– Нет, не хорошо. Я не хочу больше ничего слышать ни об аксиомах, ни о крокодильих яйцах.

– А о чем вы хотите слышать? И потом, если я начну просто повторять то, что вам хочется слышать, я могу неизвестно чего на себя наговорить.

– Что происходило в тот вечер?

– Футбол.

– А после футбола?

– Ничего.

– Значит, ты утверждаешь, что сразу после футбола пошел спать?

– Нет. Я этого не утверждаю.

– Вот видишь, тогда расскажи все, что помнишь.

– Я не смотрел футбол, а пошел спать до футбола.

– Я тебе не верю.

– Я так и знал. Мне никто не верит. Серега не верит, тетя Клава не верит, теперь еще вы не верите. Спросите тетю Клаву, она меня в тот вечер спать укладывала.

– А Федя?

– При чем тут Федя? Федю я заранее спать отправил. Нет, вы спросите тетю Клаву.

– Клавдия Никаноровна.

Тетя Клава спит. Тетя Клава спит стоя. Глаза ее закрыты, руки сложены на груди.

– Клавдия Никаноровна, – завуч вынуждена почти кричать.

– Что?

Тетя Клава медленно просыпается.

– Миша утверждает, что вы его уложили спать. Это правда?

– Уложила. Уложила я его, он еще, сволочь, горшок попросил. Я принесла.

– Но вы же утверждали, что он нарушал режим дня и организовывал беспорядки в ваше дежурство?

– Нарушал! Конечно нарушал.

Тетя Клава уже совсем проснулась, и голос ее набирает обороты.

– Он всегда нарушает, он у них главный. Уж на что Сергей бандит, а Миша в сто раз его хуже. Вы его плохо знаете. Он у них главный. Он всегда нарушает.

– Мне надо сказать. – Миша говорит уже почти еле слышно. Миша устал.

– Хватит, ты уже достаточно наговорился сегодня. Я вызываю директора и выношу вопрос на педагогический совет школы.

– Что мне инкриминируется?

– Ишь ты как заговорил, когда тебя прижали! – Завуч почти довольна. – На педагогическом совете и расскажешь.

– О чем?

– Сам знаешь о чем. Ты же признался.

– В чем? – Миша говорит без интонаций. Миша не смотрит в глаза завуча. Он нервничает. Нервничает Миша редко.

– Ты сам признался в организации беспорядков.

– Когда?

– Только что. Когда сказал, что водки не было, а беспорядки были.

– Нам придется договориться об аксиоматике. Позовите учителя физики.

– Может, математики?

– Можно и математики, но у меня с этой учительницей отношения не сложились. На педагогическом совете все равно будет учитель физики. Вы ничего не теряете, позовите физика, пожалуйста. Или позвольте определить аксиомы самостоятельно.

– Хорошо. У тебя две минуты.

– Все, что говорит сотрудник детского дома, – правда. Тетя Клава – сотрудник детского дома. Тетя Клава видела беспорядки и нарушение режима. Я не видел. Если я не видел явления – это не значит, что оно не существует. Тетя Клава утверждает, что я являюсь организатором беспорядков, значит, так оно и есть. Мы же не можем менять аксиомы в процессе рассуждения?

Миша смотрит на завуча. Миша ждет ответа. Завуч показывает Мише на настенные часы.

– Тогда я продолжаю. Исходя из первой аксиомы, гласящей, что сотрудник школы всегда прав, делаем единственно возможный вывод. Беспорядки были, и я их организовывал. Но признаться в этом я не могу, так как я в этот момент спал. Какие именно были беспорядки и как именно я их организовывал, и придется выяснять у свидетеля обвинения. Сейчас или на педагогическом совете – не имеет значения. Я спал, и имел право спать. Тетя Клава находилась на дежурстве и, соответственно, не спала. Вполне допускаю, что она видела больше, чем я.

– Видели, видели? – Все время, пока Миша говорит, тетя Клава нервно переступает с ноги на ногу. Она еле сдерживается, чтобы не закричать. При упоминании своего имени, тетя Клава не выдерживает. Она быстро подходит к Мише. Говорит тетя Клава не с Мишей и даже не с завучем. Она бросает слова в воздух поверх Мишиной головы. – Видели, что эта скотина делает? И так всегда. Ты ему слово – он тебе двадцать. Бруной называет. И все с улыбочкой, с подковыркой. Бес в нем. Я давно подозревала, а сейчас уверена. В нем бес сидит. Ну и спал, ну и что? Он и во сне может, он все может.

– Диалектический материализм отрицает наличие... – начинает Миша.

– Хватит! – завуч встает, быстро складывает папки в стопку. Так же быстро отходит от стола к сейфу с папками в руках, отпирает сейф, почти бросает в него папки. Когда она запирает сейф с папками на ключ, слышно, как гремит ключ в замочной скважине.

Завуч отходит от сейфа. Кажется, что прическа ее уже не так аккуратна, как раньше, очки сидят не так уверенно и точно.

– С меня хватит, – говорит завуч почти спокойно. – Все свободны.

– Можно сказать? – Миша говорит тихо, но уверенно и почти зло. Он знает, что победил.

– Нет.

– Это очень важно.

– Я же сказала– нет.

Миша пожимает плечами. Вернее, он чуть приподнимает левое плечо. Потом очень тихо говорит:

– Она в прокуратуру пойдет.

– Да, – радостно и быстро вставляет тетя Клава, – я к прокурору пойду. Я везде пойду. Я писать буду, в Москву писать буду. У меня заявление есть.

Тетя Клава расстегивает верхние пуговицы когда-то белого халата. Ничуть не смущаясь, вынимает из необъятного бюстгальтера пачку очень мятых листков бумаги.

Завуч смотрит на тетю Клаву, смотрит странно. Кажется, что она вот-вот засмеется.

– Что ж. Давайте заявление.

Читает завуч быстро. По выражению ее лица трудно понять, что именно написано в заявлении.

– Это вы писали?

– Я, – говорит довольная тетя Клава.

Завуч улыбается. Улыбается завуч не так широко, как обычно улыбается Серега. Улыбка завуча больше похожа на улыбку Миши. Когда завуч улыбается, всем становится не до смеха. Все в детдоме знают, что улыбается она редко, улыбается завуч только в крайнем случае.

– Чудесно. "Диверсия, саботаж, предварительный сговор". Замечательно! Так. Все свободны, а с Клавдией Никаноровной мы продолжим.

Серега подъезжает к Мише, берется за веревочку Мишиной тележки. Он вывозит Мишу из директорского кабинета, вывозит быстро. Серега старается выйти как можно быстрее, закрывает за собой дверь.

Обитая черной кожей дверь закрывается с мягким стуком. Серега смеется. Смеется Серега в полный голос, смеется до слез. Его широкие плечи мелко трясутся: "Миша... Миша... ты даешь!.. ну, ты даешь".

Миша не смеется. Миша серьезен. Миша никогда не смеется.

Все дежурство тетя Клава тихо сидит в своей комнате. Она ни на кого не кричит, не бегает по коридору как обычно.

Вечером тетя Клава режет хлеб. Резать хлеб трудно. Если нарезать хлеб как надо, тете Клаве ничего не останется.

Самое ценное в хлебной буханке – корка. Каждое дежурство первый кусок хлебной буханки тетя Клава обещает отдать самому послушному мальчику. Первый кусок – самый лучший. Первый кусок – горбушка. Кому достанется горбушка нас с Мишей не интересует. Все равно мы будем есть этот хлеб вместе. У нас есть еще полбутылки подсолнечного масла.

Тетя Клава подходит ко мне.

– Хороший мальчик, – говорит она, – вот Рубен – хороший мальчик. Всегда молчит, никогда не жалуется, не спорит.

Тетя Клава кладет передо мной горбушку. Отходит.

Мы с Мишей еле заметно переглядываемся. По полгорбушки на каждого у нас уже есть. Горбушка – это хорошо. На горбушку можно налить чуть побольше масла. Горбушку можно долго и вкусно жевать.

Тетя Клава режет хлеб. В этот раз ее что-то тревожит. Со стороны кажется, что тетя Клава разговаривает с кем-то невидимым, но это не так. Все нормально, все хорошо. Просто тетя Клава разговаривает сама с собой.

Невидимый спор прекращается. Тетя Клава разворачивает буханку хлеба на столе, уверенно отрезает от нее вторую горбушку. Вторую горбушку тетя Клава отрезает толсто, не жалея.

Тетя Клава подходит к Мише, кладет горбушку на стол перед ним. Тетя Клава смотрит на Мишу с уважением, почти ласково.

– Ишь, какой худой, кожа да кости. Вот горбушку возьми, ешь!

АРБУЗЫ

Кино. В актовом зале на первом этаже идет кино. Мы с Мишей – на втором этаже. Если мы очень захотим, то тоже сможем посмотреть кино. Надо только найти кого-нибудь, кто может снести нас по ступенькам. Один раз я уже видел кино в зале. Тогда я сполз по ступенькам сам. Потом, после кино, на меня долго орали, но это было уже после кино, и мне было все равно. Миша может попасть в кино еще быстрее, чем я. Его и снесут, и занесут. Миша может делать так, что все вокруг делают так, как он хочет. Я не могу.

В этот раз мы не хотим в кино. Миша сказал, что кино плохое, он видел его два года назад. Ходячие смотрят кино по несколько раз. Ходячим все равно, они не могут запомнить все кино с первого раза. Я – как ходячий. Когда фильм показывают по телевизору, я могу смотреть его снова и снова. Миша говорит, что у меня мозги, как у ходячего. Я ему не верю. Я – лучший ученик в школе. Тогда Миша соглашается. На самом деле, у меня мозги, почти как у ходячего, а это не одно и то же. В любом случае, если Миша говорит, что нам в кино делать нечего, мы остаемся. Я всегда слушаюсь Мишу.

Вечер. Темно. Мы не зажигаем света, нам не нужен свет. Выключатели высоко. Можно, наверное, было бы попросить кого-нибудь включить свет в коридоре заранее, но тогда пришлось бы объяснять, зачем нам нужен свет, а этого Миша не хотел.

– Как к тебе относятся в классе? – спрашивает меня Миша.

– Нормально.

– Нормально – это как?

– Нормально – это нормально, я недавно в школе.

– А синяк на лбу откуда?

– Я головой бился о спинку кровати.

– Зачем?

– Хотел, чтобы он положил меня на кровать.

– И как результат?

– Нормально. Он остался лежать в кровати, я – на полу.

– Слабо бился?

– Так синяк же на лбу.

– Значит, слабо. В другой раз сильнее надо стучать.

– Я изо всех сил стучал.

– Значит, не надо было стучать совсем. Лоб целее был бы.

– Так холодно было. Я в кровать хотел.

– Значит, надо было стучать сильнее.

Я не понимаю Мишу. Иногда он шутит, иногда серьезен. Миша говорит, что он никогда не шутит.

– А хочешь, Рубен, – внезапно спрашивает Миша, – его об стену постучат немножко?

– Зачем?

– Чтобы он к тебе лучше относился.

– Я ж тебе имени не назвал.

– И много людей в твоем классе могут тебя на кровать поднять? У одних рук нет, у других – ног. Я дурак, по-твоему?

– Нет, не надо. Не думаю, что от битья головой об стену ко мне будут лучше относиться. С людьми надо по-человечески договариваться.

– У тебя получается?

– Конечно.

– А в тот раз?

– В тот раз не получилось.

– А наутро?

– А наутро он мне сказал, что я должен был встать и потянуть его за одеяло.

– И улыбался при этом?

– Он всегда улыбается.

– Может, все-таки об стену?

– Не надо.

– Дурак ты, Рубен.

– Может быть, но не хочу, чтобы из-за меня людей били.

Миша молчит. Миша не понимает меня. Я из другого детдома. Миша всю жизнь прожил в одном детдоме, он привык.

– В общем-то, мне все равно, откуда у тебя синяк на лбу. Я не об этом хотел поговорить. Если, например, к вам в комнату вкатятся арбузы, с тобой поделятся?

– Поделятся.

– Ты уверен?

– Уверен. Со мной всегда делятся. Я не уверен, что арбузы просто так покатятся по коридору и попадут именно в нашу комнату.

– Просто так ничего не бывает. На склад привезли арбузы.

– Ну и что? В прошлом году тоже привозили. Нам все равно не досталось.

– В прошлом не досталось, в этом достанется.

– Дурак ты, Миша. С чего ты взял, что в этом году будет лучше, чем в прошлом?

– С того, что мне осталось жить сто сорок четыре дня.

– Не вижу связи.

– Через некоторое время меня отвезут в дом престарелых, а судя по всему, даже в дурдом, если я волосы не состригу.

– Состриги волосы.

– Тогда – в дом престарелых. И там, и там смерть. Какой резон стричься?

– Никакого.

– Правильно. Ты арбузов хочешь?

Я думаю.

– Нет, не хочу. Воровать нехорошо.

– Ты еще скажи, что нечестно.

– Воровать нечестно.

Темно, совсем темно. Я не вижу Мишиного лица. Мишин голос внезапно меняется. Это все тот же тихий шепот, как и раньше, но на этот раз я точно знаю, что Миша волнуется.

– А то, что одним все, а другим ничего, это честно?

– Никто не виноват, что ты инвалидом родился. Надо лучше учиться, потом лучше работать. Тогда и арбузы, и всё, что захочешь, у тебя будет.

– Ты хорошо учишься?

– Я – другое дело. Я плохо учусь. То есть, для ходячего я хорошо учусь, если бы я ходячим был, тогда да. А так, для неходячего, – плохо. Говорят, если неходячий может учебник математики за один вечер запомнить, его в Москву забирают.

– Учебник математики никто не может за вечер запомнить.

– Умные могут.

– Но ты не можешь?

– Я не могу. Я дурак, и ты не можешь, значит, и арбузы тебе не положены. Арбузы для умных.

Миша уже справился с волнением. Его голос как всегда спокоен.

– Ползи в туалет. Возьми два горшка. Один затолкай под свою кровать, другой – под мою.

– Сейчас. Я просто так не поползу в вашу комнату. Мне голову оторвут.

– Не бойся. Я подстрахую. Федька до конца фильма тут будет. Я скажу, что я первым в палату вернулся.

– Пусть Федька тогда горшок тебе и принесет.

– Он и принесет. Но сегодня мне нужно два горшка. Как он понесет два горшка у всех на виду?

Я ползу по коридору. Толкаю металлический горшок перед собой, заползаю в комнату к старшеклассникам. Первый горшок у Миши под кроватью. Когда выползаю из Мишиной комнаты – боюсь. Старшеклассников боятся все. Миша тоже старшеклассник, но Мишу я не боюсь. Миша – мой друг. Потом уже спокойней ползу за горшком для себя.

– Миша, я знаю, зачем горшки.

– Я думал, не догадаешься. Ты арбузы когда-нибудь ел?

– Ел. В Ленинграде, в больнице.

– Говорят, после арбузов всегда писать хочется.

– Не знаю. Я маленький кусочек съел. Мне один грузин рассказывал, что он один мог целый арбуз съесть. Он говорил, что в туалет потом долго надо бегать.

– Мне тоже рассказывали. Вот я умру скоро, а арбузов не поем. Это будет несправедливо.

Я устал. Я устал ползать по коридору и толкать горшки. Я уже не сержусь на Мишу, я никогда не сержусь на Мишу долго.

– Миша, – говорю я, – там же замок.

– Ну и что? Этот замок любой нормальный человек ломом подденет, и все.

– Миша.

– Что?

– Я знаю этого любого нормального человека.

– Не знаешь, а догадываешься. Или иди директору стукни, пока не началось.

– Ладно, я догадываюсь, ты прав. Доказательств у меня все равно никаких. Да и лом надо в перчатках использовать.

– Лом надо оборачивать мешковиной. Перчатки – лишнее.

– Там сторож, наверное.

– Сторожа там нет. Сторож напился и лежит.

– Миша, я не понимаю.

– Сторож тоже не понимает. Спит, и все.

– Тебе трудно объяснить?

– Не трудно. Бутылка водки стоит десять рублей.

– Я не уверен, но мне рассказывали, что гораздо дешевле.

– Сторож по ночам продает за десять. Не перебивай. Но если продать ему бутылку вечером и за три рубля, то на следующее утро он ничего не вспомнит.

– Вспомнит.

– А если в долг продать?

Я думаю. Миша на самом деле очень умный. Если продать бутылку сторожу в долг, он, разумеется, не вспомнит. Весь детдом знает, что все деньги у сторожа забирает жена. Не сможет он отнести бутылку домой. Я уже не спорю с Мишей. Я уже понимаю, что все варианты он просчитал наперед.

– Жалко все-таки сторожа. Его в тюрьму посадят.

– Не посадят. Сторож по закону отвечает только за вход на территорию детского дома и пожарную безопасность. По закону арбузов на складе детского дома быть не должно. Поджигать мы ничего не собираемся.

Я делаю вид, что не заметил Мишиного "мы".

Через две недели мы опять одни. Вечер. Темно. Две недели мы не разговаривали серьезно. Разговаривать серьезно можно один на один.

– Миша, ты рад? – спрашиваю я.

– Чему?

– Что арбузов поел.

– Чему тут радоваться? Ничего особенного. Арбузы как арбузы. Больше разговоров. Хлеб с подсолнечным маслом вкуснее. Масло хранить можно и, когда хочешь, есть, а арбузы – только вода. Никакой сытости. Сгущенка еще хорошая вещь.

– Миша, я не про это. Ты украл у людей арбузы. Ты рад? Оно того стоило?

– Ты тоже ел.

– И я ел. Попробовал бы я отказаться! Один против всей палаты, причем все сильнее меня. Но гордиться тут нечем.

– Если ты такой честный, мог бы рассказать все директору.

– Не мог. Даже если бы и захотел – не мог бы. Сейчас ты мне друг, а тогда бы был врагом.

– А ты рад? – спрашивает Миша.

– Нет. Странно только. Я когда ел честный арбуз, не краденый, он белый был, и кислый. Помню, я потом корку долго грыз, мне корка больше мякоти понравилась. А в этот раз арбузы были красные, сладкие, но корку погрызть не дали. Надо было все следы спрятать.

– Все нормально. Если арбуз был белый, значит, все красные арбузы украли до этого.

– Не может быть. Честных людей все равно больше.

– Это ты в книжках вычитал?

– В книжках.

Миша не сердится. Миша никогда на меня не сердится.

– Запоминай. Не бывает честных людей. Люди бывают умные и глупые. Умным все достается, глупым – ничего.

– Миша, но в тот раз, когда меня арбузом угощали, арбуз из магазина был.

– Ну и что? Значит, все хорошие арбузы в этом магазине раньше распределили.

– Ты хотел сказать "украли".

– Я всегда говорю то, что хочу сказать.

Мы молчим. Мы молчим не просто так. Миша ждет, пока я переварю его слова. Миша говорит, что для того, чтобы я что-нибудь понял, нужно время. Когда Миша разговаривает с Федькой, он делает паузы больше, чем в разговоре со мной.

– Миша, получается, ты самый умный в детдоме? И если ты умный, тебе можно воровать?

– Может быть. Может, я и самый умный среди дураков. Но среди умных был бы дураком. Накормил обезьяну арбузами. Обезьяна не рада.

– Кормить обезьяну арбузами – совсем не глупость. Я читал, что в зоопарке обезьянам дают бананы. Почему я обезьяна?

– Если это правда, и обезьян на самом деле кормят бананами, значит, ты не обезьяна, нам бананы не дают.

– Ты не ответил на вопрос.

– Потому что обезьяны не умеют считать.

– Я умею считать.

– Тогда считай. Сколько арбузов досталось вашему классу?

– Четыре.

– В среднем каждый арбуз весил по пять килограмм. Мы съели еще пять арбузов. Два арбуза нянечке, чтобы корки убрала и не болтала много. Какой делаем вывод?

– Что нянечка в доле. Она с вами вместе крала арбузы.

– Я не про это. Ты таблицу умножения знаешь?

Я не обижаюсь на Мишу. Миша думает гораздо быстрее меня.

– Миша, я знаю таблицу умножения. Могу примерно посчитать, сколько арбузов было украдено.

– Ничего ты не можешь, – в голосе Миши тоска, Миша понимает, что без объяснений я ничего не пойму. – Почему все молчат?

– Не знаю. Не было свидетелей, улик. Никто не догадался.

– По-твоему, все глупые? Надо было бы, прижали бы нянечку, она бы в миг раскололась. Почему никто ничего не говорит? Склад взломали, арбузов поели, все довольны. Ты дурак, Рубен.

– Миша, ты не сердись, я все равно не понимаю.

– Я не сержусь. Какой смысл на тебя сердиться? Люди от рыбы умнеют, а не от арбузов. Я тебе говорил, что честных людей не бывает? Вот и ответ.

– Я помню, что ты говорил, но мысль не уловил.

– Со склада в ту ночь пропало десять тонн арбузов. Теперь понял?

– Понял, но не верится как-то. Этого не может быть.

Темно. Миша молчит. Миша знает, что ему нет необходимости со мной спорить. Я думаю медленно, он – быстро. Я приду к тем же выводам, что и он, только позже. Миша ждет, Миша умеет ждать.

ЛЫСЫЙ

Выездное заседание учебного комитета. Выездным оно только называется. На самом деле учебный комитет – я, две девочки отличницы и завуч – сидит в классе во время урока. Мы должны посетить по уроку в каждом классе, чтобы выработать потом совместные педагогические рекомендации. Кто выдумал эту ерунду, я не знаю. Меня посадили, я сидел.

В тот день учебный комитет заседал в классе, где учился Миша.

Открытый урок. Праздник. Ученики по очереди читают заранее подготовленные тексты. Все хорошо, все правильно. Одним ученикам учительница задает вопросы посложнее, другим попроще. Все получают хорошие отметки. Все довольны.

Миши в классе нет. Он прогуливает урок. Учительница нервничает. Они о чем-то перешептываются с завучем, укоризненно качают головами.

Внезапно в класс вваливается Федька. Федька втаскивает в класс Мишину тележку.

Возмущенная учительница ничего не может поделать. Миша уже перед своим низким столом. Федька достает из портфеля Мишины книги. Миша не глядит на книги. Он смотрит на учительницу и улыбается. Он всегда улыбается, когда разговаривает со взрослыми. Учительница наконец справляется с гневом, мило улыбается Мише и ласково спрашивает:

– Миша, ну как тебе не стыдно? Ты же знаешь, что сегодня у нас открытый урок. Почему ты опоздал? Педагогический совет школы и так идет тебе навстречу, учитывая состояние твоего здоровья. Мы понимаем, что ты не всегда можешь успеть на первый урок. Но ведь сейчас не первый урок, верно?

– Верно, – говорит Миша и улыбается, – я голову мыл. – Он кокетливо встряхивает мокрые волосы. – Вода горячая пошла.

– При чем тут горячая вода? Я спрашиваю не про воду, горячую или холодную. Ты нарушаешь учебный процесс. И к тому же отрываешь от учебы своего товарища.

Оторванный от учебного процесса товарищ уже второй год не может перейти из класса в класс. Он стоит и улыбается, ему все равно.

Миша делает серьезное лицо.

– Но я не могу мыть голову в холодной воде. Я простужусь, заболею и умру. А у Феди все равно физкультура. У него по физкультуре все отметки проставлены.

– И тебе не стыдно? В присутствии членов учебного комитета ты хамишь учителю. Лучшие ученики школы пришли, чтобы помочь тебе, заведующая учебной частью отложила все дела и пришла к нам на урок. Ты должен брать с них пример.

Миша оглядывает учебный комитет. Делает вид, что ему действительно очень хочется взять этот самый "пример" с кого-то из нас.

– Что я такого сказал? Никому я не хамил. Голову нужно мыть горячей водой с мылом, нам лектор рассказывал. Помните, в прошлом месяце лектор приходил? А пример мне, наверное, с Рубена надо брать?

– Почему бы и нет? Рубен – лучший ученик школы.

Миша смотрит на меня, подмигивает мне, широко улыбается и медленно, уверенно произносит:

– Но он же лысый!

– Мишенька, ну как тебе не стыдно. Рубен не лысый, а стриженый. Он сам так захотел. Ему так больше нравится. К тому же такая прическа гораздо гигиеничнее. Правда, Рубенчик?

Она права. Учительница действительно была права. По инструкции тем, кто не мог за собой ухаживать, полагалась прическа "под чубчик". Чубчик – узкую полоску волос надо лбом – я не любил. Когда парикмахера долго не было, волосы у меня отрастали очень быстро. Я часто и подолгу болел, после болезни волосы мои вились шикарными кудряшками. Красивее, чем у Миши. Кудряшки мне нравились, чубчик – нет. Я предпочитал быть лысым. Я сам так захотел.

– Да, – киваю я, мол, мне так больше нравится.

Я только киваю, я ничего не говорю. Я боюсь, что, если заговорю, – сорвусь, заплачу. Плакать нельзя. Мальчики не плачут.

Миша понимает, что спорить дальше не стоит. Стриженый я или лысый – ему все равно. Он молчит.

Учительница говорит обычную в таких случаях ерунду. Берет с Миши торжественное обещание больше так не делать, приходить на уроки вовремя и слушаться старших. Миша обещает. Мы знаем, что он не выполнит свое обещание. Он слушается старших не всегда.

Урок продолжается. Учительница спрашивает Мишу, подготовил ли он доклад. Миша говорит, что подготовил. "Я не вижу у тебя на столе доклада", – говорит учительница. "Доклад у меня в голове", – спорит Миша. "Рассказывай", – соглашается учительница. Миша рассказывает. Говорит он быстро и уверенно. Он помнит все. Формулы и графики, теоремы и доказательства. Учительница задает вопросы по докладу. Миша отвечает. Она спрашивает его еще и еще. Он отвечает без запинки. Он знает все. Учительница сдается и ставит ему в журнал "четверку". "Если бы у тебя дисциплина была так же хороша, как и память, имел бы "пятерку", – говорит она. Миша соглашается, Миша улыбается нам всем. Мише все равно, какие у него оценки в дневнике. Если бы Мише платили по рублю за каждую "пятерку", он учился бы лучше меня. Он ведь умный, а я – дурак.

АМИНАЗИН

У меня была очень хорошая характеристика, у Миши – очень плохая. В характеристиках про нас было написано все. В характеристиках было написано, что я очень-очень хороший, а Миша – очень-очень плохой. Если бы в Рай или Ад принимали по характеристикам, мы с Мишей не встретились бы больше никогда.

В Мишиной характеристике было написано, что он безнадежно испорчен, не признает авторитета учителей, что Миша представляет несомненную опасность для окружающих. С этой характеристикой после окончания школы его направили в психоневрологический интернат. В психоневрологический интернат, то есть дурдом, отправляли самых-самых плохих. Поэтому в дурдоме его положили в палату к самым плохим и опасным. Он лежал в палате с ворами-рецидивистами, мокрушниками и насильниками – с зэками. Зэки спасли ему жизнь. Если бы в дурдоме не было зэков, Миша бы умер.

В первый же день пребывания Миши в дурдоме ему вкололи укол аминазина. Мише стало плохо, очень плохо. После аминазина становится плохо всем. Даже здоровые и безбашенные зэки боялись аминазина. Аминазин им назначали только в крайних случаях. Но Миша был страшнее зэков. Зэкам кололи одну ампулу аминазина, Мише назначили полный курс. Наверное, врачу было некогда осмотреть Мишу. Врач прочитал характеристику и испугался. Наверное, он боялся Миши очень сильно, так сильно, что решил встретиться с ним только после полного курса аминазина.

Когда молоденькая медсестра пришла делать Мише следующий укол аминазина, Мише было совсем плохо. Мише было уже почти все равно. Его расслабленные мышцы расслабились еще больше. Миша стал дураком от одного укола. Он лежал и не мог понять, что все делается для его же блага. От уколов он должен был стать хорошим, совсем хорошим. Но он упорно не хотел становиться хорошим, характеристика была права. Он хотел остаться плохим. Чтобы стать хорошим, нужно было терпеливо переносить укол за уколом. После последнего укола он обязательно стал бы хорошим, я уверен, – ведь после первого он не мог жевать.

Молодой веселый зэк подозвал медсестру к своей кровати. Внезапно схватил ее за рукав халата, бросил на кровать. Навалился всем телом, отобрал шприц.

– Чем народ травишь?

– Не положено говорить. Отпусти сейчас же, я закричу.

– Что в шприце, сука?

– Витамины.

– Странно, что-то он после твоих витаминов разговаривать не может. Ну, ты меня знаешь, я доверчивый. Сейчас я этот витаминчик тебе вколю.

Медсестра перестала вырываться, заплакала.

– Не надо, пожалуйста, не надо. Там аминазин.

Зэк побагровел. Зэка передернуло. Он медленно справлялся с гневом.

– Тихо, – сказал он. – Слушай меня внимательно. Я свои ноги на лесоповале потерял. Но руки еще при мне. Хорошие руки, сильные. – Он придвинул к лицу девушки кулак, огромный кулак в татуировках. – А еще я подхватил в тюрьме психическую болезнь. Когда вижу беспредел, на меня находит. А когда на меня находит, я за себя не отвечаю. Кажется, прямо сейчас находит. Вот сейчас задушу тебя, и мне ничего не будет, совсем ничего.

Он отпустил ее. Медсестра встала, шатаясь. Она стояла перед зэком, плакала и даже не пыталась убежать.

– Ладно. Знаешь ведь, что я пошутил, не плачь. Скажи мне, только честно, зачем вы ему эту гадость кололи?

– Не знаю, мне говорят, я колю. Мы всем буйным колем.

– Понятно. Теперь все понятно. Выходит, он буйный?

Медсестра кивнула, медсестра не могла говорить, она плакала.

Зэк ловко соскочил с кровати на тележку. Зэк подъехал к Мишиной кровати, сдернул с Миши одеяло. Миша лежал на кровати неподвижно. Руки и ноги его, тоненькие, как спички, были совсем не страшные. Совсем.

Мужчина смотрел на Мишу, мужчина не отводил глаза. Сказал с тоской, как будто ни к кому конкретно не обращаясь. Выдохнул в воздух перед собой:

– Да. Серьезный случай. Сразу видно, что буйный. Такой с одного удара лошадь повалит, не то что медсестру. Тут без санитаров не подступишься. – Повернул голову в сторону женщины. – А ты, я гляжу, смелая. Не страшно тебе было мальчишку колоть? Бога не боялась?

Она не боялась Бога, она никого не боялась, кроме начальства. Еще зэка боялась. Удушит ведь, подонок, – и ему ничего не будет. Он уже наказан авансом. Наказан за все.

– Что ты стоишь, дура?! – внезапно закричал зэк на медсестру. – Сделай что-нибудь. Не видишь –

умирает он. Чаю хоть принеси сладкого. Он же не ел ничего с утра.

Медсестра принесла сладкого чаю, медсестра сменила простыню.

Вечером Миша открыл глаза. Вечером он застонал.

Зэк подкатил на своей тележке. Зэк бережно покормил Мишу мясом. Мелко нарезанные кусочки мяса он аккуратно вкладывал Мише в рот, терпеливо ждал, пока мальчик проглотит очередной кусок.

– Ну как, понравилось мясо?

– Понравилось, спасибо.

– Значит, ты собачатину любишь?

– Так это собака была?

Зэк засмеялся. Зэк смеялся в полный голос, скаля металлические фиксы. Смеялись все, смеялась вся палата. Смеялись от радости за Мишу и от удачной шутки одновременно. Кто-то отчаянно лаял.

Миша не смеялся. Миша спросил холодно и серьезно:

– Еще есть?

– Что "еще"? – не понял зэк.

– Мясо еще осталось? Когда собаку привели? Или съели уже все?

Зэк странно смотрел на странного мальчика.

– Собаку сегодня привели. Мяса много. Так ты ел собаку до этого?

– Нет, – снисходительно усмехнулся Миша. – Не ел. Но приблизительно представлял, куда меня отвезут.

– И откуда ты такой взялся?

– Из детдома.

– Мяса мне не жалко. Сейчас еще дам. Может, ты и водки выпьешь?

– Выпью.

Зэк налил водки на дно стакана, одной рукой приподнял Мишину голову над подушкой, другой потихоньку влил водку в раскрытый рот. Подождал, пока Миша проглотит жидкость, дал закусить. Смотрел на мальчика, как на загадочную зверушку.

– Ну что, пошла? – спросил участливо.

– Пошла, – весело ответил Миша. – Куда она денется?

Зэк нахмурился. Зэк не понимал.

Спросил зло, спросил грубо, спросил, как отрезал.

– За что тебя?

Миша рассказал.

Зэк нахмурился, зэк сосредоточенно думал.

– Значит, ты, гаденыш, голову мыл, сигареты покупал и директора козлом обозвал? Ты, получается, как все мы – зэк?

– Получается.

– Во что менты, суки, вытворяют. Уже и до детей добрались.

– Это не менты, это воспитатели.

– Заткнись. Я лучше знаю. Менты – они и есть менты.

Развернулся на тележке. Обвел глазами коллектив.

– Так. Пацан – наш. Собачатину жрет, водку пьет. Срок тянет ни за что. Умереть не дадим. Кто тронет или слово скажет – убью. Все поняли?

Никто не спорил. Все поняли. Сказал – убьет, значит – убьет.

ЧЕЛОВЕК

Я – счастливый человек. Мне повезло. Я живу в Новочеркасском доме для престарелых и инвалидов. Когда я был маленьким, мне не повезло очень сильно. Церебральный паралич помешал мне стать таким же, как все. Мои ноги совсем не шевелятся. И все же мне повезло. Руками я могу делать почти все. Я могу перелистывать книги, подносить ложку ко рту. Умение подносить ложку ко рту ценится в моем мире гораздо больше, чем способность читать. Если говорить совсем искренне, умение читать мне совсем ни к чему. Я знаю, что Земля круглая, о чем писали Ньютон и Шекспир, но все это также никчемный груз лишних сведений. Счастлив я не поэтому. Я счастлив потому, что могу самостоятельно снять штаны и крутить колеса моей коляски. Способность дотянуться до колес инвалидного кресла переоценить невозможно. Иногда, когда я просыпаюсь утром, мне совсем не хочется жить. Мне плохо, очень плохо. В такие дни я повторяю себе одно и то же. Я – счастливый человек, я могу сам сходить в туалет. Я – счастливый человек, потому что я нужен Мише. Если я умру, Мише будет очень плохо. Если я умру, Миша не будет плакать – он никогда не плачет. Но ему будет плохо, я знаю. И он это знает.

Мише повезло. У Миши есть я. Болезнь Миши гораздо серьезней моей. По сравнению с Мишей, я атлет, почти супермен. Миша не может поднести ложку ко рту, Миша не может крутить колеса своей коляски. Каждый день нянечки ставят перед Мишей тарелки с едой. Каждый день я пододвигаю тарелку совсем близко к Мишиному лицу, вкладываю ложку в Мишину руку. Медленно шевеля черенком ложки, Миша может поесть сам. Миша любит есть сам. Если день неудачный и Миша чувствует себя плохо, я кормлю его с ложки. Поднимать ложку мне совсем не трудно. Покормить Мишу может любой, у кого есть хоть одна рука. Но больше всего Мише нравится, когда его кормлю я. Аккуратно вкладываю содержимое ложки ему в рот, терпеливо жду, пока он прожует. Если Мишу кормлю именно я, он ест медленно, тщательно пережевывая. С тех пор как мы с Мишей живем в одной комнате, он каждый день ест горячую еду. Это очень важно – есть горячую еду каждый день.

Еда – не главное в жизни. Миша мог бы есть и холодную еду. Миша мог бы есть и один раз в день. Миша умеет и совсем не есть. Однажды ему пришлось не есть двое суток подряд. Еда – не главное в доме престарелых. Главное – регулярно ходить в туалет. Миша не может сам ходить в туалет, помогать ходить в туалет ему обязаны нянечки: это их работа. Если Миша позовет нянечек, они, конечно, придут. Только позвать он их не может.

Я еду по коридору. Медленно толкая колеса коляски, я еду к комнате нянечек. На сиденье рядом со мной лежит палка. Небольшая металлическая палка, очень полезная вещь. Палкой можно открывать двери, пододвигать к себе предметы. Палкой можно стучать в дверь. Я стучу в дверь комнаты нянечек. Стучу сильно. Мне никто не отвечает. Нянечки думают, что если мне не ответить, я подумаю, что в их комнате никого нет. Через пару минут я стучу снова. Никого. Я кладу палку на сиденье коляски и потихоньку толкаю коляской дверь. Дверь немного приоткрывается. Шаги. Медленные шаги грузного тела. В проем двери высовывается женская голова. Недовольным злым голосом она привычно выговаривает мне за настырность и невежливость.

– Чего тебе? Подождать не можешь? Стучишь, стучишь, совсем совесть потерял.

– Миша зовет.

Нянечка молодая. Когда-то белый халат плотно обтягивает почти квадратное тело. Она не злая, совсем не злая, и мою совесть она упомянула, скорее, по привычке сетовать на судьбу. Все, что ей сейчас надо, – чтобы меня не было перед дверью.

– Хорошо, сейчас придем.

Дверь закрывается с тяжелым стуком. Я немного отъезжаю от двери и жду. Никто не выходит. Через пять минут стучу снова. Пять минут отмеряю по часам. Это Мишины часы, но ношу их я. Миша уже не может носить часы. Когда ему нужно знать, сколько времени, он спрашивает у меня. Чаще всего знать время нам незачем.

Дверь опять открывается. В дверном проеме появляется голова нянечки постарше. Пожилая женщина грустно смотрит на меня, тяжело вздыхает.

– Пошли, – говорит она кому-то там, внутри, за дверью. – Пошли, это ж Рубен. Так и будет сидеть перед дверью и стучать.

Она выходит из комнаты. Следом за ней выходит молодая. Молодая смотрит на меня уже с открытой ненавистью. Я не реагирую. Мне все равно. Мне всегда очень стыдно, когда приходится просить нянечек о помощи. Просить нянечек о чем-либо – самая постыдная вещь на свете. Лучше умереть, лучше не есть и не пить. Но просить приходится. Я ненавижу себя в такие минуты. Нянечки идут к Мише. Я рад, что все получилось, я рад, что у меня есть коляска, я рад, что в этом интернате есть нянечки.

Я возвращаюсь в нашу с Мишей комнату. Нянечки идут гораздо быстрее меня. Пока я проезжаю половину пути, они уже идут обратно.

Внезапно пожилая нянечка останавливается передо мной, улыбается.

– Все хорошо, помогли мы другу твоему, – говорит она.

Молодая нянечка не улыбается. Она по-прежнему зло смотрит на меня, она не понимает пожилую.

Пожилая смотрит на молодую. Пожилая медленно, назидательно учит:

– Вот ты посмотри, Маня. Посмотри на него. – Она кивает в мою сторону. – Ты посмотри на него внимательно. Ни рук, ни ног. И не человек вовсе, даже не полчеловека, а видишь, тоже друг у него есть. Понимать надо. Друг!

УЛЫБКА

Миша улыбается. Миша улыбается всегда и всем. Миша улыбается инвалидам в колясках и на костылях, бабушкам и дедушкам, нянечкам и медсестрам. Миша улыбается врачу и, конечно, директору дома престарелых. Миша улыбается, и все думают, что у него все хорошо, что Миша добрый и хороший человек. Миша улыбается, но только я знаю, какой он на самом деле.

Я закрываю дверь в нашу комнату. Мы остаемся вдвоем.

– Миша, ты всем улыбаешься.

– Ну и что?

– Когда я закрываю дверь, у тебя нормальное лицо. Ты никогда не улыбаешься. Если в комнате только мы с тобой, ты всегда серьезен.

– Когда я улыбаюсь, я тоже серьезен.

– Я знаю, но когда мы вдвоем, ты никогда не улыбаешься.

– Ты хочешь, чтобы я тебе улыбался?

– Нет, конечно.

– Ты хочешь, чтобы я улыбался сам себе?

– Нет.

– Тогда я не понимаю сути вопроса. Чего ты хочешь?

– Понять. Я знаю, что ты не такой добрый, как кажешься. Ты умный и злой.

– Я умный и злой, – соглашается Миша. – Мне не остается ничего другого. Только мне не нравятся термины "добрый" и "злой". Они ничего не определяют.

– Я пытался рассказывать, какой ты на самом деле.

– Я делал то же самое. Дурак рассказывает, что его сосед – умный, умный рассказывает, что его сосед – умный, а сам он – дурак. Как ты думаешь, Рубен, у кого получится рассказывать лучше, у дурака или у умного? Кому поверят?

– Поверят умному. И верят тебе. Все правильно. Тебе зачем-то нужно, чтобы тебя принимали за доброго.

– Говори точнее. Мне нужно, чтобы меня принимали за дурака. Меня и принимают за дурака.

– Все думают, что я тобой манипулирую, что я трачу твои деньги, что ты меня слушаешься.

Миша улыбается. Он улыбается снисходительно.

– Все правильно, я так захотел.

– Но я так не хочу.

– В чем дело? Объясни всем, какой я на самом деле.

– Но для этого мне надо было бы стать умным, а я дурак.

– Тогда заткнись.

Миша молчит. У него плохое настроение. Я уверен, что настроение у него испортилось не от моих глупых вопросов. У Миши что-то болит. Что именно у него болит на этот раз – не важно. Если я не могу помочь, то рассказывать мне о своих болячках Миша не станет.

– Миша, зачем тебе это надо?

– Что именно?

– Чтобы меня считали за умного, а тебя за дурака?

– Мне надо, чтобы ко мне хорошо относились, чтобы мне двигали ноги. Есть еще пара задач, но тебе их не понять.

Я подъезжаю к Мише, передвигаю его ноги, тяну Мишу за руку.

– А ты? Ты сам – злой или добрый? – Миша спрашивает спокойно, видно, что ответ его не очень и интересует.

– Я добрый. Дурак, следовательно, добрый.
Миша едва заметно качает головой.

– Инвалид не может быть добрым. Ты – инвалид.

– Ты не прав, Миша. При чем тут инвалидность?

– Дай определение инвалида.

– Инвалид – это тот, кто не может за собой ухаживать и приносить пользу.

– Дай определение доброго и злого человека.

– Добрый – тот, от которого всем хорошо, злой –
от которого плохо.

– Тогда мы с тобой злые люди. – Миша не улыбается, он серьезен. – Мы едим чужую еду, застав-
ляем других людей нам помогать. И я более злой,
чем ты, потому что моя инвалидность тяжелее.

– Миша.

– Что?

Миша уверен, что разговор исчерпан. Он все доказал. Но я настойчиво хочу понять, почему мы
злые, почему так устроен мир, почему мы с Мишей
должны быть злыми. Куча глупых вопросов возни-
кает у меня постоянно, и мне не с кем их обсудить.
Только с Мишей. Так хорошо, как Миша, не думает никто. Я не знаю никого на свете умнее Миши.

– Миша, если копнуть чуть глубже, то мы с тобой не очень злые люди. Мы же не хотим никому
зла сознательно.

– Не хотим. Мы не хотим быть инвалидами, но
это ничего не меняет.

– Но я не делал ничего злого. Старался не делать, – поправляю я мысль, но Миша не замечает
поправки, или считает ее несущественной.

– Ты всю жизнь делал злые вещи, и я делал.
Вспомни.

– Я кричал по ночам, когда все спали.

– Вот видишь.

– Миша, но я не виноват, что у меня болели ноги. Я ползал по коридору, ноги замерзали так, что я переставал их чувствовать. Ночью, когда ноги оттаивали под одеялом, они начинали болеть, и я кричал во сне.

– Ты мешал спать всем.

– Я знаю, но что я мог поделать?

– Ходить по коридору, а не ползать.

– Миша, я серьезно спрашиваю.

– Рубен, я серьезно отвечаю. Ты не мог ничего изменить, и тебе было наплевать на всех, кто спал в комнате вместе с тобой. Перестать быть злым ты мог, только перестав быть инвалидом. Либо сознательно выбрать другую форму поведения.

– Какую форму?

– Если предположить, что твоей целью было не выспаться и отогреться, а нести людям добро, то ты мог на ночь уползать в коридор и спать там.

– Но в коридоре холодно.

– Так ты определись, наконец, чего ты все-таки хотел: добра или зла?

– Миша, подожди. Если бы я решил спать в коридоре, то мне пришлось бы спать на уроках, я не смог бы получать хорошие отметки. Но даже не это главное. Меня насильно заставляли бы ложиться в кровать.

– Ты мог бы ложиться в кровать, потом, подождав, когда все заснут, выползать в коридор, а под утро возвращаться.

– Но рассказывать, почему я так поступаю, было бы нельзя, так?

– Так.

– Тогда я потихоньку начал бы сходить с ума от боли и недосыпа. Это все закончилось бы дурдомом. Мне пришлось бы ссориться с учителями.

117

– Безусловно. Я ссорился с учителями и попал в дурдом. Мы с тобой – злые люди, разница только в том, что я это признаю, а ты – нет.

Миша опять прав. Я думаю.

– Хорошо, Миша, но если копнуть еще глубже, то там, в глубине, мы с тобой такие же добрые, как и все.

У Миши тоже нет выбора. Единственный собеседник, с которым он может поговорить нормально – я. Он может спорить со мной на любом уровне.

– Давай глубже, – кивает Миша.

– Тогда, в детдоме, помнишь, когда душили кошку?

– Не помню. У тебя, Рубен, поразительная возможность помнить ничего не значащие вещи.

– Все играли в карты, пара на пару. Проигравшая пара должна была душить кошку.

– Допустим, что-то такое было. Что из этого?

– Ты отказался играть.

– Что из этого следует?

– Что в глубине души ты добрый, такой же, как и все.

– Рубен, объясни мне, доброму, зачем душить кошку? Какой в этом смысл?

– Не знаю, но они все же сели играть. Значит, они были злые.

– Они были идиоты. Твой пример доказывает только то, что на свете есть люди глупее Рубена. Ни к добру, ни к злу этот факт не имеет никакого отношения.

– Зачем ты спасал кошку?

– Я никогда в жизни не спасал никаких кошек. Я безразличен к кошкам.

– Но я помню. Кошка кричала, ее пытались повесить, а ты ее спас.

– Я спас кошку? Рубен, даже если бы я и захотел ее спасать, как бы я это сделал?

– Ты сказал Сереге, что хотел бы посмотреть, как они душили бы тигра.

Миша вспоминает.

– Было дело.

– Серега засмеялся. А ты знал, что если Серега засмеялся – это все. Сначала надо было задушить Серегу. Против Сереги никто не попрет. Пока они беседовали с Серегой, кошка убежала. Все сходится. Ты спас кошку, потому что ты добрый.

– Вспомнил, – голос Миши чуть дрожит, – все было не так. Они хотели повесить кошку, потом сжечь ее на костре. А мне нужны были сигареты. Кошка кричала, потом ее стали бы сжигать, пошел бы запах паленой шерсти. Короче, их повинтили бы в пять минут, а следы от когтей у них на коже, костер – неопровержимые улики. Потом вызвали бы милицию. Из-за дурацкой кошки мог сорваться мой план. Еще мне стало их жалко. Им в личное дело записали бы жестокое обращение с животными, а это хуже всего. Жестокое обращение с животными – это хуже, чем курение, хуже, чем водка.

– Тогда я прав. Основная причина, по которой ты спас кошку, – твоя доброта по отношению к парням, которые ее собирались вешать. Значит, ты добрый.

– Нет. Основная причина, по которой я спас кошку, это здравый смысл. Мне нужны были сигареты. Кого бы я послал в магазин? К тому же я не люблю кошачий крик. Я всего лишь поступал разумно.

– Нет, Миша. На поверхности ты злой, я знаю, потому что ты инвалид. Тут ты прав. Но внутри ты добрый.

– Что мы имеем в итоге? – Миша говорит абсолютно спокойно, хотя заметно, что болит у него все сильнее. – В итоге ты делаешь вывод, что я всем улыбаюсь, чтобы показать, что я добрый, а на самом деле я злой, но в глубине души я все же добрый? Ты это хотел сказать?

– Приблизительно.

– Тогда сформулируй точно.

– Не смогу. Точнее у меня не выйдет, и ты это знаешь. Требовать от дурака точности мысли – жестоко.

Миша молчит. Он замолкает надолго. Или у него заболело еще сильнее, или он на самом деле решил, что добиться от меня точной мысли невозможно.

Ночью, когда я уже засыпаю, Миша внезапно говорит:

– Знаешь, что я думаю, Рубен? Если копнуть совсем глубоко, глубже, чем сможем понять мы с тобой, то все люди на свете добрые. Там, внутри, все добрые: и ты, и я, и нянечки, и врачи, и психохроники. Но нам от этого никакого проку нет.

Я молчу. Миша и не ждет от меня слов. Он знает, что он прав. Мы все – добрые люди, но проку от этого на самом деле никакого.

ТАРЕЛКА

Мы встретились с ним в Новочеркасском доме для престарелых и инвалидов. Встретились через несколько лет. Нам повезло. Эта магическая приписка "и инвалидов" в Новочеркасске не была пустой формальностью. Инвалидов привозили сюда из Новочеркасского детского дома, инвалиды из разных городов стремились попасть в Новочеркасск. Хотели многие, удавалось не всем. Тем, кому выпала такая счастливая участь – жить в Новочеркасском доме престарелых, – завидовали.

Мне повезло, Мише тоже повезло. Он должен был сдохнуть в приюте для душевнобольных, потому что плохо учился и не слушался старших. Я должен был спокойно умереть в обычном доме престарелых. Я был хорошим мальчиком, я хорошо учился и никогда не спорил со взрослыми. То, что мы оказались в одном заведении, не совсем совпадало с традиционными историями про плохих и хороших детей. Но на правильные истории нам с Мишей было плевать, мы хотели жить, всего лишь хотели жить, ничего больше.

Трехэтажный кирпичный дом с садом, моргом и паровым отоплением. Первые два этажа – для ходячих. Первые два этажа – зона жизни. Если не ходишь, тебя отвезут на третий этаж. Третий этаж – смерть. Исключение делалось для молодых. Молодые инвалиды жили на втором этаже. Молодым каждый день приносили еду. Если кто-то не мог есть сам, его кормил друг. Если нужна помощь, можно позвать нянечку. Нянечка придет и поможет. Хорошее место для жизни.

– Здравствуй.
– Здравствуй.

Ни слова объяснений. Как будто расстались не три года, а три минуты назад.

Он полулежал в инвалидной коляске. Тело его еще больше изогнулось, правая рука едва держала на весу правое плечо. Только голова, его умная голова все также уверенно держалась на тоненькой шее.

Мы заговорили. Говорили на понятном только нам языке.

– Еда?

– Нормально.

– Зима?

– Нормально.

– Вместе будем?

– Конечно, Рубен. Я уже попросил, тебя переведут.

– Ты не изменился, все также всем управляешь?

– Я изменился, это видно даже такому дураку, как ты. Ничем я тут не управляю. Нас вместе поселят, потому что со мной никто жить не хочет. Кроме тебя. Что с тебя взять? Дураком родился, дураком помрешь.

Через несколько дней нас селят в одну комнату. Я понимаю, почему администрация идет нам навстречу. Двум коляскам не разъехаться в маленькой комнатке. Два человека не могут жить вместе, если у каждого из них тяжелая инвалидность. Никто не захотел бы жить с Мишей, никто не захотел бы жить со мной. Нам с Мишей не надо было разъезжаться, нам нечего было делить. Окно, стол, дверь – все досталось мне одному. Мишина коляска все время стояла у стены, я катался мимо него от окна к двери, от двери к окну. Он не мешал мне, я не мешал ему. Мы никогда не ссорились. Все, что нам было надо, почти все, приходилось делать мне одному. То, что не мог делать я, делали нянечки. Нянечки были большие и сильные. Ну и что? Мише хотелось бы, чтобы я мог делать все. Ему не нравились нянечки. Нянечки были чужими тетками, я был Мишиным другом. Я делал все именно так, как ему было надо, я понимал его.

Миша не занимал пространства. Лишь его кровать, такая большая, такая огромная для детского тела, напоминала о том, что в комнате живут два человека. Книги из библиотеки лежали на моем столе, если ему нужна была книга, он просил меня открыть нужную страницу. Две ложки и две кружки. Мы не знали, какая из них чья. Когда мы ели за ужином суп и варенье, одной ложкой мы ели суп, другой варенье. Тарелка у нас была одна. Вечером, когда он лежал в кровати, опираясь на локоть правой руки, я кормил его нашей ложкой, попеременно поднося ложку к своему и его рту. Пока мы жевали, наша ложка спокойно лежала в нашей тарелке. И ложке, и тарелке было абсолютно все равно, чьи они были. Это были наша ложка и наша тарелка.

– Ноги, – говорит Миша.

Миша говорит: "ноги", а я уже понимаю, что ему надо передвинуть ноги, переложить руку и потянуть штанину. Миша медленно сползает с коляски, когда я вытягиваю штанину из-под его паха, на секунду ему становится легче. Иногда, когда у меня чуть больше сил, или если Миша в этот день особенно удачно сидит в коляске, штанина поддается на несколько сантиметров. Несколько сантиметров – это очень много. Обычно мне удается сдвинуть Мишин пах на миллиметры. Или сделать вид, что мне это удалось.

Миша дергает головой, его тело чуть сползает вниз, таким образом он может немного облегчить боль от долгого сидения в одной позе. Миша старается расходовать запас движений очень бережно. Когда его тело окончательно сползает к краю сиденья, моя помощь уже бесполезна. Тогда конец. Приходится звать нянечку. Каждый приход нянечки как лотерея. Нянечка может встать сзади коляски, приподнять Мишино тело за плечи, а может только чуть прикоснуться к Мишиным плечам. Спорить с нянечкой бесполезно. С нянечкой можно только бороться. Бороться за каждое ее движение, каждый жест. В последнее время нянечки стараются посадить Мишу получше. Они не стали добрее. Они знают, что если Миша быстро сползет на коляске, я буду звать их снова и снова. Нянечки ничего не могут со мной поделать. Я могу сам крутить колеса коляски. Мне нечего терять.

Миша стонет. Стонет Миша редко. Если Миша стонет, значит, ему сейчас особенно плохо.

– Все. Миша, я пошел звать нянечку.

– Не надо. Переложи ноги еще раз.

Я тяну Мишу за ногу. Нога не поддается. Ногу плотно заклинило. Миша всем телом обмяк на краю сиденья коляски. Все. Конец. Надо ехать за нянечкой.

– Миша, ты видишь – это бесполезно. Надо звать нянечку.

– Не надо. Они придут через два часа.

– Еще два часа такой боли ты не выдержишь.

– Выдержу.

– Тогда я не выдержу.

– Не надо. Только хуже сделаешь. Сегодня смена Алексеевны. Они самые злые. Прийти все равно не придут, а вечером отомстят.

– Как?

– Как угодно отомстят. Или положат плохо, или сделают вид, что забыли дать горшок. С нянечкой не поспоришь.

– Мне все равно, ты сам сказал, что я дурак, а дуракам все равно. С моей дурацкой точки зрения, в любом случае тебе будет плохо. У меня нет выбора. Я поехал.

– Ну и дурак. Только зря прокатаешься. Я же тебе ясно сказал – они не пойдут.

– Посмотрим. Если придут, тебе будет лучше, если нет, я им хоть в дверь постучу. У меня палка есть.

Миша смотрит на меня с тоской. Так смотрят на безнадежного больного.

– Давай, давай, хоть от рожи твоей отдохну. Только не вздумай стучать палкой. Стой перед дверью и жди. Понял?

– Понял.

Я выталкиваю коляску в коридор, медленно еду. Конечно, на этот раз я стараюсь толкать колеса коляски как можно быстрее, но выходит все равно неважно. Коляска медленно катится по коридору. Возле комнаты нянечек я останавливаюсь. Дверь плотно закрыта. Возле двери – мусорное ведро. Из мусорного ведра торчат горлышки водочных бутылок, нянечки уже пообедали. Нянечки постоянно жалуются на пьющих мужей, их можно понять. Сами они не пьют. Пара бутылок водки на четырех человек – не доза.

На сиденье рядом со мной лежит палка. На самом деле, это всего лишь короткая металлическая трубка от сломанной кровати. Я перехватываю палку двумя руками, со всех сил стучу в дверь. Больше всего в этот момент мне не хочется, чтобы палка выпала из рук. Гулкий стук металла в дерево пугает меня, но я упорно продолжаю стучать.

Дверь приоткрывается, недовольное лицо нянечки смотрит на меня полусонным взглядом.

– Чего тебе?

– Миша зовет.

– Сейчас придем.

Нянечка закрывает дверь. Я жду. Мысленно считаю до ста, опять стучу, но теперь стучу гораздо сильнее.

То же лицо показывается снова.

– Слов не понимаешь? Сказали же тебе: сейчас придем. Ну?

Я делаю вид, что не понял. Нянечка делает вид, что ей все равно.

– Не сиди тут. Катись к себе, сейчас придем.

– Хорошо.

– Что "хорошо"? Так и будешь тут сидеть, пока не выйдем?

– Нет. Я еще в дверь буду стучать.

– Вот ведь скотина.

Нянечка недовольно смотрит в мою сторону, закрывает дверь. Почти сразу дверь открывается снова. Из комнаты нянечек выходит женщина, дверь за собой она прикрывает мягко, осторожно. Немолодая женщина, маленькая, почти незаметная бабушка. Платок на голове строго затянут под самым подбородком. Вместо халата на ней – обычное домашнее платье. Платье очень чистое. Алексеевна. Мелкое личико смотрит на меня беззлобно, почти ласково. Алексеевна – лидер смены, начальник. Нянечек в смене четыре человека, Алексеевна – начальник. Когда нужно, ведет переговоры с начальством, когда нужно, спорит с самим бухгалтером о премиях и дополнительных выплатах. Слово Алексеевны – закон даже для директора. Если бы не Миша, я никогда не решился бы обратиться к Алексеевне за помощью.

– Чего тебе надо?

Голос Алексеевны неожиданно молодой и чистый. Я моментально понимаю, что водки она не пьет совсем. Умный, прямой взгляд.

– Миша зовет.

– Так сказали же тебе, что придем, зачем стоять?

– Миша зовет.

– Если я сейчас в комнату пойду, ты опять стучать будешь?

– Буду.

– Ты не понимаешь, что мы только что пообедали, нам надо отдохнуть?

– Не понимаю.

– Совсем глупый?

– Совсем. Отсутствие реакций на внешние раздражители, неспособность концентрироваться на обсуждаемом предмете долгое время, периодические приступы с потерей сознания. А еще я не могу давать себе отчет о содеянном и адекватно отображать окружающую реальность.

– По-простому можешь?

– По-простому я дебил. Полный идиот.

– Не похож ты что-то на идиота.

– Не вам решать. Вы не врач. Учительница математики тоже говорила, что не похож. Дебил – значит, дебил. Буду стучать в дверь, пока к Мише не пойдете.

– Палку и отобрать можно. – Голос Алексеевны произносит эти слова просто и без злобы. Я понимаю, почему даже Миша ее боится.

– Можно. Только это не палка. Это трубка от сломанной кровати. Сломанных кроватей много, а у меня еще две такие трубки спрятаны.

Я перехватываю взгляд Алексеевны, поспешно добавляю:

– Да и палка мне не очень нужна. Я могу еще задом развернуться и стучать в дверь спинкой коляски.

– Вот ведь сволочь какая. И не стыдно тебе?

– Не стыдно. Я привык. Я родился инвалидом.

Алексеевна окидывает меня быстрым взглядом профессионала.

– Да я и сама вижу, что с детства. Те, которые с детства, – особенно наглые.

Дверь в комнату нянечек приоткрывается.

– Алексеевна, оставь ты его. Или давай я его запру где-нибудь.

– Закрой дверь, я сама разберусь. – Алексеевна говорит тихо, почти шепотом, но дверь захлопывается моментально.

Алексеевна как-то странно разглядывает меня. На секунду мне кажется, что она на самом деле хочет меня понять.

– Не боишься?

– Чего мне бояться? Меня сюда подыхать привезли, перед смертью чего можно бояться?

128

– Мало ли чего. Коляска сломается, или из коляски выпадешь неудачно, тебя на третий этаж переведут.

– Не, не боюсь. Я ползать умею. Приползу к вам под дверь и буду головой в дверь стучать.

– Наглый, – говорит Алексеевна почему-то уже радостно. – Не цыган?

– Хуже, – я стараюсь говорить убедительней, – венесуэлец.

– Это хуже?

– Хуже, – отвечаю я тихо и смотрю в сторону.

– Кто он тебе, Миша этот, брат, родственник?

– Он мне больше, чем брат. У меня никого, кроме него, нет. Мы с детского дома знакомы, он меня защищал и делился всем.

Алексеевна не реагирует на слово "защищал", или делает вид, что не реагирует.

– Конфетами, небось?

Я не сел бы играть с ней в покер. Миша говорит, что мне вообще не следует играть в покер, я не люблю покер, но с Алексеевной я не сел бы играть ни за что. Я бы все время проигрывал.

– Маслом подсолнечным.

На мгновение взгляд Алексеевны теплеет, или мне это кажется. Кажется, что еще чуть-чуть, и она заговорит со мной нормально. Неважно. Уже через мгновение она смотрит на меня в упор, не мигая.

– И много у тебя таких друзей?

– Раньше много было, но все умерли.

Голова Алексеевны дергается, как будто она старается отогнать муху или воспоминание.

– Мое какое дело? Умерли и умерли. Я тебя не об этом спрашиваю. Ты только к Мише нас будешь звать или ко всем лежачим?

– Только к Мише.

Алексеевна разворачивается и идет по коридору. Ходит она быстро, уверенно, комната нянечек далеко от нашей с Мишей комнаты, я медленно толкаю колеса коляски. Когда я подъезжаю, Алексеевна все еще в нашей комнате, дверь плотно прикрыта. Из-за двери я различаю едва слышные голоса. Медленно, стараясь передвигаться как можно тише, я отъезжаю от двери задом. Тяну колеса коляски на себя, я не хочу, чтобы Алексеевна подумала, что я подслушиваю.

Алексеевна выходит из комнаты, быстро проходит мимо меня, не замечая моего присутствия. Я заезжаю в комнату. Миша сидит в коляске очень хорошо. Я вижу, что Алексеевна высоко подтянула его на сиденье. Даже рубашка Миши аккуратно заправлена в штаны.

– Видишь, Миша, у меня получилось.

– Ну и что? Один раз не считается.

– Один раз не считается, но она теперь всегда будет приходить, когда я позову.

– С чего ты взял? Я тебе говорю, она только в этот раз пришла.

– Ты говорил, что она вообще не придет.

Миша думает. Миша умеет играть в шахматы. Когда он выигрывает, он не показывает своей радости, когда проигрывает – спокойно анализирует позицию.

– Что ты ей сказал?

– Правду.

– Перестань. Зачем ей твоя правда?

– Я сказал ей ее правду.

Миша молчит. Он не сдался, он всего лишь просчитывает варианты. Если его не остановить, он может просчитывать варианты бесконечно.

– Миша, все проще, чем ты думаешь.

– Все сложнее. Если я чего-то не учел, значит, все сложнее, чем я думаю.

– Тогда ты не учел, что я дурак.

– Я знаю, что ты дурак.

– Ты знаешь, что я дурак, но не учел этого, когда просчитывал варианты. Я – дурак, но она тоже не профессор. Два дурака быстрее договорятся, чем дурак с умным.

– Что ты ей сказал?

– То, что она могла понять. Я вывалил ей все, что она могла принять за правду.

– Что конкретно ты ей сказал? Ты можешь ответить на простейший вопрос?

– Не могу. Я много чего наговорил, тебе же надо обязательно знать, что именно на нее подействовало.

– Расскажи все, я сам выберу, на что она могла клюнуть.

– Нечего рассказывать. Я доказал ей, что я хуже цыгана, то есть буду приставать к ним, пока они к тебе не придут. Но я все-таки думаю, что подействовало не это.

– Что?

Выражение лица Миши не меняется. Миша умеет играть в покер.

– Посчитай, сколько ей лет. Подействовало не это.

– Посчитал, при чем тут ее возраст?

– Она была ребенком после войны. Тогда не было конфет. Я сказал ей, что ты делился со мной подсолнечным маслом. После войны взрослые давали детям хлеб с сахаром или хлеб с подсолнечным маслом. Хлеб с сахаром был редкостью. Поэтому я и рассказал про подсолнечное масло. Я мог еще про шоколадки рассказывать, но шоколадки не вызвали бы прямых ассоциаций.

Миша смотрит на меня недоверчиво.

– Ты сильно стучал в дверь?

– Я сильно стучал в дверь, но это не важно.

– Это важно. К ним в дверь не многие стучат.

– Нет, Миша. Если бы она мне не поверила, она бы не пошла.

– Ты стучал в дверь. Она могла пойти ко мне, чтобы от тебя отделаться.

– Она могла пойти к тебе, чтобы от меня отделаться и подсадить тебя кое-как. Все проще. На нее подействовало подсолнечное масло.

– Ты все равно дурак.

– Я знаю.

Миша смотрит на меня, но взгляд его опять пропадает. Миша думает. Все. Теперь он будет думать долго. Миша не верит мне, он не верит в простые решения. Миша никогда никому не верит.

ШКАФ

Я еду по коридору интерната. Странно – для того, чтобы приблизить мир к себе, его приходится все время отталкивать. Я сильно толкаю от себя колеса, коляска едет вперед. Чем сильнее я отталкиваюсь от колес, тем быстрее приближаюсь к цели. Когда человек идет, он толкает землю под собой назад. Я понимаю, почему так происходит. Я тоже толкаю землю назад, только нижней частью колеса, верхнюю приходится толкать. Все из-за колес, все просто, очень просто, просто, как колесо, но я все равно удивляюсь.

Я заезжаю в нашу с Мишей комнату.

– Слышал, бабушка повесилась? Новенькая. На второй день повесилась, в шкафу, – радостно сообщаю я Мише последнюю новость.

– И чему ты радуешься? – холодно спрашивает Миша.

Я понимаю. У Миши плохое настроение, потому что меня долго не было.

– Как чему? Она же за один день всю кухню нашего заведения раскусила. Поняла, что к чему, и повесилась. Успела.

– Ноги, – говорит Миша.

Мы с Мишей понимаем друг друга очень быстро. Я подъезжаю ближе. Перегибаюсь набок через подлокотник коляски. Перекладываю Мишину ногу чуть в сторону. Нога холодная и очень тоненькая. Вторую ногу тяну за колено чуть на себя. Я не очень сильный, я не смог бы сдвинуть тело здорового человека ни на миллиметр, но здоровому человеку моя помощь и не понадобилась бы.

Миша сегодня немногословен. Но это не особенно важно. Я разгибаюсь. Отодвигаю его правую руку в сторону. Перевожу дыхание. Миша ждет, терпеливо ждет. Он может ждать долго, очень долго. Я собираю все свои силы и тяну Мишу за левую руку. Тяну на себя. Миша кивает головой, я тяну сильнее. Наконец его тело наклоняется чуть вперед, он кивает еще раз, чуть слабее. Я отпускаю его руку.

Миша облегченно вздыхает. Все-таки хорошо, что у него есть я.

Я подкатываюсь к столу, перекладываю из коляски на стол библиотечные книги.

– А знаешь, Рубен...

Миша говорит тихо, я прислушиваюсь. Книги подождут, книги – потом. Возвращаюсь от стола к Мише.

– Ты прав, Рубен. Есть чему радоваться. Ты говоришь, она в шкафу повесилась?

Я смотрю на шкаф, я понимаю. Но Мишу не остановить, Миша должен высказаться до конца. Если его остановить, он обидится, уйдет в себя, загрустит. Я не хочу, чтобы Миша грустил, – пусть говорит.

– Шкафы в интернате стандартные, стенные, – медленно продолжает Миша. – Мы смотрим на наши шкафы. – Потолки у нас два метра двадцать сантиметров, антресоли – шестьдесят сантиметров. Итого на бабушку приходится метр шестьдесят. Пусть даже метр семьдесят. Получается, что она повесилась на коленях. Сильная старушка. Ты это имел в виду?

Я имел в виду совсем не это. Я даже не помнил, какой высоты у нас потолки.

– Нет, Миша. Я не подумал про сантиметры. Оценил только, что она повесилась быстро. И то, что именно в шкафу. В шкафу не сразу найдут, откачать не успеют.

На коленях. Я соглашаюсь с Мишей. Действительно, не слабая старушка. Подвесить свое тело под

134

потолком – дело нехитрое. Каждый может. Всего лишь отбросить табуретку ногами. Тело брыкнет, тело начнет сопротивляться, но будет поздно. Удавиться в шкафу сложнее, зато надежнее. В шкафу найдут не сразу. В шкафу никто не станет искать. Через пару месяцев жизни в доме престарелых я знал про самоубийства все. Я знал, что человек может задушить себя даже лежа на кровати с парализованными ногами. Я знал, что для того, чтобы уйти из жизни, достаточно пары крепких рук, достаточно и одной, даже не очень крепкой, руки. Главное – желание. Пожив в интернате достаточно долго, многие приходили к тому же выводу. Многие говорили о смерти. Многие пытались свести счеты просто и безболезненно. Удавалось не всем, удавалось только тем, кто хотел действительно сильно, кто желал смерти по-настоящему.

Я подъезжаю к шкафу. Открываю его. Шкаф как шкаф – ничего особенного. Вижу перекладину вверху. Прочная перекладина для вешалок. Миша прав: сантиметров сто шестьдесят от пола, если не меньше. Я представляю бабушку с петлей на шее, согнутыми ногами и дьявольским терпением. Прикрываю шкаф, заглядываю в щелочку. В шкафу темно и пыльно. В носу щекотно от пыли. Я стараюсь не чихать, у меня ничего не получается. Тело не слушается меня, я чихаю. Бабушка в шкафу тоже старается. Она старается контролировать согнутые ноги. Ноги слушаются ее последней воли. Бабушка сильная – я слабый. Я бы не смог. Я бы разогнул ноги, ослабил петлю. Мне семнадцать лет, я всего лишь слабый и глупый мальчик, рассуждающий о чужой смерти. Я закрываю шкаф, снова приоткрываю, заглядываю в темноту внутри. Страшно.

Я закрываю шкаф, отъезжаю от него. Стараюсь не смотреть на шкаф, но у меня ничего не получается.

– Хватит, – перебивает Миша мои мрачные мысли. – Так и будешь шкафом весь день любоваться? Лучше телевизор включи. Сейчас кино будет.

Я подъезжаю вплотную к телевизору, жму на кнопку.

Мы смотрим телевизор. Вернее, Миша смотрит телевизор, я только делаю вид, что смотрю. Я думаю о шкафе.

Шкаф как шкаф. Ничего особенного. Деревянная коробка. Как детский пенал для карандашей. Как гроб.

КОНФЕТЫ

Я подъезжаю к окну. Мне нравится смотреть в окно. В окно видно небо и верхушки деревьев. Окно высоко. Если поднять руки, можно дотянуться до подоконника и взять книгу. Книга тяжелая. Книга такая тяжелая, что я чуть не роняю ее. Кладу книгу боком на сиденье коляски, толкаю колеса. Поднять книгу на стол трудно, но у меня получается с первого раза.

– Миша, – говорю я, – ты не говорил мне, что у тебя есть книги.

– У меня нет книг.

– А это что?

– Книга.

– Но это твоя книга?

– Нет. Но то, что в книге, – мое.

– Ты имеешь в виду текст?

– Я имею в виду то, что сказал. Ты собираешься читать эту муть целиком?

– Собираюсь. "История древнего мира" – откуда это у тебя?

– Из библиотеки. Специально выбирал такую, чтобы никто не раскрыл случайно.

– Я не случайно. Я специально ее раскрыл.

– Тогда раскрой ее специально на странице двести сорок два.

– Зачем?

– Глупый вопрос.

Я раскрываю книгу на нужной странице. Книга толстая и почти не читанная. Странная книга. Год издания – старый, а страницы почти склеенные. Похоже, ее на самом деле никто не читал. В детстве я привык к старым книгам. Мне нравилось перелистывать страницы, думать о тех, кто читал эту книгу до меня. Иногда попадались книги с заметками на полях, иногда – очень ветхие, почти рассыпающиеся, некоторые страницы в таких книгах выпадали, и я любил вкладывать выпадающие страницы на место. Чем интереснее была книга, тем больше людей ее читали. "Три мушкетера" была рассыпана на отдельные листы. Я аккуратно перекладывал листки правой стопки в левую и радовался, что мне в руки попала такая интересная книга. Все книги в детстве были более или менее потрепанные. Иногда попадались и новые, новые книги мне тоже нравились, они пахли типографской краской и не хотели раскрываться. Страницы новых книг часто были склеены, некоторые приходилось разрывать. В старых книгах я читал, что раньше перед прочтением книги приходилось разрезать страницу за страницей специальным ножиком. Ножика у меня не было, и я научился разделять страницы линейкой.

– Миша, я пятьдесят рублей нашел! Здорово. Это твои?

– Я же сказал.

– А почему они в книге лежат?

– Где им еще лежать? Нянечки книг не читают.

– Так ты деньги специально спрятал?

– Догадливый.

– А кто их сюда положил?

– Я.

– Ты не смог бы поднять книгу. Ты даже раскрыть ее бы не смог.

– Не смог бы.

– Но откуда здесь деньги? Кто-то конкретно их должен был сюда положить?

– Кто-то должен, но кто именно – не твое дело. Деньги мои, положил их туда я.

Я разглядываю купюру. Никогда в жизни я не видел таких больших денег. Купюра красивая, красивее, чем пятирублевка.

– Что ты делаешь?

– Разглядываю.

– Спрячь. Денег никогда раньше не видел?

– Не видел.

– Тогда быстро посмотри и спрячь.

– Зачем? Это ж деньги, на них купить можно что-нибудь.

– Что конкретно?

– Конфет, например, шоколадных.

– Можно, – тихо говорит Миша, потом набирает в грудь воздуха и медленно выдыхает.

Миша всегда старается глубоко дышать, когда нервничает. Я не понимаю, почему он нервничает.

– Тогда я сейчас. Передвину тебе ноги и поеду.

Я подъезжаю к Мишиной коляске, передвигаю его ноги, сдвигаю чуть в сторону его правую руку. Мне уже не надо объяснять, что нужно двигать и куда тянуть. Я слежу за Мишиными глазами и делаю все, как он хочет.

– Ты зачем деньги на столе оставил?

– Чтобы тебе ноги поправить.

– Надо было спрятать в книгу.

– Я ж только на пять минут.

– Никогда не оставляй деньги на видном месте. Понял?

– Понял.

Я беру купюру за угол в правую руку и толкаю коляску к двери. Деньги в руке не мешают мне ехать, все равно я могу толкать колеса только кулаками.

– Ты куда?

– За конфетами.

– Совсем с ума сошел?

139

– Ты же разрешил, сказал, что можно.

– Я сказал, что на пятьдесят рублей можно купить конфет, но я не говорил, что конфеты нужно покупать прямо сейчас.

– Так бы и сказал, что жалко денег, я бы понял. Миша не нервничает. Первая волна раздражения у него уже прошла, и он разговаривает со мной совершенно спокойно.

– Посмотри на меня. Я похож на человека, которому жалко денег?

– Нет. Но я все равно ничего не понял. Я могу купить конфет или нет?

– Не можешь.

– Почему?

– Дурак потому что. Почему ты дурак, я тебе уже объяснял.

– Меня не волнует, почему я дурак, мне нужно знать, почему я не могу купить конфет или чего-нибудь другого, если ты не хочешь покупать конфеты.

– Что ты собирался сейчас делать?

– Конфет купить.

– Подробнее.

– Открыть дверь, выехать из комнаты, подъехать к лифту, подождать лифт, спуститься на первый этаж, выехать из корпуса, подъехать к воротам. Там всегда дедушки околачиваются. Попросить кого-нибудь из них сходить в магазин.

– Кого-нибудь, – повторяет Миша тихо, и я догадываюсь, что сказал очередную глупость. – Если даже предположить, что тебе удалось бы добраться до ворот интерната без происшествий, то план замечательный. Еще с деньгами в руке. При этом, наверное, ты собирался громко кричать: "Посмотрите на идиота, у которого есть деньги"?

– Нет. А что тут такого? Подумаешь, деньги в руке. Это же заведение для взрослых, здесь деньги не запрещены.

– Да уж точно не детский сад. И что бы ты стал делать, если бы кто-нибудь подошел к тебе и вытащил деньги из твоей руки? Ты же так любишь эти слова: "Когда-нибудь, где-нибудь, кто-нибудь, что-нибудь".

– Не знаю, кричать, наверное. Да зачем ему отнимать у меня деньги?

– Чтобы они были у него и их не было у тебя.

– Но это же нечестно.

– Тогда у тебя был бы шанс не только кричать, но и прочитать лекцию о честности. Начинай.

– Что начинать?

– Читать лекцию о том, как нечестно отнимать деньги у инвалида. Заодно можешь покричать. Только погромче кричи.

– Смысла нет. Зачем мне кричать на тебя и читать лекцию тебе?

– Смысл есть. Во всяком случае, я думаю, гораздо логичнее кричать с деньгами в руке, чем без денег. И лекцию гораздо логичнее читать мне, чем бывшему зэку или психохронику. Только не забудь еще про свободу, равенство и братство добавить. Я давно не слышал этой ерунды. И про справедливость не забудь.

– Я могу деньги в карман спрятать.

– Можешь. Ты же умный, почти гений. Спрятать деньги в карман – это ты сам догадался?

– Не сам. Но если деньги спрятать, то их никто не отберет, правда?

– Правда.

Я прячу деньги в карман трико.

– Правильно, – говорит Миша. – Деньги всегда лучше прятать в штаны.

– Все. Я все понял. Теперь можно ехать?

– Куда?

– К воротам.

– Можно. Куда хочешь можно ехать, только деньги на место положи.

– А конфеты?

– Да не нужна нам эта водка в таком количестве. Когда понадобится, я куплю, но одну бутылку, а не пять.

– Ты с ума сошел? При чем тут водка? Я же не за водкой еду.

Миша делает вид, что не слушает меня. Миша говорит спокойно, и я знаю, что когда он говорит, его лучше не перебивать. Если Мишу перебить, он также спокойно начнет монолог с самого начала.

– Бутылка водки стоит девять рублей десять копеек, – тихо продолжает Миша, – на пятьдесят рублей можно купить пять бутылок водки. Сдачу с водки продавщицы обычно не дают. Никто не станет ссориться с продавщицей из-за девяноста копеек. Тем более, что она в любой момент может позвонить директору интерната. Продавать водку обеспечиваемым запрещено распорядком заведения. Но тут случай особый. Сдача составит четыре рубля пятьдесят копеек. За такую сумму можно и поспорить. Это ж полбутылки водки. Четыре рубля она, конечно, не отдаст, но на рубль может и расщедриться. Так что при хорошем стечении обстоятельств ты получишь пакетик карамели. Горсть конфет за пятьдесят рублей – это круто. Сделка века.

Миша замолкает. Миша делает паузу, чтобы до меня дошло.

– Миша, я не понимаю.

142

– Бывает.

– Но мне не нужна водка.

– Мне тоже.

– При чем тут водка вообще? Мы говорили о конфетах.

– Расскажи про пирамиду Хеопса.

– Не буду. Достал ты меня. Не можешь просто объяснить, тогда молчи. И подавись своими деньгами.

Миша не обижается. За все время, пока я его знаю, Миша никогда на меня не обижался. Вслух он говорит, что на дураков не обижаются, но я знаю, Миша думает, что если я чего-то не понял, то это его вина. Если я не понимаю, то это он не смог объяснить.

– Но что такое пирамида Хеопса и кто ее строил – ты знаешь?

– Знаю.

– И когда ее строили – тоже знаешь?

– Тоже знаю, но не понимаю, какое отношение имеет пирамида Хеопса к деньгам.

– Я тоже не понимаю, какое отношение вся эта муть про фараонов имеет к тебе, ко мне и к ситуации, в которой мы находимся. Зачем тебе все это знать, ты представляешь? Ты же даже элементарных вещей не понимаешь. Почему дедушки стоят около ворот?

– Не знаю. Гуляют, наверное. Свежим воздухом дышат.

– Свежим воздухом они могли бы и на лавочке дышать.

– Тогда не знаю. Просто так стоят.

– Просто так только идиоты вроде тебя могут про древний мир читать. Остальные люди делают все с определенной целью. Ты у ворот долго стоял?

– Я не стоял у ворот, я издалека на ворота смотрел.

— И что ты там увидел?

— Ничего особенного. Одни дедушки быстро входят и выходят. Бабушки тоже. Другие стоят возле ворот.

— Вывод?

— Да никакого вывода.

— И куда они выходят?

— В магазин, наверное. Они с сумками возвращаются.

— Шерлок Холмс. Итак. Одни дедушки стоят возле ворот, другие выходят и возвращаются с сумками. Твой вывод?

— Не знаю. Может быть, они раньше сходили в магазин, может, потом пойдут.

— Они пойдут в магазин раньше или позже, тут ты прав. Ты вывод можешь сделать или нет?

— Нет. Устал я уже думать.

— Ты не мог устать думать. Чтобы устать думать, нужно начать думать.

— Тогда не устал, тогда мне надоело.

— Всегда так. За пять минут до вывода тебе надоедает. Так ты никогда ничему не научишься. Рано или поздно дедушки пойдут в магазин. И что они там купят? Угадай с трех раз: справочник по математике, книгу по истории древнего мира или шоколадных конфет?

— Да понял я.

— И что ты понял?

— Водку они купят. Алкоголики они, и в тюрьме сидели. Все? Теперь отстанешь от меня?

— Деньги на место положил?

— Положил.

— Вопросов нет? Свободен.

— Есть вопрос.

— Давай свой вопрос, пока я добрый.

– Как я должен был поступить, чтобы купить конфет?

– Сказать мне. Я дольше тебя здесь живу, всех знаю. Понял?

– Понял.

Миша молчит. Миша молчит не просто так. Он молчит специально. Миша уверен, что мне надо дать время подумать. Я тоже молчу. Я знаю, что если я скажу глупость, Миша начнет объяснять мне, почему я не прав. Но я не такой, как Миша. Я не умею долго молчать. Пару часов я читаю книгу. Но рано или поздно надоедает даже читать.

– Миша, – говорю я.

– Чего тебе?

– Ты конфет купишь?

– Куплю, если угадаешь, почему я куплю конфет специально для тебя.

– А если не угадаю?

– Все равно куплю. Теперь угадал?

– Нет.

– Я так и думал.

– Миша.

– Что?

– Я не понял. Ты купишь конфеты в любом случае, при этом хочешь, чтобы я угадал причину. Это похоже на загадку Сфинкса.

– Какого Сфинкса?

Я рассказываю Мише про Сфинкса. Сам Миша книг не читает, но иногда ему нравится, когда я рассказываю.

– Все просто, Рубен, все очень просто. Я куплю тебе конфет в любом случае. Если ты понял, почему, и если не понял. В конфетах сахар, от сахара умнеют. При худшем варианте мы просто поедим конфет, в лучшем – ты станешь чуть-чуть умнее.

– Ты шутишь?

– Шучу, конечно. А что мне еще остается?

Я подъезжаю к Мише, передвигаю его руки и ноги. Его левая нога совсем холодная. Надо ехать за нянечками. Когда тяну Мишу за руку, вижу его глаза. Он совсем на меня не сердится. Миша никогда не сердится на мою глупость. Он умный.

ГОЛОСА

Дом престарелых – большое помещение. Три этажа. Библиотека, актовый зал, морг, третий этаж. Мне не надо так много, нам с Мишей вполне хватает нашей комнаты. Если долго крутить колеса, я могу добраться до туалета. Туалет – главное. Все остальное, по сравнению с туалетом, – ерунда, ничего не стоящая ерунда.

Я возвращаюсь в нашу комнату. На этот раз меня не было особенно долго. Ноги у Миши совсем замерзли. Я нагибаюсь, чтобы поправить Мише ногу, тяну, но Мишина нога не двигается ни на сантиметр. Я откидываю голову на спинку коляски, тяжело дышу.

– Миша, мне плохо.

– Как можно глубже вдохни и выдохни несколько раз.

– Голова кружится и зайчики перед глазами.

– Что-нибудь болит?

– Ничего. Но странно так. Когда ехал по коридору, слышал голоса. Как будто ты звал или Сашка Поддубный.

– Это нормально. Ты сходишь с ума.

– Шуточки у тебя. Не смешно.

– Я не шучу. Делай что говорю, быстро. На столе стоит пузырек из-под валерьянки. Вытащи пробку и выпей.

– Мне не нужна валерьянка.

– Тебе не нужна валерьянка, и я не призываю тебя пить валерьянку.

– Не понял.

– Понимать я тебя тоже не прошу. Пей быстрее.

– А что там?

– Вытяжка из твоих мозгов, моча молодого поросенка. Пей. Я знаю, что делаю.

Мне совсем плохо. Так плохо, что нет сил спорить. Впрочем, мне трудно спорить с Мишей и в нормальном состоянии. Рывком подталкиваю коляску к столу, двумя руками поднимаю маленький пузырек. Руки дрожат. Мои руки иногда дрожат, но в этот раз они дрожат особенно сильно. Вынимаю зубами пробку, ставлю пузырек на стол, откладываю пробку в сторону.

– Не нюхай, выдохни воздух и выпей все одним глотком. – Голос Миши напряжен. Он приказывает, а не просит. Но мне уже все равно. Я подчиняюсь. Мне так плохо, что хуже уже не может быть. Жидкость обжигает горло. Странно, вкус мне незнаком, но что-то напоминает. На секунду перехватывает дыхание, текут слезы.

– Сука.

Это все, что я могу произнести. На большее не хватает дыхания.

– Передвинь мне ноги.

Я неожиданно легко передвигаю Мишины ноги, тяну его за руку. Усталости нет, руки перестали дрожать.

– Сука, – повторяю я уже четче. – Что ты мне дал?

– Отвечаю по порядку, – Миша говорит спокойно. – Если термин "сука" ты употребил в мой адрес, то есть вероятность, что ты не прав. Впрочем, если хочешь, мы можем обсудить мои морально-нравственные характеристики, но чуть позже. В пузырьке был спирт, разбавленный водой. Спирта много, воды мало. Обжечься ты не мог. К тому же я посоветовал тебе выдохнуть воздух.

– Но я не хочу употреблять алкоголь. Алкоголь – это яд, а алкоголизм – неизлечимая болезнь.

– Это миопатия – неизлечимая болезнь, и твоя глупость – неизлечимая болезнь, а алкоголизм успешно лечится.

— Употребление алкоголя приводит к деградации личности. У лиц, регулярно употребляющих алкоголь, рождаются неполноценные дети. Пить вообще очень вредно.

Миша не слушает меня. Миша молчит, но я уже научился различать даже его молчание.

— Ладно, хватит болтать. Что ты газет начитался, я и так знаю. Что ты там искал?

— Где?

— Сам скажи, где.

— Ничего не искал. Я просто так поехал. Хотел посмотреть.

— Посмотрел?

— Посмотрел.

— Рассказывай.

— Понимаешь, Миша, я только к лифту подъехал, а оттуда бабушку вывозили мертвую. Голова закрыта простыней, а пятки синие.

— Ты бы предпочел, чтобы закрыты были пятки, тебе хотелось на лицо посмотреть?

— Нет.

— Твое эстетическое чувство оскорбил цвет пяток? Ты бы предпочел коричневые пятки, или зеленые?

— Сука ты.

— Возможно. Ты толком можешь объяснить, что ты хотел увидеть и что увидел? В чем разница?

— Да ни в чем. Я раньше трупов не видел.

— Ты думал, что люди живут вечно.

— Перестань. Миша, ты не понимаешь, о чем я?

— Понимаю. Маленький мальчик увидел труп и наложил в штаны.

— Не только. Я потом в этот лифт заехал, там такой запах.

— В лифте?

– В лифте еще ничего, а на третьем этаже – такой запах, как в туалете, только хуже. Старик все время кричал "няня, няня", долго кричал, никто к нему не подходил. Я недалеко от лифта отъехал, дальше не смог, а хотел еще в комнаты заглянуть. Потом у меня голова закружилась.

– Так. Повтори еще раз, что тебе конкретно не понравилось. Цвет пяток бабушки, тембр голоса дедушки? Может, ты хотел бы, чтобы он пел? Что он должен был делать? Что бы ты стал делать на его месте?

– Не знаю. Он нянечку звал, а она не подходила.

– Ты не прав. Он не звал нянечку.

– Я сам слышал, он "няня" кричал.

– Для того, чтобы позвать нянечку, надо подойти к комнате нянечек и громко постучать.

– Но он же ходить не может. Да и зачем ему нужна нянечка, если бы он мог ходить?

– Перестань болтать. И вытри сопли. Нельзя, чтобы тебя видели со слезами. Здесь нельзя плакать. Так, надоел ты мне. Быстро, еще раз. Бабушка умерла, ее повезли в морг. Все нормально. Так?

– Ну, так.

– Без "ну".

– Так.

– Дедушка не мог позвать нянечку, соответственно, нянечка не подходила. Так?

– Так.

– Если много людей долго лежат на кровати без помощи, это плохо пахнет. Так?

– Так.

– Тогда все нормально. Все это я тебе мог рассказать и без твоей идиотской экскурсии. Что ненормального ты там увидел?

– Ладно, пусть все нормально. Только не нравится мне здесь. Я голоса начинаю слышать. Так и с ума сойти можно.

– Если начнешь вслух кричать, что тебе здесь не нравится, попадешь в дурдом. Итак. Тебе здесь нравится?

– Да.

– Уже лучше. Больше на третий этаж не катайся, нечего тебе там делать. С ума ты пока не сходишь. Нервный срыв, бывает.

Спирт действует как-то странно. Мне неожиданно становится все равно. Все равно, какого цвета пятки у трупа, плевать на дедушку с третьего этажа. Мне хочется задать вопрос, но я знаю, что вопрос будет глупый и Миша станет надо мной смеяться.

– Миша, а у тебя тоже так было?

– Тоже. Только водку мне зэк в рот влил.

– И голоса были?

Миша не отвечает. Миша смотрит мимо меня, у него неожиданно злое лицо.

Мы молчим, мы можем молчать долго.

– Понимаешь, Рубен. Мне было несколько сложнее, чем тебе сейчас. С одной стороны, в голове была полная каша, и голоса, и крики, а с другой...

Миша опять замолкает, и я боюсь, что сегодня он больше не захочет со мной разговаривать.

– Что "с другой"?

– А с другой стороны, на соседних кроватях лежали настоящие сумасшедшие и кричали. Все время кто-нибудь кричал по-настоящему. Я не мог различать воображаемые и реальные голоса.

Я смотрю на Мишу. Он устал, он очень устал. Ему было гораздо тяжелее, чем мне. И сейчас тяжелее. Намного.

ДОМ

Мы живем шикарно. У Миши много денег. Это деньги от продажи дома. В том доме когда-то жили его мама с папой, но главное – там жила бабушка. Миша никогда ничего не рассказывает про своих родителей. Если Миша о чем-то не говорит, то это навсегда и ничего тут не поделаешь. Миша есть Миша. Только иногда он вспоминает бабушку. Бабушка мечтала купить корову. Вместо коровы она купила государственные облигации внутреннего займа. Выбора у Мишиной бабушки не было. Все должны были покупать эти облигации. Зато теперь, через двадцать лет после смерти Мишиной бабушки, кроме денег от продажи дома у нас есть облигации. Если продать облигацию, можно получить за нее пятьдесят рублей – огромные деньги. Банка дешевых рыбных консервов стоит тридцать три копейки. Облигации очень красивые. Мне нравится рассматривать облигации, мне нравятся облигации, мне нравятся деньги. Я люблю смотреть на деньги и думать о том, сколько всего можно было бы на них купить. Тратить деньги мне не нравится. Миша говорит, что я не умею обращаться с деньгами, и я ему верю. Иногда Миша спрашивает меня, что я хотел бы купить, но ничего умного я все равно не могу придумать. Один раз я попросил Мишу купить большую шоколадку с красивой оберткой. Я не люблю шоколад, но мне нравится рассматривать глянцевую картинку на упаковке. Обертку от шоколадки я красиво сложил и использовал как книжную закладку. Миша сказал тогда, что не понимает людей, которые читают книги, но не могут с первого раза запомнить двузначную цифру. Миша не видел смысла в книжной закладке, Миша не видел смысла в шоколаде. После случая с шоколадкой Миша в очередной раз смог убедиться в моей тупости, а я перестал вмешиваться в денежные дела Миши.

У нас есть все, что надо для жизни: телевизор и холодильник. Холодильник Миша купил очень дешево. Это маленький холодильник, в него влезают две тарелки еды или четыре пол-литровые банки. Еды нам больше не нужно, а в пол-литровой банке мы иногда храним водку. Хранить водку в банке гораздо удобнее. Когда нянечки заглядывают в наш холодильник, они видят банку с компотом, потому что я всегда кладу в банку с водкой немного варенья.

Еду мы покупаем разную. Сыр, колбасу, рыбные консервы. Консервы мне нравятся больше всего. Они никогда не портятся. Сыр и колбасу надо съедать очень быстро: даже если хранить их в холодильнике, при этом надо всегда запоминать, когда и что купил. С консервами все гораздо проще: если консерва не вздулась – ее можно есть.

Мы ужинаем. Я отрезаю от куска копченой колбасы тонкий кружок, кладу на хлеб.

– Мы хорошо живем, – говорю я Мише.

– Неплохо. Во всяком случае, рационально.

Похоже, Миша не разделяет моего энтузиазма. Он не любит слова "хорошо" и "плохо". Людей Миша делит на умных и глупых, человеческие поступки на рациональные и иррациональные. Мы живем так, как это спланировал Миша. Мы живем рационально. Что бы мы ни купили, это все равно будет хуже коровы. Корова, по словам Миши, давала бы бабушке молоко, а из молока можно делать масло, сыр и творог. Молоко мы не покупаем. Покупать молоко не выгодно. Каждый раз, когда покупаешь что-то в магазине, надо делиться с тем, кто ходил на волю. Чем легче ноша, тем выгоднее покупка. Сыр покупать выгодно, а молоко – нет. Еще глупее, чем молоко, – покупать мороженое. Миша говорит, что в мороженом много калорий, это хороший продукт, но покупать мороженое очень трудно, а хранить – еще труднее. Самая глупая еда на земле – мороженое, самая рациональная – консервы. Я тоже не люблю мороженое и люблю консервы. Мороженое нужно есть, когда его принесли, а консервы – когда на самом деле хочется есть и болит в животе.

Я ем рациональную колбасу с рациональным хлебом, а думаю о корове. Все-таки жалко, что Мишиной бабушке не разрешили купить корову. Живая корова, несомненно, гораздо лучше мертвых облигаций. Живой коровы я никогда не видел, зато читал в книгах, что коровы любят хлеб с солью. Я знаю, что Миша не любит разговоров о корове, поэтому пытаюсь начать разговор издалека.

– Миша, – говорю я, – а ведь мы сейчас с тобой едим твой дом.

– Ну и что?

– Как "что"? Это мог бы быть твой дом, в нем жили бы люди, твоя бабушка, корова.

– Я косил бы для коровы траву. Очень смешно.

– Ничего не смешно. Если бы все сложилось по-другому, и ты бы не заболел, ты бы сейчас жил в том доме, у вас была бы корова. Во дворе играли бы дети.

– Еще смешнее, у меня наследственное заболевание.

– Я не это хотел сказать.

– Тогда сначала реши, что хотел сказать, потом говори.

– Ты жалеешь о доме?

– Нет. Я даже не жалею о том, что большую часть жизни мне приходится разговаривать с идиотом.

– Почему?

– Потому что этого идиота я сам же и выбрал себе в собеседники. Жалеть нужно о том, что сделал неправильно ты сам. Этот дом не я строил и не я продавал.

Я молчу. Миша прав. Миша, как всегда, прав, а я, как всегда, сказал очередную глупость. Но я действительно хотел сказать не это. Вернее, не совсем это. Я медленно подбираю в голове нужные слова, стараюсь.

Мы доедаем колбасу, допиваем чай. Чай мы пьем со сгущенным молоком. Сгущенное молоко – рациональный продукт. Я знаю, что Миша любит сгущенное молоко, хотя ни за что на свете не признается в этом. Миша считает, и учит меня, что рассказывать о том, что тебе нравится, – это подставлять противнику незащищенный бок. Все, что внутри, надо скрывать. Я знаю, что когда Миша просит кого-нибудь купить для него банку сгущенки, он нарочно делает безразличный вид. Миша делает вид, что сгущенное молоко ему не очень-то и нужно. Миша прав. Таким образом, банка сгущенного молока обходится ему дешевле.

– Миша, – говорю я. – Я хотел сказать не это. Мы едим твой дом, а там могли бы жить люди.

– Там и живут люди.

– Нет. В том доме живут люди, ты прав. Но на деньги от продажи дома можно было построить другой дом, или детский сад. Мы же проедаем эти деньги, как крысы. Но крысы хоть потомство после себя оставляют, они для детей стараются, а мы просто так едим.

Миша медленно дожевывает. Миша жует медленно, потому что жевать медленно рационально. Он так говорит. Но я знаю, что жевать быстро он не мог бы.

— Знаешь, Рубен, ты все-таки опять не прав. Крысы едят чужое добро, рожают крысят, те вырастают в больших крыс. Мы все же лучше крыс. Мы доедим этот дом и сдохнем.

— Но не намного лучше крыс, — настаиваю я.

— Не намного, — соглашается Миша и улыбается. Миша почти всегда улыбается.

ЧАЙНИК

– Я купил чайник, – говорит Миша.

– Зачем?

– Это сложный философский вопрос. Ты, Рубен, никогда не сможешь ответить на него самостоятельно. Зачем люди покупают чайники? Не знаю. Почитай Шекспира.

– Миша, люди покупают чайники, чтобы пить чай.

– Ты сам догадался или где-то вычитал?

– Сам. Но я не смогу делать чай.

Миша молчит. Миша считает, что вся необходимая информация у меня уже есть, и я могу начать думать. Думать я могу долго, но ждать, пока я приду к более или менее разумному доводу, Миша может еще дольше. Миша может ждать бесконечно.

Какая-то тетка осторожно приоткрывает дверь в нашу комнату, спрашивает: "можно?", так же осторожно входит, распаковывает коробку, уходит. Она не говорит Мише ни слова, а Миша только слегка кивает ей. Тетка выходит из комнаты, так же осторожно закрывает за собой дверь.

– Миша, кто это?

– Человек.

– Я сам видел, что человек, как ее зовут?

– Не знаю, я не с ней договаривался.

– А с кем?

– Не твое дело. Держать в комнате электрический чайник запрещено. Там внутри бумажка, спрячь и храни.

Я подъезжаю к столу, поднимаю крышку чайника, вынимаю сложенную вчетверо инструкцию к электрочайнику.

– Инструкцию спрячь, – говорит Миша.

– Зачем? Ерунда какая. Прочитаю и выкину. Налить воды, включить чайник, подождать, выключить.

– Я сказал – спрячь. – Миша не повышает голоса, но я понимаю, что инструкция к электрочайнику – очень важная вещь.

– Миша, а объяснить можешь?

– Попробую. Держать электрочайник в комнате запрещено из-за противопожарной безопасности. Чайник изготовлен на заводе, к нему есть инструкция. Для нормальных людей инструкция к чайнику – просто кусок бумажки, а у нас, в доме престарелых, это доказательство, что чайник сделан на заводе. Понял?

– Честно говоря, нет. Разве сразу не видно, что чайник сделан на заводе?

– Ладно, я так и думал, что не поймешь.

– Миша, но мне интересно. Какой логический вывод можно сделать из того, что чайник изготовлен на заводе?

– Никакого. Мы с тобой будем доказывать администрации, что чайник не опасен, в доказательство предъявлять инструкцию. Администрация нам будет доказывать, что чайники запрещены и ссылаться на инструкцию проживания в доме престарелых, но показывать нам эту инструкцию никто не будет. Время от времени будем прятать чайник в шкаф.

– Они не смогут найти чайник в шкафу?

– Смогут, конечно. Знаешь, ты новенький у нас, поначалу не все поймешь, спрашивай у меня, а еще лучше – слушай, что я говорю, и делай. Думать при этом совсем не обязательно. Тем более что в твоем случае думать нечем. Мозгов у тебя все равно нет.

– Миша, я все равно не понял про эти инструкции. Нам ничего не будет за чайник?

– Ничего. И понимать ничего тебе не надо. Просто считай, что это такая игра. Они делают вид, что ищут электроприборы, а мы делаем вид, что их прячем. Но когда приезжает комиссия из Москвы, все прячут чайники. Это понятно?

Про комиссию мне все понятно. Комиссии приезжали и в детдом.

– Понятно. Но я не смогу чай сделать.

– Поставь чайник на стол, размотай провод. Налей воды.

Я послушно делаю все, что говорит Миша. Подъезжаю к умывальнику, набираю полную кружку воды, ставлю кружку на сиденье рядом с собой, выливаю воду в чайник. Еду к умывальнику еще и еще. Набираю полный чайник воды.

– Теперь налей в кружку воды из чайника.

– Зачем? Это же холодная вода?

– Мне надо убедиться, что ты можешь поднять чайник.

Чайник я поднимаю легко. Поднимать чайник с водой для меня легче, чем стакан. Все, что легче трех килограмм, я поднимаю легко. Главное – ручка. Ручка у чайника очень удобная.

– Теперь вылей воду в чайник. Опять налей воды в кружку.

Я делаю все, как говорит Миша. Я без проблем могу наливать и выливать воду из чайника.

– Включай.

– Я боюсь.

– Чего ты боишься?

– Что не смогу вытащить вилку из розетки.

– Вытащишь зубами.

– А если не успею или обольюсь кипятком?

– Тогда ты глупее, чем я думал. Но глупее, чем я думал, ты быть не можешь даже теоретически. Делай, что тебе говорят.

Я с трудом запихиваю вилку электрочайника в гнездо удлинителя. Жду. Чайник начинает закипать. Я боюсь. Я боюсь закипающего чайника. Пытаюсь вытащить вилку чайника из гнезда, у меня ничего не выходит. Тогда я зажимаю вилку зубами, придерживаю удлинитель двумя руками, тяну. Ничего не выходит. Чайник уже кипит вовсю. Миша молчит. Я догадываюсь, что вытаскивать вилку из гнезда надо постепенно, медленно раскачиваю вилку из стороны в сторону, одновременно тяну ее зубами на себя. Вилка медленно поддается, и наконец я разгибаю шею. У меня в зубах – электрическая вилка. Миша медленно подает команды, я делаю все, как он говорит. Достаю из тумбочки пачку с чаем. На чайной пачке – симпатичный индийский слоник. Я не спрашиваю Мишу, откуда у нас чай. Держать чай в доме престарелых запрещено. Миша, конечно, ответит, что чай из Индии. Медленно раскрываю пачку. Открыть картонную упаковку не так-то просто, но я аккуратно протыкаю верхнюю крышку коробки пилочкой для ногтей, затем отпиливаю верх пачки по контуру. Раскрыть пачку чая, как это делают здоровые люди, мне было бы не под силу. Пилочку для ногтей я тоже беру из Мишиной тумбочки. Миша все предусмотрел. Нюхаю чайную заварку. Еду к умывальнику, споласкиваю под краном заварной чайник. Чайник для заварки у нас красивый, с цветочками. Мне нравится все: электрочайник, чай, сахар в стеклянной банке с пластиковой крышкой. Миша все предусмотрел.

– Все, Миша, я могу заваривать чай?

– Нет, не можешь. Первую воду из нового чайника надо вылить. Она будет пахнуть резиной.

Я снимаю крышку с электрического чайника. Мы ждем. Вода в чайнике остывает медленно. Ждать мы умеем, мы инвалиды. Когда вода в чайнике остывает окончательно, я выливаю ее в умывальник, набираю холодной воды и опять включаю чайник в розетку. Чайник закипает. На этот раз я вытаскиваю вилку из гнезда гораздо быстрее. Я меньше боюсь, у меня меньше дрожат руки. Теперь я знаю, что смогу кипятить воду без труда. Заваривать чай по-настоящему я не умею. Я делаю все, как говорит Миша. Наливаю в заварной чайник горячей воды, выливаю горячую воду обратно в электрочайник. В разогретый заварной чайник насыпаю четыре ложки сухого чая, заливаю кипятком, тщательно укутываю чайник полотенцем. Жду пятнадцать минут. Снимаю полотенце с заварного чайника, открываю крышку. Если все чаинки осели на дно, значит, я все делал правильно, и чай получился хороший.

Мы пьем чай с печеньем. Я наливаю в наши кружки немного заварки, разбавляю заварку кипятком. Чай все равно получается густой и терпкий. В каждую кружку я насыпаю ровно по две ложки сахара. Я даже и не думаю о том, чтобы класть в чай сахара больше, чем советует Миша. У нас целая пачка печенья, но на этот раз мы съедаем по одному печенью.

– Миша, можно я налью себе еще одну кружку чая?

Всю жизнь я мечтал о том, чтобы пить много чая с сахаром. Но Миша не отвечает на вопрос. Миша молчит. Он смотрит в воздух перед собой. Я привык. Иногда Миша внезапно застывает, глаза его смотрят в никуда.

– Миша! – зову я громче.

– Что? – Миша не слышал моего вопроса.

– Можно я еще чаю выпью?

– Да, да, конечно, пей, сколько хочешь.

– А ты?

– Я тоже выпью еще, но чуть попозже.

– Тогда и я чуть попозже.

Я спешу поговорить с Мишей, пока он опять не замкнулся в себе, поделиться радостью.

– Миша, это же здорово, правда?

– Что?

– Мы теперь можем пить чай, когда захотим.

– Не когда захотим, а когда я скажу.

– Хорошо, это же твой чай.

– Не в этом дело.

– А в чем?

– Ты, Рубен, вообще чему радуешься?

– Как чему? Я впервые в жизни сам сделал чай.

– Ты сам? – "Ты", "сам"... Миша просто повторяет мои слова, но мне уже понятно, что он хочет сказать.

– Ну, ладно, не сам, а с твоей помощью.

– Рубен, с какой помощью? Чай сделал я. Чай я делал и до этого, причем с дураками похлеще тебя. Хотя, конечно, найти людей глупее тебя сложно. При этом ты еще боялся чайника.

– Да, боялся. Если бы у меня дрогнула рука, я бы мог пролить кипяток на ноги.

– Ты не прав. Если бы у тебя дрогнула рука, ты бы мог пролить кипяток не совсем на ноги. Кипяток попал бы на штаны, но ноги тут ни при чем, твои ноги были под столом. Ничего ценного в штанах у тебя все равно нет, так что риск был маленький. Дело не в том, что ты боялся, дело в том, что ты не доверял моим расчетам.

– А если бы твои расчеты оказались неверны?

– Мои расчеты всегда верны.

Миша серьезен. Он ни на миг не радуется ни новому чайнику, ни печенью. Чай – всего лишь результат еще одного шахматного расчета. Я уверен, что он уже сейчас просчитывает следующий вариант.

– Миша, ты совсем не рад чаю?

– Совсем. – Мише незачем мне врать. Миша говорит, что он дает мне больше информации, чем я в состоянии переработать. Если при этом давать мне еще и ложную информацию, то мой мозг, или то, что находится у меня в голове вместо мозга, вообще станет выдавать бессмысленные результаты.

– О чем ты сейчас думаешь?

– Где достать обогреватель.

– Обогреватели тоже запрещены?

– Конечно.

– Слушай, Миша, ну хорошо, тебя не радует чай. Но чай все же не повод для грусти. Почему ты такой мрачный?

Миша не сердится, Миша совсем не сердится на меня. Только иногда он очень устает объяснять очевидное.

– Рубен, какой сейчас месяц?

– Октябрь.

– Что из этого следует?

– Что раньше был сентябрь, потом будет ноябрь.

– Гениальный вывод. Я думал, ты догадаешься, что я говорю о чайнике.

– При чем тут чайник?

– Ты кашлять можешь?

– Могу.

– А я не могу.

Миша прав, я дурак. После осени наступит зима. Если мы заболеем, я буду долго кашлять, у меня маленький объем легких, мне тяжело откашливаться. Миша не может кашлять совсем. Если он заболеет, он не сможет кашлять. Единственный способ не задохнуться в этом случае – пить горячий чай. Конечно, я буду поить его с ложки горячим чаем, конечно, я буду звать нянечек каждый раз, когда он захочет в туалет. Конечно, нянечки будут ругать меня за то, что Миша пьет много жидкости. Мне все равно, я не хочу, чтобы Миша задыхался. Я видел, как задыхаются больные миопатией во время простуды. Я дурак. Я не понял сразу, почему Миша не разделяет моей радости по поводу красивой картинки на пачке чая. Для меня сладкий чай – всего лишь забава. Я еще ничего не понимаю в жизни. Я ребенок, маленький и глупый ребенок.

ДОКТОР

Дверь в комнату внезапно открывается. Входит человек. Одна рука его продолжает держать дверную ручку. Глаза смотрят поверх меня. Кажется, что Мишу он совсем не замечает. Белый халат, взгляд абсолютно пьяного человека.

– Деточки, деточки, – повторяет он и полусонно концентрирует наконец взгляд. – Как я вас люблю! Я всех люблю. Я врач, должен всех любить. Но работку мне подсуетили, сволочи, ненавижу. Всех ненавижу.

Очень молодой человек. Такой молодой, что даже не верится, что он успел закончить мединститут. Резко отпускает дверную ручку, толкает, ищет глазами, где сесть. Сесть у нас в комнате негде. Неловко переступая ногами, прислоняется к шкафу. Взгляд его опять уходит в пустоту.

– Всех люблю, – внезапно повторяет человек и наклоняется ко мне.

Наклон дается ему с трудом, он переступает ногами, чуть не падая. Человек дышит мне в лицо перегаром, пытается поцеловать меня в щеку. Мне становится страшно. Человек встает ровно, некоторое время смотрит мне прямо в глаза, потом, глядя куда-то поверх меня, подходит к столу. Одной рукой он твердо упирается в стол, другой вынимает из карманов халата и ставит на стол пузырьки с витаминами.

– Вы же самые молодые тут. Вам-то за что? Старики уже пожили, их не жалко, а вы же молоденькие. Мне два года по закону положено отработать. Я – врач. И что я могу как врач? Вскрытие, свидетельство о смерти, потом опять вскрытие, еще одно свидетельство о смерти. Надоело. Из медикаментов только бинты и витамины. Кушайте витамины, они вкусные.

Он отпускает рукой стол. Без твердой опоры его тело опять начинает неуверенно раскачиваться. Человек смотрит на Мишу. Миша лежит на кровати и смотрит в пол. Человек хочет поцеловать и Мишу, но понимает, что в этом случае ему придется нагибаться ниже, чем к коляске, и он рискует упасть.

– Всех люблю, – уже тише, почти шепотом, повторяет он, разворачивается к нам спиной и пытается выйти.

Закрытая дверь ставит его в неловкое положение. Он пытается выйти, тычется в дверь плечом, дверь не поддается. Некоторое время человек молча стоит перед дверью и, наверное, думает. Наконец до него доходит, он тянет ручку двери на себя, быстро выходит, продолжая держать вес тела на дверной ручке. Дверь закрывается с сильным стуком, кажется, что ручка двери может не выдержать и оторваться. Дверь выдерживает, человек медленно уходит по коридору.

– Миша, что это было?

– Не что, а кто.

– Хорошо, кто это был?

– Ты не разглядел? Врач это был. Врача никогда не видел?

– Пьяного – никогда.

– Витамины спрячь.

Я прячу витамины. Витамины в детдоме нам давали часто, но только по одному круглому шарику каждому. Восемь полных пузырьков с витаминами по детдомовским нормам – шикарный подарок. Похоже, этот дядька – не злой человек.

– Миша, мне страшно.

– Чего ты боишься на этот раз?

– Он на самом деле врач?

– На самом деле. Если что, может отправить в дурдом. Так что не вздумай ему жаловаться. Чтобы он тебя ни спросил, отвечай, что все нормально и ты всем доволен, понял?

– А если насморк?

– Какой насморк? Он уже так проспиртовался, его никакой насморк не возьмет. Он в снегу может спать, если еще добавит. А он, похоже, пошел добавлять.

– Я не про него. Если у меня насморк.

– Твой насморк – твои проблемы. Чай надо горячий пить, питаться получше. Не переживай, у меня все предусмотрено.

– И диагноз у тебя предусмотрен?

– Зачем тебе диагноз? Что ты дебил, ты и без диагноза знаешь.

– Он врач, должен поставить диагноз, назначить лечение.

– Идиотизм не лечится. Остальные болезни будешь лечить сам. Кстати, например, если насморк, то что надо делать?

– В постели лежать, больше пить. Аспирин, антибиотики.

– Я так и думал, – Миша говорит спокойно, – лежать в постели и больше пить. Горшки тебе я подавать буду?

– Ты не будешь.

– И никто не будет. Так что лежать в постели тебе противопоказано. Нельзя тут болеть, это тебе не детский дом. Аспирин у меня есть, а до антибиотиков дело лучше не доводить. Дешевые тебе и так будут колоть, а дорогие не достать. Во всяком случае, я не смогу достать.

– Лекарства же бесплатные. Миша, ты что-то не то говоришь.

Миша смотрит на меня. Поднимать голову ему трудно, но он старается смотреть на меня подольше.

– Рубен, все-таки зря тебя в дурдом не отправили, может, поумнел бы. Еда тоже бесплатная. Здесь все бесплатное. И гробы абсолютно бесплатные. И скорая помощь за тобой бесплатно приедет и бесплатно отвезет в больницу. В больницу тоже лучше не попадать. В больницу тебя без коляски отвезут, а без коляски ты жить не можешь. Ладно, ты мне надоел. Пока только запомни: к врачу обращаться нельзя. Запомнил?

– Запомнил. Но он, вроде, неплохой дядька. И в университете учился. Он же специалист. К кому мне обращаться, если что-то заболит?

– Ко мне. Но это только пока. Потом, когда я помру, придется самому выпутываться.

– Ты не врач.

– Я не врач, но лекарства у меня есть. Он врач, но лекарств у него нет. Только витамины. Если хочешь, иди к нему, у него фенолфталеина полно для придурков вроде тебя.

– Что такое фенолфталеин?

– Открой верхний ящик тумбочки.

Я подъезжаю к тумбочке, открываю ящик, нахожу нужную упаковку.

– Миша, я знаю, это слабительное, мне такое в детдоме давали.

– И ты пил?

– Что мне оставалось делать?

– Надо было у меня спросить.

– Зачем? Слабительное – оно и есть слабительное. Понятно, когда его пить. Ты со мной поделишься? Мне как раз надо.

– Нет.

– Почему?

– Открой упаковку, пересчитай таблетки.

Я открываю упаковку. Три пластины по десять таблеток.

– Чего их считать? Тридцать штук.

– Считать до тридцати ты научился, это хорошо. Что необычного в упаковке?

– Все нормально.

– Пересчитай еще раз.

– Миша, я не понимаю. Считай не считай, все равно выйдет тридцать таблеток.

– Все-таки пересчитай. Что необычного ты заметил?

– Ничего.

Миша не торопится. Миша никогда не торопится и медленно старается объяснить мне простейшие вещи.

– Еще раз внимательно пересчитай таблетки и вспомни все, что я только что говорил.

– Нет, Миша. Так ничего не выйдет. Сколько таблеток в коробке я помню, ты говорил, что у врача их полно. Все равно я не понимаю, что ты хочешь мне объяснить.

– Я говорил не совсем это.

– Ты сказал, что у врача много этих таблеток для дураков вроде меня.

– Уже лучше, но все-таки не то же самое. Что именно я говорил?

– Не помню.

– В этом вся проблема. Ты не способен точно и быстро переработать информацию. Еще раз. Я перечислю условия задачи, а ты попытаешься задачу решить. Хорошо?

– Давай, но я не верю, что из этого выйдет толк.

– Я тоже. Но попытаться стоит. Итак. Условия задачи. У врача много таблеток. Я негативно ото-

звался об этих таблетках и о тех, кто добровольно их принимает. В коробке тридцать штук. Твой
вывод.

— Никакого вывода.

— Еще раз. Сколько таблеток в коробке?

— Тридцать, но ты мне тоже уже надоел.

— Тебе надоело думать.

— И думать мне надоело.

— Тогда последний вопрос: сколько таблеток в
коробке было вчера?

Я думаю. Очевидно, что таблеток в коробке не
могло быть ни больше, ни меньше.

— Количество таблеток не менялось.

— Гениально. Твой вывод?

— Ты не пьешь эти таблетки. Но это странный
вывод. Я же знаю, что ты не можешь обойтись без
слабительного. Получается, что ты одновременно
и пьешь, и не пьешь слабительное.

Миша смотрит в пол перед собой. Миша отчаял-
ся мне что-либо объяснить. Миша устал.

— Так, Рубен, все. Открой нижний ящик тумбочки. Желтая упаковка.

— Что там?

— Конфеты.

Я внимательно рассматриваю упаковку. Открываю, в коробке шесть больших кубиков, на самом
деле похожих на шоколадные конфеты, завернуты
в фольгу. Читаю надпись на упаковке.

— Миша, что это?

— Ты разучился читать?

— Я умею читать, но тут написано, что это слабительное.

— Это и есть слабительное.

— Откуда оно у тебя?

— Глупый вопрос. Это индийское слабительное.

– Совсем не глупый. Я спросил, где ты берешь это слабительное.

– Вопрос глупый. Слабительное я покупаю. Оно на самом деле из Индии.

– Но где ты его покупаешь?

– В аптеке. Я понял, Рубен. Если ты спросишь, где находится аптека, я тебе отвечу, что аптека находится в городе. Еще вопросы?

Я понимаю, что дальше расспрашивать Мишу не имеет смысла.

– Рубен, съешь полтаблетки, мне дай целую.

Я понимаю, что Миша опять прав. Его кишечник парализован полностью, мой – частично. Жую таблетку. Вкус инжира, сливы, каких-то незнакомых сухофруктов и масел.

– Миша, и что со мной будет после этой конфеты?

– Ничего не будет. Утром сходишь в туалет.

– И живот не будет болеть?

– И живот не будет болеть. С чего ему болеть?

– У меня всегда после слабительного болит живот.

Миша смотрит на меня.

– Слушай внимательно. Делай то, что я тебе говорю. Или иди к врачу. Врача ты сегодня видел. Другого врача у нас нет. Спорить с тобой у меня нет сил. Врача ты видел, таблетки, которые у него есть, ты пил. От этих таблеток у тебя болел живот. Какие еще аргументы тебе нужны? Нельзя тебе к врачу, ты идиот, начнешь доказывать, что имеешь права на лекарства – попадешь в дурдом.

Мне нечего возразить. Миша прав.

– Миша, а если у меня чего-нибудь заболит, что мне делать?

– Мне сказать. Только давление я тебе померить не смогу.

– Зачем его мерить? Я свое давление и так чувствую.

Миша устал, Миша очень устал доказывать мне простейшие вещи.

— Так, Рубен. Запоминай. Раз в неделю ты имеешь право пойти к врачу, врач измерит кровяное давление.

— Зачем?

— Чтобы выписать тебе витамины или аминазин. Запас витаминов у нас есть, так что можешь идти к врачу в любой день, без измерения давления.

— Какой смысл тогда идти к врачу?

— За аминазином.

Миша не шутит. Я медленно начинаю понимать, что Миша не шутит. Действительно, зачем идти к врачу? Витамины у нас есть.

КОРАБЛИК

Миша сидит в коляске. В этот день левая рука работает у Миши лучше, чем обычно. То, что Мише лучше, не замечает никто. Об этом знаем только мы. Я и Миша. Нормальный человек не заметит отличия.

– Дай ручку, – говорит Миша.

Я отрываюсь от тетрадки с английскими упражнениями. Миша говорит тихо, совсем тихо, но повторять ему не приходится никогда. Я откладываю тетрадку, кручу колеса коляски, подъезжаю к Мише, пытаюсь вложить ручку в Мишину руку. Миша подхватывает конец ручки губами, наконец вставляет ручку в руку. Мишины руки лежат на доске, доска – деревянный прямоугольник, обитый клеенкой – опирается на подлокотники Мишиной коляски. Ручка еле держится в его руке, но он уверенно водит ею по клеенке снова и снова.

Я сижу рядом. У меня есть еще одна ручка, но я не спешу оставлять Мишу. Я знаю, что Миша просит ручку очень редко. Я знаю, что именно Миша рисует. На старой клеенке в блеклый цветочек Миша старательно выводит небольшой квадратик шахматной доски. Шахматную доску он старательно делит на восемь горизонтальных и восемь вертикальных линий. Черные поля закрашивает синими чернилами. Миша не может двигать рукой. Кончик ручки перемещается только в пределах Мишиной кисти. Двумя пальцами Миша старается достать кончиком ручки как можно дальше. Когда он закрашивает два ряда черно-синего поля, я без напоминания осторожно толкаю Мишин локоть. Если Миша не достает до угловой клетки, я так же точно сгибаю его руку. Так могу перемещать руку Миши только я. Мы не говорим об этом. Мы уже давно об этом не говорим.

– Миша, – говорю я. – А я не смог бы шахматную доску нарисовать. Если с линейкой – тогда другое дело. Я могу одной рукой придерживать линейку, а другой водить ручку.

– Ты и круг без циркуля нарисовать не можешь, – говорит Миша.

Я знаю и это. Я не могу рисовать круги без циркуля, не могу так аккуратно держать ручку двумя пальцами, как это делает Миша. Ручку я зажимаю кое-как, стараясь не выронить ее. И все равно роняю. Миша никогда не роняет ручку. За минуту до того, как у него заканчиваются силы держать ручку, он аккуратно кладет ее на доску.

– У меня координация движений нарушена, – говорю я Мише.

– Дело не в этом. Круг не все здоровые могут без циркуля нарисовать. Вспомни учителя математики.

Учитель математики рисовал мелом на школьной доске неправильные круги. Это ничего не значило. Он все равно был хорошим учителем математики.

– Ты мог бы художником быть.

– Не мог бы.

– Мог бы. У тебя взгляд есть, ты можешь рисовать. Я, например, даже кошку нарисовать не могу. Сколько ни пробовал, не получается. А ты мог, я видел.

Миша говорит спокойно. Я нервничаю по всякому пустяку, а Миша всегда спокоен.

– Я просил тебя не употреблять сослагательного наклонения.

Миша не уточняет, но я и так понимаю, о чем он. Миша запрещает разговаривать о том, что могло бы быть, если бы мы были здоровыми.

– Миша, я не про это говорю. Если восемь лет назад ты мог рисовать, значит, был художником. С этим рождаются, понимаешь?

– И опять ты не прав. – Миша говорит тихо. – Я такой же, каким и был раньше. И в той же мере могу рисовать.

Миша говорит медленно, но без пауз. Он знает, что если он сделает паузу, я начну говорить без остановки.

– Возьми тетрадь в клеточку и ручку, – говорит Миша.

Я отъезжаю от Миши, беру тетрадь и ручку.

– "А" один, "Бэ" два, "Це" два и пять, – начинает диктовать Миша. Я догадываюсь, что это точки на координатной плоскости.

– Миша, смени нотацию на цифровую и перемести ноль в левый нижний угол. Я не могу определить центр страницы на глаз.

Я перелистываю страницу тетради, Миша начинает диктовать. Каждую точку он обозначает двумя цифрами. Если точка не находится на пересечении разметки, он обозначает ее дробью. "Девять и пять", – говорит Миша, и я догадываюсь, что "и пять" означает середину клеточки. Я не смог бы точно обозначить на бумаге точку "девять и девять", она слилась бы с десяткой. Миша знает это и поэтому ограничивается тремя, пятью и семью десятыми. Я приблизительно отмеряю пять десятых как середину клеточки, а три и семь десятых как четвертинки. Такое деление условно. И я, и Миша знаем, что четвертинки должны были обозначаться двадцатью пятью и семьюдесятью пятью сотыми соответственно. Но сотые доли клеточек были бы недоступны даже Мишиному взгляду, и мы смиряемся с условностью.

Миша диктует все быстрее и быстрее. Я еле успеваю рассчитывать точки на бумаге. Несколько раз мы прерываемся, я подъезжаю к Мише, передвигаю ему руки и ноги. Во время первого перерыва я догадываюсь расставить на нижней и левой кромках страницы цифры, кратные пяти. Но у Миши нет такой разметки. Он диктует, не видя рисунка, вслепую.

– Все, – говорит Миша, – это все.

На первый взгляд точки кажутся разбросанными хаотично. Я чуть прищуриваю глаза, отодвигаю тетрадь от себя. Солнце, море, кораблик. Маленький кораблик под парусом приподнят на волне. Синее море, синий кораблик и синее солнце в углу листа. Немного наивный детский рисунок.

– Миша, – спрашиваю я, – я не понял. Что это у корабля на палубе?

– Пулемет.

– По-моему, он лишний. Такой красивый кораблик, и с пулеметом.

Миша улыбается.

– Так, на всякий случай. Пусть будет с пулеметом.

– Мне не нравится пулемет.

– Тогда нарисуй свой кораблик, без пулемета, – говорит Миша уже серьезно.

Миша серьезен, он знает, что я не смогу нарисовать ничего. Я не могу нарисовать даже круг без циркуля.

ТАБЛЕТКА

Утро. У меня кружится голова. Я сижу в коляске, голова болит так, что еще немного, и я медленно сползу на пол. Мне трудно дышать. Голова болит. Голова болит, меня тошнит. Тошнота подкатывает к горлу волнами. Если постараться набрать побольше воздуха в грудь, можно говорить. Говорю я медленно и еле слышно, но Миша понимает все.

– Миша, мне плохо.

– Бывает.

– Миша, мне очень плохо. Голова болит.

– Сходи к врачу.

– Сука ты.

– Возможно.

– У меня на самом деле болит голова.

– Верю.

Совет обратиться к врачу, конечно, шутка. В лучшем случае врач даст таблетку анальгина. Миша это знает. Анальгин на меня не подействует, Миша это тоже знает, но продолжает шутить.

– Я сейчас сдохну.

– Не сдохнешь. Сейчас ты потеряешь сознание, упадешь на пол. Через пару часов тебя поднимут с пола.

– Шутки у тебя.

– Я не шучу. Кто мне ноги будет двигать?

– Все-таки ты сука.

– Значит, сука. Мне все равно.

Миша не меняет интонацию голоса. Миша говорит спокойно и размеренно.

– Так, Рубен, надоело мне все это. У тебя голова сильно болит?

– Сильно.

– Очень сильно?

– Очень сильно.

Голос Миши меняется.

– Моя тумбочка, второй ящик сверху.

– А что там?

– Ты сказал, что у тебя голова болит, я поверил. Ладно, убедил, сиди на месте, жди врача.

– Я не могу двигаться.

– Это твои проблемы. Я тоже не могу двигаться.

– Может, попросить кого-нибудь открыть тумбочку?

– Нет. Голова болит у тебя, ты и шевелись. Это моя тумбочка.

Я жду. Волна тошноты отступает, я медленно толкаю колеса коляски, нагибаюсь, выдвигаю ящик тумбочки. Голова кружится сильнее, мир плывет. Сквозь тошноту и шум в ушах слышу Мишин голос.

– Быстро. Вторая стопка открыток. Третий конверт слева. Красная обертка от конфеты.

Ящик Мишиной тумбочки забит новогодними открытками. В конвертах и без. На всех открытках – Деды Морозы и Снегурочки. Странно. Никогда не мог подумать, что Миша коллекционирует новогодние открытки.

С трудом разворачиваю туго скрученную конфетную обертку.

– Миша, что это?

– Сам не видишь? Таблетка.

– Какая таблетка?

– Идиот. У тебя голова болит или нет?

– Болит.

– Тогда разжуй и проглоти.

Я жую горькую таблетку. Горечь таблетки почти не чувствуется, так мне плохо. Откидываю голову на спинку коляски. Мир плывет. Голос Миши медленном повторяет одно и то же: "Закрой глаза и досчитай до ста". Я считаю до ста, потом еще раз до ста. Туман перед глазами потихоньку рассеивается, мне лучше. Это как чудо.

– Миша, мне лучше.

– Ноги.

Я подъезжаю к Мише, передвигаю его ноги, тяну Мишу за руку. Мишины ноги холодные, мне не надо объяснять, что Мише плохо.

– Миша, – спрашиваю я, – что это была за таблетка?

– Какая таблетка?

– Которую я только что выпил.

– Не было никакой таблетки.

– Как не было, ты ненормальный? Я только что выпил таблетку.

– Не пил ты никакой таблетки.

– Я не понимаю.

– Бывает. Знаешь, Рубен, ты, чтобы не терять времени, лучше говори, когда что-нибудь понимаешь. Или мычи. Я и так знаю, что ты никогда ничего не понимаешь. Вот когда поймешь, тогда и говори.

– Объяснить не можешь?

– Могу.

– Тогда объясняй.

– Что?

– Что это была за таблетка?

– Какая таблетка?

– Которую я только что выпил.

Миша не злится. Миша никогда на меня не злится. Злиться на дураков бесполезно. Медленно, как всегда медленно, Миша говорит:

– Допустим, у тебя болела голова, и я дал тебе таблетку. Кстати, голова еще кружится?

– Кружится, но по-другому. Немного весело кружится.

– Так и должно быть, через пару часов пройдет. Итак, допустим, я дал тебе таблетку. Что из этого следует?

– Ничего из этого не следует. У меня болела голова, ты дал таблетку. Что может из этого следовать? Я бы тоже дал тебе таблетку.

– Нет, Рубен, ты бы таблетку мне не дал. У тебя бы такой таблетки не было. Ты – дурак. А дуракам только анальгин дают и только врачи. Так вот, если допустить, что я дал тебе таблетку, тогда придется допустить и тот факт, что я эту самую таблетку где-то достал. Логично?

– Логично, я как раз хотел спросить, откуда у тебя таблетки.

– Все правильно. Я так и подумал. Это таблетка от головной боли, а не от глупости. Так ты согласен допустить, что кто-то незаконно передал мне запрещенный препарат? И что я нарушаю распорядок учреждения и законы государства? Может, ты считаешь, что меня надо перевести в дурдом?

– Нет, тебя не надо переводить в дурдом.

– Так я доставал незаконно таблетки или нет?

– Нет, конечно.

– Была таблетка или нет?

– Не было никакой таблетки, – уверенно говорю я.

Миша не улыбается. Он смотрит перед собой безразличным взглядом.

– Запоминай. Если я сказал, что чего-то не было, значит, этого не было. Понял?

– Понял, понял. Ну и правила тут. Чуть что – в дурдом.

– Ничего ты не понял. Никого тут в дурдом не отправляют. Болтаешь без толку.

– Но ты же сам только что сказал.

– Что я сказал?

— Что если бы у тебя была таблетка, тебя следовало отправить в дурдом за нарушение распорядка.

— Не говорил я такого.

— Только что сказал.

— А ты только что сказал, что все понял. Если я говорю, что я чего-то не говорил, значит, не говорил. Теперь понятно?

— Совсем непонятно.

Миша молчит. В безнадежных ситуациях Миша предпочитает молчать. Но безнадежные ситуации не всегда безнадежны на сто процентов. Миша знает, что моя голова работает так же, как и его, только медленнее. Я могу найти решение через год, через месяц, а, может быть, через час.

— Миша, — зову я.

— Что?

— Я понял.

— Что ты понял?

— Допустим, у тебя абсолютно случайно оказалась эта таблетка.

— Допустим.

— Допустим, ты ее мне дал и никакого распорядка ты не нарушал.

— Дальше.

— А что делают с теми, кто злостно нарушает распорядок?

— Если человеку что-то не нравится, значит, он сошел с ума. Нормальному человеку все должно нравиться. Понятно?

— Понятно. Его в дурдом отправляют?

— Не в дурдом, а в психоневрологическую клинику.

— А если я на нянечку буду кричать?

— Если трезвый будешь кричать, кричи. Они и сами кричат. Если пьяный — хуже. Распитие спиртных напитков – нарушение распорядка. Если кто-то нарушает режим дня, хулиганит или слишком много пьет, значит, человеку не нравится распорядок дня учреждения. В этом случае такого человека переводят в другое учреждение, с другим распорядком.

– Миша.
– Что?
– Я боюсь.

Почти всегда я знаю, что Миша скажет. Чаще всего Миша начинает фразу с утверждения, что я дурак. На этот раз все происходит хуже, гораздо хуже.

– Правильно делаешь, что боишься. Я тоже боюсь.

Вечер. Нянечки кладут Мишу на кровать. Они немного пьяны, но не сильно. Не настолько, чтобы уронить Мишу или сделать ему больно. Две здоровые тетки резко выдергивают Мишу из коляски и бросают на кровать. Ничего страшного, с Мишей ничего не случится: у нянечек опыт. Они ловко, в четыре руки, подносят Мишино тело к кровати и разжимают руки. Миша падает на кровать с небольшой, совсем небольшой высоты. Он стонет. Стонет еле слышно. Нянечки не слышат его стона, им совсем не обязательно слышать его стон для того, чтобы точно знать, что ему больно. За долгие годы работы они научились распознавать реакцию на свои действия. Они прекрасно знают, что делают.

Миша улыбается. Я понимаю, что ему тяжело улыбаться, нянечки тоже это понимают. Миша терпеливо просит их переложить его поудобнее, расправить одеяло. Они неохотно следуют его воле, делают все, что он попросит, торопясь поскорее уйти. Игра. Это всего лишь игра. Нянечкам хочется сделать все возможное для того, чтобы их реже звали. Миша должен показать, что у него все в порядке, он всем доволен и будет обращаться за помощью и впредь. Простая игра. Как во всякой игре, в этой есть свои приемы и хитрости, наступление и оборона. Обороняться приходится Мише, он обороняется хорошо, он и не думает проигрывать. Миша широко улыбается, Миша очень вежливо благодарит нянечек за каждое движение, за каждую секунду их драгоценного времени. Миша зависит от нянечек, Мише приходится притворяться. Он в очередной раз улыбается, снова и снова благодарит. Наконец говорит, что это все, что ему больше ничего не нужно.

Странно. Чем вежливее держится Миша, тем больше сердятся нянечки. Поведение Миши раздражает их очень сильно. Нянечкам в Мише не нравится все. Им не нравятся его руки и ноги, его беспомощность. Но больше всего им не нравится его улыбка.

Чем шире Миша улыбается, тем более они недовольны. Все просто, очень просто. Миша улыбается, так как знает, что улыбка – его единственное оружие. Миша улыбается, потому что уверен, что, пока я жив, я буду звать для него нянечек снова и снова. Меня ничего не остановит. Знают это и нянечки.

Нянечка смотрит на меня, я смотрю на нянечку. Смотрю в упор, не мигая. Она не выдерживает, отводит взгляд.

– Че смотришь, че смотришь? Вылупил глаза свои цыганские. Смотрит и смотрит. Еще сглазит. Жалко друга-то? Не смотри, а то и тебя так на кровать бросим.

Я – другое дело. Мне улыбаться нянечкам нет никакого резона. Я могу добраться до туалета сам. Если меня положат на кровать неудобно, я смогу сам перевернуться на живот и лечь, как мне захочется.

– Бросайте, мне-то что? Меня в детдоме на пол бросали, а тут матрац. Знаете же, что у меня кости и мышцы нормальные. Это Мише больно, у него миопатия. Вы ж не первый год работаете.

Нянечка улыбается. Улыбается она не широко, но все-таки улыбается.

– Лучше бы у тебя руки так работали, как язык. Вот черт, и не переспоришь его. Одно слово – цыган.

Ей надо было уйти сразу, она это знает. Она уверена, что если бы ушла сразу, все было бы хорошо. Теперь приходится выкручиваться самой – напарница убежала. Сама виновата, не надо было связываться. Я смотрю и смотрю. Молчу. У нее рассеянный взгляд слегка выпившего человека. Маленькие глазки быстро бегают, она теряется. Неожиданно для самой себя она широко зевает. Взгляд ее становится испуганным, неуверенным. Она рассеянно смотрит на меня, смотрит долго. Быстро-быстро крестит рот. Оглядывается по сторонам. Стараясь не смотреть мне в глаза, выходит.

— Ну и зачем ты с ней спорил? — Миша недоволен моим поведением. Миша, наверное, тысячу раз объяснял мне, что спорить с сотрудниками бесполезно. Надо молчать и улыбаться.

— А что она мне сделает? Я сам в туалет хожу.

Я спокоен. Нянечкам наплевать на меня, мне наплевать на нянечек. Когда я не смогу сам передвигаться, тогда конечно. Тогда мне придет конец. А сейчас все хорошо. В интернате все хорошо. Пока можешь крутить колеса своей коляски. Пока.

Мише лень спорить. На самом деле ему все равно, о чем я разговариваю с нянечками. Главное, чтобы они вообще соглашались со мной разговаривать. Чтобы видели во мне хотя бы подобие человека. Со мной нянечки разговаривают очень редко. Почти никогда. Но мне совсем не нужно с ними разговаривать. Не о чем. И все же. Мне надо звать их к Мише.

— Что у нас сегодня на ужин? — Миша спрашивает, хотя знает, что я не успел ничего приготовить и придется перекусывать наскоро.

— Ничего. Колбасы с хлебом поедим. Я чай сделаю.

Миша не спорит. Миша почти никогда со мной не спорит. Он понимает, что я не могу готовить каждый день. Колбаса так колбаса. Я включаю электрочайник.

Дверь в комнату открывается, входит нянечка.

— Вы еще не поели?

Вопрос странный, да и появление ее в это время странно и непонятно. Обычно нянечки после отбоя ужинают у себя в комнате и ложатся спать. Нянечка говорит быстро, суетливо. Платок на ее голове повязан не сзади, как обычно, а снизу, под подбородком. Одной рукой нянечка прижимает конец платка ко рту. В другой руке у нее – огромная тарелка с жареной картошкой.

– А я тут картошку жарила, подумала, куда мне столько, дай деткам отнесу. Хорошая картошка, с салом пожаренная. И огурчики, огурчики сама солила. Вы уж все съешьте, не отказывайте. Хорошая картошка-то.

Дверь за нянечкой закрывается. Я подъезжаю к тумбочке, беру из нее литровую стеклянную банку.

– Миша. Три огурца. Два сейчас съедим, а один на завтра, или наоборот?

– Полтора сейчас, полтора на завтра.

Миша отвечает автоматически. Он элементарно делит три на два, не задумываясь о вопросе.

– Слушай, Рубен, я ни черта не понимаю. Ты что делаешь? Картошку надо есть пока горячая. Убери банку. Останется – спрячем потом.

– Нет. Сначала спрячем то, что не съедим. Ты не слышал, что она сказала?

– Если честно, то не понял. Что это с ней?

– Приступ альтруизма. Ты действительно ничего не понял?

Я старательно разрезаю огурец на две части. Полтора огурца уже в банке. Картошка пожарена добротно. Крупные рассыпчатые куски вперемешку с огромными кусками домашнего сала. Это даже, скорее, не сало, а жирное свиное мясо. Настоящая, домашняя картошка. Я засыпаю ее ложкой в банку между солеными огурцами. Тороплюсь. Наконец банка с огурцами и жареной картошкой заполнена почти под горлышко. Я обнимаю ее двумя руками, старательно ставлю на сиденье коляски рядом с собой. Несколько оборотов колес коляски, еще одно усилие, банка кажется очень тяжелой, когда я ставлю ее в холодильник. Радостно возвращаюсь к столу и подношу к Мишиному рту первую ложку картошки. Мы едим. Едим молча и так быстро, как можем. Миша старается есть быстрее, так как чувствует мое настроение.

– Погоди, – просит меня Миша, – я не могу так быстро. Объясни, что происходит.

– Да ничего особенного. Я ее сглазил. Теперь она хочет порчу снять.

– Чушь какая-то.

– Не хочешь – не ешь. Видишь, полная тарелка картошки. Еще на завтра отложили. Чем тебе плохо?

Миша жует медленно, но это не мешает ему разговаривать.

– Я не понял.

– Чего тут непонятного, – я начинаю злиться. – Я ей в левый глаз смотрел и губами двигал. Все. Значит, сглазил. Теперь у нее или курица сдохнет, или мужик напьется. Магия. В "Науке и религии" была статья про обычаи отсталых народов. Там все подробно описано.

Мы доедаем картошку. Молчим. Я даю Мише в руки половинку огурца. Миша старательно откусывает от огурца помаленьку. Он растягивает удовольствие. Я свой огурец съедаю быстро.

– Курица у нее и без того сдохнет. Про мужика вообще полная ерунда. Если бы он пить бросил, тогда была бы магия.

– Если бы он пить бросил, это была бы научная фантастика, – не сдаюсь я. – А так – магия. Дистанционное воздействие.

– Дурдом на каникулах. Ты на самом деле во все это веришь?

– Я в это не верю. Тут главное, чтобы она в это верила. Гляди, волосы у меня черные, глаза карие. Я на цыгана похож. Да. У меня еще ноги разной длины и горб. Все сходится. Я для нее колдун. Но главное не это. Главное то, что она зевнула. Теперь она думает, что это я ее зевнуть заставил, чтобы зубы посчитать. Колдун, если посчитает зубы у человека, что хочет может с ним потом делать. Поэтому нянечки, когда зевают, рот крестят. А сегодня она сразу перекреститься не успела. Теперь все, теперь поздно уже. Крестись не крестись – без толку. У меня вся власть.

Миша мрачно смотрит в пол.

– Рубен, ты физику в школе учил?

– Учил. Я и химию учил, и биологию. Могу из Гете почитать на немецком. Какой мне сейчас от физики толк? Хотя нет, например, сегодня я как раз по физическим законам поступил. Третий закон Ньютона помнишь?

– Помню. Действие равно противодействию.

– Видишь? Они тебе больно сделали, я ее сглазил. Жалко, вторая убежать успела.

Миша молчит. Миша обдумывает ситуацию. Молчать Миша может долго, час, два, три.

– Миша.

– А?

– Почему ты молчишь?

– Я, по-твоему, сейчас петь должен?

– Зачем петь? Все ведь хорошо. Сейчас чаю попьем без сахара.

– У нас есть сахар.

– Сахар у нас есть, но чай мы будем пить без сахара. Так надо.

Миша делает вид, что ему неинтересно. Миша спрашивает как бы между прочим:

– И почему без сахара?

– Она же колдуна задобрить решила. То есть, вроде как задобрить. На самом деле колдуна задобрить нельзя. Но если с ним вместе соли поесть, тогда либо колдун сердиться перестанет, либо сглаз все равно не подействует после соли. Поэтому она картошку с салом пожарила. И посолила покруче. Да еще огурец соленый. Все сходится. Только для верности она еще сахару должна была мне дать. Вдруг она зайдет сейчас, а мы чай с сахаром пьем. Получится, что я на нее все еще сержусь и противоядие против соли принимаю. Поэтому и на поминках конфеты раздают. Чтобы дух покойного задобрить.

Нянечка толкает дверь, дверь с силой бьется о стену. Нянечки всегда так заходят в комнату. Имеют право.

Быстро оглядывает тарелку.

– Все съели.

– Все, – говорю я радостно и улыбаюсь. – Очень вкусная у вас картошка. И огурцы тоже вкусные.

Я улыбаюсь так, как обычно улыбается Миша. Миша не улыбается. Миша грустно смотрит в пол. Но на Мишу нянечка не обращает никакого внимания. Миша ее не интересует.

– А чай попили?

– Нет. Как раз собирались.

– Тогда вот. – Нянечка достает из кармана халата четыре шоколадные конфеты. – С чаем попьете.

Она забирает пустую тарелку и уходит так же быстро, как и появляется. Дверь закрывается за ней с грохотом. Кажется, что после ухода нянечки дверь еще долго вибрирует.

– Конфеты спрячь, – командует Миша, – мы уже достаточно поели сегодня.

– Нельзя. Она утром фантики считать будет. А разворачивать и заворачивать в бумагу мне их лень. Давай с чаем конфеты пить.

Миша не возражает. Мы пьем чай с конфетами. Миша молча жует конфету. Миша не хочет со мной разговаривать. Он смотрит мимо меня, грустно и едва заметно улыбается.

– И что мне теперь с тобой делать?

Миша спрашивает тихо, очень тихо, но я слышу.

– Ничего со мной не надо делать. Нормально все. Картошкой тебя кормлю. Что тебе еще надо?

– Мне надо, чтобы ты думать учился. У тебя и так в голове каша, а тут еще ведьмы с колдунами. Ты и без того достаточно глуп, а магия – это боковой вариант рассуждений. Изучая магию, ты уходишь в тупиковом направлении.

– Да не изучаю я никакой магии. Так, несколько правил всего запомнил.

– А сегодня что делал?

– Ничего я сегодня не делал. Сглазил ее, и все. Скажешь, она этого не заслужила?

– То есть ты решил применять в жизни познания в магии?

– Нет, конечно. Скорее, в этнографии.

Миша не улыбается. Ему не хочется шутить. С ним всегда так. Только все начнет складываться хорошо, он задумывается и все портит.

– Миша, – тихо зову я.

– Что?

– Миша. Ну я-то ладно, я дурак. С дурака какой спрос? А сам? Расскажи, как ты учительницу сглазил.

Миша все еще смотрит в пол, но по его голосу уже понятно, что он не сердится. Миша никогда не говорит об этом, но я точно знаю, что ему нравится вспоминать, каким он был раньше.

– Не было этого, выдумываешь ты все. Учителя – люди образованные, их так просто не сглазишь.

– Но ты же сглазил!

– У меня глаза какого цвета? И ноги одинаковые.

Миша смотрит на меня. Веснушки у него на лице не проходят даже зимой. На цыгана он совсем не похож.

– И все-таки ты ее сглазил.

– Горб у меня, конечно, побольше твоего, – продолжает Миша спокойно, – но горб не главное. Что там в твоих журналах про горб пишут? Одного горба достаточно, чтобы человека сглазить?

Миша шутит. Шутит Миша редко. Шутит Миша, только если у него почти ничего не болит и настроение не такое плохое, как всегда.

– Да при чем тут горб? Ты учительницу сглазил. Об этом вся школа говорила. Она тебя из класса выгнать решила. Дернула коляску, ты упал. Ты ей пожелал, чтобы она ногу сломала, она и сломала.

– Не так все было. Я сказал, что если бы она сломала ногу, то поняла бы, что такое сидеть в коляске.

– Вот видишь! – Я радуюсь так же сильно, как если бы это я сам сглазил учительницу. – Получается, ты ее сглазил.

– Ничего не получается.

– Но она же упала.

– Упала. Под ноги смотреть надо, тогда падать не будешь.

– Она упала потому, что ты ей этого пожелал.

Миша смотрит на меня. Для этого ему приходится поднимать голову.

– Скажем так, она упала потому, что я захотел, чтобы она упала.

– Так я про это и говорю. Ты ее сглазил.

– И ты в это поверил?

– При чем тут я? Вся школа в это поверила.

– Наличие одного дурака не отрицает возможности наличия нескольких дураков в том же ареале.

– Выходит, ты умный, а все дураки.

– Я не говорил про всех.

– Но все поверили. Даже директор.

– Директор не дурак, он козел.

– Это исключающие понятия?

– Понятие "козел" включает в себя понятие "дурак".

– Так, Миша, я запутался. Давай снова и по порядку. Ты пожелал учительнице сломать ногу. Она сломала ногу. После этого всех вызывали по очереди к директору.

– Не всех.

– Всех.

– Тебя вызывали?

– Меня незачем было вызывать. Я ее не мог с лестницы столкнуть.

– Тогда не говори "всех". Меня тоже не вызывали.

– И ты не мог ее столкнуть.

Миша смотрит на меня совсем весело.

– Почему не мог?

Я смотрю на Мишу и все еще ничего не понимаю.

– Ты хочешь сказать, что ты ее столкнул с лестницы?

– Предположим.

– Я ничего не понимаю.

– Так никто ничего и не понял. Сам говоришь, сглазил я ее.

– Миша, расскажи.

Миша не любит рассказывать такие вещи. Но в этот день у Миши хорошее настроение. Миша уступает.

– Допустим.

Мише нравится слово "допустим". Одним словом "допустим" он доводил учителей в детдоме до крика.

– Допустим, – продолжает Миша, – учительница наткнулась на препятствие. Нога подвернулась. Допустим, препятствие находилось на верхних ступеньках лестницы.

– Веревка, – догадываюсь я.

– Канат, – поправляет меня Миша. – Канат в соединении с противотанковой миной.

– Достаточно тонкой веревки, – соглашаюсь я.

– Достаточно нитки. Один конец нитки привязываем к перилам, другой опускаем в лестничный пролет и протягиваем до первого этажа. Если натянуть нитку в нужный момент, человек падает.

– Не сходится. Тот, кто внизу, должен успеть убежать. Ты бы не успел.

– Я бы не успел. К тому же у меня было алиби. Я был на лекции в актовом зале.

– Серега бы успел.

– Серега бы успел, но он тоже был на лекции. К тому же учительница могла услышать шум его коляски.

– Все, Миша. Я теперь ничего не понимаю. Выходит, внизу должна сидеть другая учительница или сам директор. Кто-то ходячий.

– Все правильно. Кто-то ходячий. Не обязательно, конечно, директор, и не обязательно взрослый человек. Теперь дошло?

– Нет.

Миша начинает сердиться. Миша всегда сердится, когда, по его мнению, у меня достаточно информации, а я не могу сделать правильный вывод. Но Миша не разрешает себе сердиться. Он набирает в грудь воздуха, медленно выдыхает. Мише приходится быть очень терпеливым со мной.

– Послушай, Рубен. Если человек покрасил губы помадой, а его за это головой в унитаз, это нормально?

– Это ненормально. Но я все равно ничего не понимаю. Помада в детдоме запрещена, конечно, но старшие девочки все равно красятся.

– А младшие?

– Не мог же ты договориться с девочкой!

– Почему не мог?

До меня доходит.

– Миша.

– А?

Миша теряет интерес к разговору очень быстро. Миша уходит в себя, замыкается. Теперь очень долго он не станет со мной разговаривать. Миша считает, что мне понадобится месяц, чтобы переработать информацию. Миша прав.

– Миша, – не отстаю я. – Я вот чего не понимаю. В детдоме учительница только один раз упала. И ноги у нее остались целые. Но потом, у себя дома, она несколько раз падала. А под конец упала на кухне, ногу сломала, да еще кастрюлю с супом на себя опрокинула. Это ты как объяснишь?

– Никак.

– Но почему она дома падала?

– Все просто. У себя дома она падала потому, что я ее сглазил.

Миша смотрит на меня совершенно серьезно. Веснушки на его лице не выдают и тени улыбки. Он смотрит на меня, а я в очередной раз не могу понять, шутит он или нет.

– Так, Рубен, ты говоришь, что я сглазил учительницу. Так?

– Так.

– Она сама всем рассказывала, что я ее сглазил. Так?

– Так.

– Тогда конечно, тогда вы правы. Выходит, я сглазил учительницу.

ИДИОТ

– Идиот.

– Что-нибудь не так?

Я сварил суп. Сварить суп может любой дурак. Две картофелины, кусок колбасы и горсть риса. Я сварил очень хороший суп. Даже посолил. В интернатовском супе никогда не бывает картошки. Я не совсем прав, конечно, – картошка в супе есть, только ее мало, и она вся остается на дне кухонного котла. За три года мы с Мишей видели картошку в супе два раза и оба раза смеялись. Колбаса – роскошь. Колбасу в суп никто и никогда не кладет, даже на воле. Но мы с Мишей едим мало, Миша ест совсем мало. Если мелко нарезать кусочек колбасы, его хватит на целую кастрюлю супа. Маленькую кастрюлю, но нам хватает ее на два ужина. Миша говорит, что варить колбасу гораздо разумнее, чем жарить. Он прав. Если пожарить кусочек колбасы, он сморщится и его станет совсем мало, на один бутерброд. Миша прав, Миша всегда прав, потому что он умный, а я дурак. Но я знаю, что он просит меня варить суп не только поэтому. В супе и колбаса, и картошка становятся мягкими, и их легче жевать. Когда Миша хочет супа, я варю суп. Жареная колбаса нравится мне гораздо больше вареной, я люблю жареную колбасу. Но жарить колбасу – нечестно. Если я пожарю колбасу, то из нее получится один бутерброд для меня. Если сварю – четыре тарелки супа для нас двоих. Иногда, в праздник, Миша просит жареной колбасы. Я жарю два кусочка колбасы, и мы едим бутерброды с колбасой. Я люблю колбасу с корочкой, жесткую. Я кладу колбасу на сковородку, доливаю в сковородку воды. Если при жарке добавить в сковородку воды, колбаса получается мягкая, почти как вареная. Мягкую колбасу легче жевать, Мише нравится мягкая колбаса. Миша говорит, что колбаса, которую жарит Рубен, вкуснее всего. Вода выпаривается, я оставляю колбасу на огне еще на пару мгновений. Колбаса покрывается легкой корочкой, и Миша уверен, что мы едим именно жареную колбасу. Я мог бы пожарить один кусок для себя, другой для Миши, но не делаю этого, потому что знаю, что ему тоже захочется хорошо прожаренной колбасы. Я не могу есть жареную колбасу при Мише, я не могу напоминать ему, что ему трудно жевать. Когда-то, когда Миша был маленький, он мог жевать все что угодно, даже леденцы. Миша мог ходить и был, как все другие дети на воле. Ни за что на свете я не стану напоминать ему, что он не может жевать нормально.

Миша – мой друг. Мы можем говорить о чем угодно. Мы можем говорить о смерти. Мы очень часто говорим о смерти. Но о том, что ему трудно жевать, мы не говорим никогда. Если начать говорить об этом, придется говорить дальше. Придется говорить о том, что ему с каждым днем все труднее дышать.

– Ты идиот, Рубен, – повторяет Миша. – Ты пересолил суп.

– Я не идиот, Миша. Я посолил суп нормально. Вода выкипела. Я выключил электроплиту вовремя, просто некого было попросить снять кастрюлю с плиты, вода и выкипела.

– Ты идиот, Рубен. Ты должен был предусмотреть, что никого из здоровых не будет на кухне, и выключить плиту заранее.

– Я не идиот. Спорим, докажу?

– Если докажешь, тогда идиот я.

– Нет. Если докажу, что я не идиот, тогда ты – дебил. Согласен?

Миша кивает. Спор его забавляет.

– Какая разница, – спрашивает Миша, – идиот я или дебил? Все равно дурак.

– Не все равно. Медицина различает три основных степени умственной недостаточности: дебильность, имбецильность и идиотия. Если бы я был имбецилом, я не смог бы сварить суп, идиот не смог бы даже разговаривать о супе. Я – дебил. Ты тоже дебил. Если бы ты был нормальным, то сообразил бы, что я именно дебил. А с дебилом лучше не спорить. В следующий раз я не стану варить суп: разрежу кружок колбасы на две части, сварю пару картофелин и посолю все это при тебе.

Миша не тратит много времени на рассуждения. Он понимает мою мысль быстро, очень быстро. Никто, кроме него, не может так быстро думать.

Миша открывает рот для следующей ложки супа. Мы едим.

Вечером мы играем в шахматы. Миша не смотрит на доску. Доска нужна только таким дебилам, как я. Миша выигрывает у меня три раза подряд. В последней партии он объявляет мат в четыре хода. Я тупо смотрю на доску, я не вижу мата. Медленно продираясь сквозь варианты жертв и обменов, постепенно соглашаюсь, что партия закончена.

Миша не торопит меня, Миша терпеливо ждет, пока до меня дойдет смысл его последнего хода. Наконец я сдаю партию.

Миша не радуется. Он никогда не радуется при выигрыше, скорее, наоборот. Иногда мне кажется, что ему нравится проигрывать.

– И все-таки, почему я дебил, как ты думаешь? – спрашивает он меня.

– Я уже объяснял.

– Я спрашиваю про причину болезни, – поясняет Миша, терпеливо снося мое непонимание.

– Не знаю, – отвечаю я. – Я не врач. Скорее всего, ты дебил по той же причине, что и я. Нарушение мозгового кровообращения. Разница лишь в том, что я дебил с детства, а ты глупеешь постепенно только сейчас.

Миша не обижается. Мы уже давно не обижаемся друг на друга.

– Похоже, Рубен, ты прав. Мы с тобой дебилы. Оба.

– Миша, – говорю я, – мне деньги нужны.

– Сколько?

– Мне много нужно.

– Сколько?

– Миша, я знаю, ты скажешь, что это ерунда.

– Конечно, скажу.

– Тогда зачем спрашиваешь, сколько мне нужно денег?

– Если человеку нужны деньги, он, как минимум, должен знать необходимую сумму. Как максимум, для чего ему нужны эти деньги. Пока ты не ответил на первый вопрос, я не могу задать второй. Хотя ты мог бы сразу сказать, сколько и для чего денег тебе нужно.

– Мне нужно шестьдесят рублей для курсов английского языка.

– Для чего тебе нужен английский язык?

– Хочу прочитать Гамлета в подлиннике.

– Плохой перевод?

– Перевод хороший, но в журнале пишут, что для полного понимания текста нужно знать язык оригинала.

– Почему именно Гамлета? – Миша задает вопросы быстро, но я знаю, что ему на самом деле нужны точные ответы. Миша всегда говорит, что принять правильное решение можно, если располагаешь точной информацией.

Я читаю наизусть монолог Гамлета.

– Теперь перескажи своими словами, только покороче.

– Зачем?

– Я хочу знать, что ты понял из этого набора слов.

– Гамлет думает над вопросом, почему все люди живут, а не кончают с собой.

– Потому что у них ничего сильно не болит.

– Гамлет объясняет, что люди не кончают с собой, потому что боятся неизвестности.

– Тоже глупость. Простейший выбор. Если человеку очень плохо, он вешается, если не очень, читает монологи и действует на нервы окружающим. Плохая книга. Впрочем, как и все остальные, которые ты читаешь.

– Ты думаешь, мне не стоит учить английский язык?

– Думаю, не стоит.

– Ладно, извини, ты прав, конечно.

– Рубен, я много раз объяснял тебе, что извиняться нет смысла. Если ты что-то сказал или сделал, то в тот момент у тебя были на это причины. Жалеть о том, что ты сделал, когда у тебя появились дополнительные данные бессмысленно.

Я молчу, мне нечего сказать. Миша прав.

– Рубен. Возьми двести рублей.

– Зачем мне двести рублей?

– На твой английский.

– Ты же сказал, что мне не стоит учить английский.

– Сказал.

– Почему же ты даешь деньги?

– Слушай, Рубен, а на эти курсы идиотов берут?

– Туда всех берут.

– Тогда все в порядке. Не понимаю, в чем проблема.

– Мне нужно только шестьдесят рублей.

– Если за шестьдесят рублей можно купить новые мозги, то это мало, если два комплекта, то это много. Но я сказал то, что сказал. Я не сказал сто девяносто девять или двести один. Потому что у меня есть мозги и я умею считать. Если я не умею считать, тогда другое дело, тогда тебе надо только шестьдесят рублей.

— Миша, этого я не понимаю. Почему ты даешь деньги, если считаешь, что изучение английского глупость, почему именно двести рублей?

— Тебе понадобятся тетрадки, ручки. Два словаря, большой и маленький. С большим словарем тебе трудно управляться, поначалу будешь пользоваться маленьким. Почтовые марки, конверты. Детские книжки на английском, ты же не с Гамлета начнешь. Сколько стоит хороший большой словарь?

— Много, рублей сорок.

— Вот видишь, все сходится. Двести рублей должно хватить.

— Ты не ответил на первый вопрос.

— Ответил. Если я начал подсчитывать расходы, значит, мне эти расходы выгодны. У меня был выбор, я его сделал.

— В чем выгода? Я буду постоянно слушать одни и те же пластинки на английском. Тексты уроков обычно глупые. Я буду слушать английское радио.

— Радио мне мешать не будет. Я английского не понимаю. Тексты уроков я, конечно, запомню. Они будут намного глупее того, что ты говоришь обычно?

— Нет.

— Тогда мне от твоих курсов прямая выгода. Ты будешь писать контрольные работы, слушать пластинки, то есть постоянно находиться в комнате. Дверь в комнату будет закрыта, значит, холод из коридора не пойдет внутрь. В перерывах между уроками ты будешь двигать мне ноги и делать чай. В любой момент ты сможешь позвать мне нянечку. Все сходится один к одному. Примерно такого же эффекта я мог бы добиться при помощи водки. Постоянно кто-то в комнате, всегда есть горячий чай.

Если пить водку с кем-то поздоровее, чем ты, то даже нянечку звать не нужно. Но вариант с водкой мне не нравится. Он дороже. Мы с тобой съедаем банку консервов на двоих, а человек с действующими руками съест ту же банку один. И водки при желании можно рублей на пятьдесят за один день выпить. Это только коммерческая выгода. Английское радио ты и сейчас слушаешь, только редко. По английскому радио музыку передают. Если выбирать между музыкой и пьяными разговорами, то я предпочитаю музыку.

– Миша, получается, ни у меня, ни у тебя нет выбора.

– Получается, что у нас есть выбор, и мы выбираем. Всегда есть выбор. У всех есть выбор.

– И у Гамлета был выбор?

Мишу не удивляет вопрос. Когда у Миши хорошее настроение, он готов долго разговаривать со мной. Я знаю, что Миша любит короткие и точные вопросы. Если я хочу что-то узнать, то должен сначала долго думать, перед тем, как задать Мише вопрос.

– Рассмотрим два варианта. – Миша говорит спокойно, немного лениво. – Первый вариант: Гамлет умный человек.

– Так он и есть умный. Его только принимают за сумасшедшего.

– Рубен, я убивал в детдоме?

– Нет.

– Почему?

Меня не удивляет вопрос. Миша никогда не задает глупых вопросов. Я ищу правильный ответ. Найти правильный ответ мне удается редко, но иногда все же удается.

– Миша, не все книги глупые. Я читал про волков. В волчьей стае никто никого не убивает. Если кого-

202

то из членов стаи не устраивает ситуация, он пытает-ся перестроить структуру стаи. Ты не убивал, пото-му что не видел в этом смысла. Ты даже не избивал никого сильно. Ты перестраивал структуру.

Миша редко доволен моими ответами, но на этот раз я вижу, что попал в точку.

– Рубен, Гамлет смог перестроить структуру стаи?

– Нет.

– Тогда рассмотрим второй вариант: Гамлет глу-пый. Он мог начать изучать русский язык.

– Почему именно русский?

– Ну, не русский, а какой-нибудь еще язык. По-чему бы и не русский?

– Он и так учился в Германии.

– Ну и что. Поехал бы учиться во Францию, вы-учил бы французский. Все равно же дурак. А так, в пьесе, он и себя угробил, и людей.

– Миша, я такой же дурак, как Гамлет?

– Нет, ты глупее. Но у тебя есть я, а у Гамлета не было никого. Без меня ты бы быстро глупостей на-делал.

Миша доволен. Я вижу, что Мише понравился вариант с английским языком. Миша редко бывает настолько доволен.

– Знаешь, Рубен, когда будешь в библиотеке, возьми для меня книгу.

– Ты же не читаешь книг.

– Я не читаю книг, к тому же ты знаешь, что я не могу переворачивать страницы. Ты будешь читать мне вслух.

– Я могу тебе сейчас почитать, если хочешь. У ме-ня есть Шекспир.

– Ты дурак, Рубен. Зачем мне Шекспир? Я не люблю Шекспира. Когда будешь в библиотеке, возьми для меня книгу, ту, про волков.

БОРЩ

Русский борщ. Нет ничего проще и ничего сложнее борща. С одной стороны – еда как еда, ничего особенного, с другой – таинственное мистическое блюдо национальной кухни. Что такое борщ, понять сложно, если не жил в России, – почти невозможно, немыслимо.

Назвать борщ капустным супом может только иностранец, Россию не любящий и не понимающий. Назвать борщ супом из капусты – все равно, что обозвать паэлью рисовой кашей, а тортилью – картофельной запеканкой.

Борщ – это не просто суп с капустой, точнее, суп с капустой – это совсем не борщ. Суп с капустой – это суп с капустой. Борщ – совсем другое. Борщ – еда особенная, еда настоящая. Универсальная еда на все случаи жизни, совершенная еда.

Рецепт борща невозможно записать. Россия – страна огромная. На севере и юге, западе и востоке, в каждом регионе, в каждом населенном пункте, в любом месте, где живут русские люди, имеется свой неповторимый рецепт борща. Неповторимо все – от выбора мяса и сорта картофеля до степени готовности капусты. Состав борща можно определить лишь приблизительно, неточно, с натяжками и допущениями. На вопрос "как готовить борщ" можно отвечать бесконечно, можно спорить долго, доказывая истинность именно своего рецепта. Вопрос "из чего готовят борщ" правильного ответа не имеет и иметь не может. Глупый вопрос. Если отвечать на него приблизительно, поверхностно, сильно не задумываясь, не забивая голову пустяками, можно ответить просто. Борщ – это суп из мяса и овощей. Получится не менее глупый ответ на глупый вопрос. Борщ бывает разный. Постный борщ – борщ без мяса – вообще явление непонятное. Если следовать букве описания, получится, что постный борщ – это суп из мяса и овощей, но без мяса. Получится, что постный борщ – это суп из овощей.

Спорить, что такое борщ – бесполезно. Достаточно опустить ложку в тарелку, зачерпнуть поглубже и попробовать. Все станет ясно. Борщ – это борщ. Ничего больше, и ничего меньше.

Миша лежит на кровати, я сижу в коляске. Передо мной – наш обед. На второе – перловая каша, второе можно не пробовать. Миша все равно не может жевать долго. Я знаю, что такое интернатовская перловая каша. Комок недоваренной крупы без ничего. Эту кашу я не могу жевать, не то что Миша. На первое – борщ. Я опускаю ложку в тарелку.

– Ну как? – спрашивает Миша.

Я понимаю его нетерпение. Если отказаться от борща, придется есть хлеб с чесноком. Хлеб с чесноком – это вкусно. Я бы предпочел съесть хлеб и успокоиться. Я не хочу есть этот борщ. Миша думает иначе. Миша боится есть сухой хлеб. Миша тщательно следит за своим здоровьем, он знает, что питание всухомятку для него – верный путь к запору. Миша боится запоров больше всего на свете.

То, что стоит передо мной, назвать борщом нельзя. Я долго жил на свете, почти двадцать лет. Я видел разные борщи. Наваристые детдомовские борщи в дни приезда московской комиссии. Жиденькие больничные супчики. Я хорошо знаю, что такое борщ. Лениво болтаю ложкой в мутной жиже. Слишком мало капусты, слишком много воды.

– Дерьмо, – говорю я уверенно. – Они его даже не посолили. А скорее всего, опять разбавили водой, поэтому борщ несоленый.

– Горячий, – спорит Миша.

Миша думает. Мише не хочется отказываться от горячего.

– Ладно, Рубен. Посоли борщ, поперчи и покроши в него хлеб.

Я делаю так, как он просит. Беру наши куски хлеба, крошу в борщ. Мякоть двух хлебных паек я тщательно крошу в Мишину тарелку, корки – в свою. Я говорю Мише, что люблю корки, он соглашается. Мы знаем, что это всего лишь игра. Мише трудно было бы жевать хлебные корки, а мне все равно. Хлеб – он и есть хлеб, хоть мякоть, хоть корка. Кусочек хлебной корки я откладываю в сторону. Я знаю, что Миша будет долго есть этот кусочек после обеда. Миша любит корки, как и я. Чищу дольку чеснока, даю Мише в руку. Миша сам откусывает от дольки. Миша любит все делать сам. Когда он лежит на кровати, мне приходится его кормить лишь потому, что я могу покормить его гораздо быстрее, чем он поест сам. Я могу покормить его горячим.

Мы едим борщ. Едим молча. Я привычно вкладываю ему в рот горячее хлебное месиво. Миша старается жевать быстрее, но все равно, как бы он ни старался, я успеваю прожевать две ложки борща за то время, пока он справляется с одной.

Наконец Мишина тарелка пуста. На лбу у Миши выступают капли пота. Миша вспотел от физического напряжения и горячей пищи. Миша рад, что все так удачно сложилось. Он поел горячего.

– Дерьмо, – упрямо повторяю я.

– Горячее, – почти весело возражает Миша.

У Миши в руке – хлебная корка. Он подносит ее ко рту, сосет. Когда корка размокает, он откусывает от нее кусочек. Миша доволен.

– Почему? – спрашиваю я.

– Что конкретно "почему"? – уточняет Миша.

– Почему здесь готовят такое дерьмо?

– А ты что хотел, чтобы тебе подавали куропатку под чесночным соусом?

Куропатка под чесночным соусом – наша шутка. Мы никогда не используем соусы, а куропаток видели лишь по телевизору.

– Кто мы такие вообще, чтобы нас кормить? – продолжает Миша. – Радуйся, что тебе вообще дышать позволили. Еду в комнату носят – и то хорошо. Ну, скажи: какая от тебя государству польза? С какой стати переводить на тебя картошку? Картошки в стране и здоровым не хватает. Ты дурак, Рубен, простых вещей не понимаешь.

– Я и не говорю про нас. Мы – лишние, это понятно. Еще зэки лишние. Если нас и зэков поубивать, в стране больше еды останется. Я не спорю. Но ведь еще бабушки остаются и дедушки. Они всю жизнь работали. Представь, какая от них польза была. Шахтеры, швеи – здесь много людей, которые всю жизнь работали. Даже полковник есть. Он контуженый, в танке горел. Я видел его на День Победы – вся грудь в орденах. И погоны у него настоящие. Если бы не этот полковник, нас бы фашисты завоевали. Он страну спас. Ему за что такой борщ дают?

Миша тщательно пережевывает хлеб. Миша не смотрит в мою сторону. Чтобы посмотреть на меня, ему надо поднять голову вверх, а это лишнее, бесполезное движение. Он и так устал поднимать голову, пока ел. Мне нет необходимости смотреть Мише в глаза, я и без того знаю, что он внимательно меня слушает. Миша думает. Миша думает быстро, но на этот раз он не сразу находит нужный аргумент.

Он медленно поднимает голову, смотрит на меня почти насмешливо. Хороший, радостный взгляд.

– Наивный ты человек, Рубен. Все правильно, шахтеры и швеи всю жизнь на страну работали, и польза от них была. Полковник твой – настоящий герой, я согласен. Только скажи мне честно: а какая сейчас от них польза?

– Никакой, – быстро отвечаю я.

– Вот видишь. Наше меню не с потолка взяли. Кормят нас как положено. Если все есть, с голоду не умрешь. В Москве люди поумнее нас с тобой сидят, там все продумали. Не умирает же этот полковник от голода, правда?

Миша смотрит на меня, он упрямо пытается втолковать мне очевидные вещи. Я понимаю, что он прав.

– Конечно, Миша, пользы от него никакой, но ведь это несправедливо!

– Ты веришь в справедливость? – сухо осведомляется Миша. – Тогда ты точно дурак.

Я смущаюсь, я признаю Мишину правоту. Про справедливость я действительно сморозил не подумав. Но мне все же не хочется сдаваться сразу.

– Так ведь обидно же.

– Кому обидно? Ты, что ли, в танке горел?

– Полковнику.

– А мы с тобой тут при чем? Пусть полковник и переживает.

Я смотрю на наши пустые тарелки. Нам с Мишей действительно крупно повезло оказаться в таком хорошем интернате. В плохих интернатах полковники не живут. Мне то что? Мне еду просто так, ни за что, дают. А полковнику обидно, конечно. Он же все-таки полковник, он не простой инвалид.

208

Я смотрю на наши пустые тарелки. Миша прав, он почти всегда прав. Но все же, если бы я был полковником, если бы горел в подбитом танке, то мне бы было обидно есть такой борщ. Очень обидно.

– Ты дурак, Рубен.

– Да, я знаю.

Мы сидим в комнате, дверь закрыта. Я читаю книгу, а Мише, наверное, нечего делать. Миша никогда не говорит много. Иногда мне кажется, что он разговаривает со мной только по необходимости. Но это только мои предположения. На самом деле, я уверен, что Миша точно знает, когда и чего хочет. Если он сказал фразу, значит, уверен в ее смысле. Фраза, утверждающая, что я дурак, сама по себе смысла не имеет. То, что я дурак, мы с Мишей знаем и так. Я жду следующих слов, но Миша молчит. Миша может промолчать до вечера, а может и до завтра.

– Ты очень глупый человек, Рубен.

– Да-да, конечно.

– Ты глупее Бубу.

Бубу – глухонемой мужчина, жил в нашем доме престарелых очень давно. Один из многих психохроников, он выделялся среди них особенным качеством. Каждый раз, когда его просили перенести мебель или разгрузить машину, он требовал плату. Минимальной его ставкой была пачка дешевых сигарет. Много раз его пытались обмануть или предлагали меньшую цену, но ничего не добивались. Меньше, чем за пачку сигарет, он работать отказывался. Как и все мы, инвалиды, он имел право на кровать и место за столом в столовой. Как и мы с Мишей, он обречен был жить в доме престарелых до смерти. Но нянечки относились к нему гораздо лучше, чем к нам с Мишей. Для нянечек Бубу был нормальным человеком, умным и сильным. По вечерам, когда нянечки садились готовить ужин, Бубу шел на запах еды, подходил к заветной двери и ждал. Одна из нянечек выносила ведро и швабру. Начинался ритуал, один из ритуалов нашей повседневной жизни. Бубу мыл полы в коридорах и туалетах. Шумно макая мокрую и грязную швабру в ведро, нелепо вытряхивая тряпку на пол, он тщательно тер полы наших бесконечных коридоров. Свою часть договора он выполнял старательно, никогда не оставляя работу недоделанной. Мощными движениями Бубу размазывал грязь по полу точно так, как его научили когда-то. Качество его работы было не лучше и не хуже, чем у нянечек, только брызги из ведра летели гораздо выше, скрип тряпки по полу звучал намного убедительнее, а высунутый от усердия язык только усиливал впечатление нормального, рабочего человека. Усталый и довольный собой, Бубу возвращался к комнате нянечек всегда вовремя. Он справлялся с работой не быстро, но и не медленно, именно к тому моменту, когда нянечки заканчивали ужинать. Бубу стучал в дверь, сдавал ведро и швабру, а взамен получал поднос с сокровищами. Все остатки от ужина нянечек: куриные ноги, жареная картошка, куски мяса и колбасы, даже огромная железная кружка с чаем, – все это богатство и роскошь доставались Бубу заслуженно и по праву. Он садился за стол в коридоре и быстро поедал все подряд. Сначала он брал в руки ложку и съедал суп, потом, отложив ненужный предмет сервировки, продолжал пиршество, отправляя куски в рот обеими руками. Руки и лицо его лоснились от жира, глаза светились детским счастьем. Поначалу, когда меня только привезли в дом престарелых, я пытался здороваться с ним при встрече, иногда он кивал мне в ответ или улыбался, но никогда я не был точно уверен, улыбается Бубу мне или чему-то загадочному внутри себя.

– Миша, я не понял.

– Чего тут понимать? Есть ты, есть Бубу. Ты глупее Бубу. По-моему, простая мысль. Если бы я утверждал, что ты умный, а ты не понял бы простейшего рассуждения, тогда да. Тогда было бы логическое противоречие.

– Я не утверждаю, что я умный. Но почему именно Бубу и именно я?

– Потому, что Бубу моет полы.

– Тогда ты тоже глупее Бубу. И вообще, Бубу умнее всех в мире.

– Ты не понял, Рубен. Я, может быть, глупее Бубу, интеллектуальная разница между нами не очень большая, точно нельзя определить. Но то, что ты глупее его – бесспорно.

– Давай по порядку. Чем ты отличаешься от Бубу интеллектуально?

– Почти ничем. И его, и моего интеллекта хватает для достижения личной цели. Он получает еду, а я получаю смерть. Если я смогу быстро умереть, то можно будет говорить о нашем с Бубу интеллектуальном равенстве.

– Ерунда какая-то. А если у меня вообще нет никакой цели?

– Так не бывает. Ты хочешь медленно загибаться на третьем этаже?

– Нет.

– Тогда твоя цель совпадает с моей, но ты о ней даже не задумываешься. Ты глупее меня, глупее Бубу. Глупее тебя только лежачие бабушки, которых сюда привезли сразу на третий этаж, потому что у них было больше времени задуматься о будущем.

– Почему только лежачие?

– Потому что насколько умны ходячие, мы пока не знаем. Может, у них уже все готово на крайний случай. Может, она, эта ходячая бабушка, завтра повесится, или сейчас висит. Много неопределенных факторов. В твоем случае все проще. Бубу может мыть полы до старости.

Я думаю. Думаю я недолго, так как ответ кажется мне очевидным. Я знаю, что Миша сердится, если я отвечаю быстро, но ничего не могу с собой поделать.

– Я умнее Бубу. И ты умнее Бубу. Это просто.

– Приведи пример.

– Я могу рассчитать площадь криволинейной трапеции, а Бубу даже до десяти считать не умеет.

– Дай свое определение интеллекта.

– Способность к анализу и синтезу.

Миша не сердится. Или у него хорошее настроение, или он заранее рассчитал, сколько времени мне понадобится на поиск правильного ответа.

– И твоя способность анализировать тебя устраивает?

– В общем-то – да. И Бубу его способности вполне устраивают.

– Хорошо, – говорит Миша, – почему же тогда ты не можешь обеспечить себя едой?

– Потому что едой меня обеспечиваешь ты. Но сравнение некорректно. У тебя есть еда, потому что есть деньги, а деньги тебе достались просто так.

– Сравнение корректно. Мне моих денег хватает, тебе твоих – нет. Руки и ноги достались Бубу тоже просто так. Количество моих денег в рассматриваемых нами пределах бесконечно, объем ресурсов Бубу бесконечен примерно в той же мере. Когда Бубу состарится и не сможет мыть полы, он начнет выпрашивать остатки еды возле кухни. То есть его интеллекта хватит ему до последних дней.

– Мне моего интеллекта тоже хватит до последних дней. Я умру от остановки сердца.

– Может быть. В лучшем случае так и произойдет. Но если ты не умрешь быстро, то мои деньги рано или поздно кончатся, и тебе придется есть то, что тут дают. Это гарантированный заворот кишок. При таком раскладе ты будешь умирать медленно. Ты даже слабительное не сможешь себе купить.

– Хорошо. Но тогда ты тоже глупее Бубу. Ты даже глупее меня. Я могу сам сходить в туалет.

– Помолчи.

Я не должен был этого говорить. Наверное, теперь Миша точно обидится.

– Миша, прости, я не хотел.

– Чего ты не хотел?

– Я не то хотел сказать. Я не хотел тебя обидеть.

– Ты дурак, Рубен. У тебя не хватит ума, чтобы меня обидеть. Я просто попросил тебя помолчать. Молчи и слушай.

Мы молчим. По коридору мимо двери кто-то проходит.

– Слышал? – Миша улыбается.

– Чего?

– Теперь понял?

– Ничего я не понял.

Миша рад. Он рад, что все получилось, рад, что пока еще может нормально думать.

– Кто сейчас прошел?

– Я откуда знаю?

– А я откуда знаю?

– Узнал по шагам, наверное.

– Не только. Я помню всех нянечек по звукам шагов, это верно, но также я помню и расписание их передвижений, кто в какой смене работает, какое у них может быть в этот момент настроение.

– Нянечки не ходят по расписанию.

– Все ходят по расписанию.

– И я?

– И ты, и Бубу – все. И всех можно посчитать. Дни выдачи зарплаты, дни рождения, дни рождения родственников, посевная, уборочная. Такие данные, как дождь или снег, даже ты мог бы учитывать. Настроение нянечки можно определить как математическую формулу. Та нянечка, которая сейчас прошла, могла бы дать мне утку, но я недавно сходил в туалет.

– Как ты определяешь время?

– По теням на стене. Ты помнишь, где была тень от окна в марте прошлого года?

– Миша, да я не помню даже, где эта тень вчера была.

– Вчера эта тень была там же, где сегодня. Тени не смещаются так быстро.

– Я не про это.

– И я не про это. Ты дурак, Рубен. И, что самое плохое, ты не хочешь признавать, что ты дурак. Ты не способен запомнить и переработать простейшего набора фактов.

– Ничего себе "простейшего". Получается, для того, чтобы тебе дали утку, ты должен держать в уме небольшую математическую таблицу.

– Ты тоже должен, но отказываешься это признать. После того, как я умру, тебе придется стать умнее, а за пять минут у тебя ничего не получится. Тренироваться надо уже сейчас.

– У меня ничего не выйдет.

– Ты не стараешься.

– Миша, дело не в этом. Старайся не старайся, как ты я все равно умным никогда не стану. Ты можешь страницу книги за один раз запомнить?

– Не знаю, не пробовал. Зачем тебе эта ерунда?

– В книге про разведчиков Штирлиц мог.

– Ты читаешь ерунду.

– Я знаю, но меня не Штирлиц интересует, а ты.

– Страницу текста может запомнить любой нормальный человек.

– В книге так и было написано. Но там написано, что только после тренировки.

– Читай.

– Прямо сейчас?

– Читай.

Я читаю вслух страницу из книги. Миша повторяет слова из книги спокойно и без запинки. Он запоминает три страницы подряд, потом это развлечение ему надоедает.

Я пытаюсь выучить наизусть хотя бы пару абзацев. Бесполезно. С детства я был дураком, дураком и остался. Стихи я могу запоминать с первого раза. Чтобы выучить кусок прозы, мне надо потратить полдня. И даже за полдня я не могу выучить больше, чем полстраницы.

– Открой дверь, – внезапно говорит Миша.

Я подъезжаю к двери, нагибаюсь, наматываю на руку привязанную к ручке двери веревку, отъезжаю от двери, тяну за веревку. По коридору проходит Бубу.

– Миша, – спрашиваю я, – зачем тебе знать, когда мимо комнаты пройдет Бубу?

– Незачем, конечно. Так, автоматически запомнилось.

– Дверь оставить открытой?

– Закрой.

– Ты хотел мне лишний раз Бубу показать?

– Да. Может, поймешь на наглядном примере. Посмотри на себя и на него, сравни.

Я закрываю дверь. Подъезжаю к Мише, передвигаю его ноги, тяну Мишу за руку. Все как всегда.

Миша ждет. Он может ждать долго. Я думаю.

– Знаешь, Миша, ты прав. Я глупее Бубу.

ВИНТИКИ

– Купаться.

Плоское лицо Нины расплывается в улыбке. Нина счастлива. Сегодня она будет купать Мишу. Нине нравится купать Мишу, Нине нравится купать всех. Нина – психохроник. Она не умеет читать и писать, она глупая. Там, во внешнем мире, на воле, ей не разрешили бы купать никого. Но там, на воле, никого купать и не надо. Нина не одна. С Ниной – еще две женщины. Нина самая умная из них, Нина – начальник. Еще две женщины нужны для того, чтобы поднимать Мишу с коляски и класть в ванну. Втроем они увозят Мишину коляску в ванную комнату. Миша улыбается. Миша улыбается всегда, но в этот день он вынужден улыбаться особенно широко. Психихроники – психически больные люди, с ними надо разговаривать особенно вежливо и терпеливо.

Я остаюсь в комнате. Я ничем не могу помочь Мише.

Через некоторое время Мишу привозят из ванной, Нина с подругами неумело и грубо перекладывают Мишино тело с коляски на кровать. Когда Мишу берут психохроники, мне страшно. У нянечек может быть плохое или хорошее настроение. Нянечки могут быть злыми или добрыми, но нянечки не хотят сломать Мише ногу или руку. Психохроники опасны, они могут навредить Мише просто по неосторожности.

– Ты не хочешь купаться? – спрашивает меня Нина.

– Нет, Нина, я не хочу купаться.

– Ты грязный, тебе надо купаться.

– Я чистый, я купался вчера.

Нина улыбается. Она всегда улыбается. Женщины уходят.

Когда Мишу укладывают на кровать нянечки, Миша может попросить положить его поудобнее. Нянечки могут выполнить просьбу, а могут сделать вид, что выполнили. Все зависит от их настроения. С психохрониками все проще. Психохроникам почти невозможно объяснить, что именно ты хочешь. На этот раз Мишу положили на кровать очень неудобно. Он лежит на боку, откинув голову далеко назад. Говорить Миша не может, только хрипеть. Но слова мне не нужны. Я быстро подъезжаю к Мишиной кровати, нагибаюсь, протягиваю руку к Мишиной голове. Миша лежит слишком далеко. Не задумываясь, я перекидываю мое тело через подлокотник коляски, падаю на Мишину кровать. Мне под ребро упирается железная пластина, соединяющая спинку и подлокотник коляски. Больно, но сейчас рано думать о моей боли. Я могу дотянуться до Мишиной головы. Если я толкну Мишин подбородок своей головой то, кажется, Миша задохнется и его мучения прекратятся. Но это только кажется. Толкай не толкай – результат предсказуем. Миша только сильнее захрипит и будет всасывать воздух с еще большим трудом. Задушить человека не так просто, как кажется на первый взгляд.

– За ухо, – говорит Миша.

На то, чтобы произнести эти слова, уходят все его силы и весь воздух из легких. Миша начинает медленно всасывать в легкие побольше воздуха, чтобы дать мне более точные инструкции, но я и так все понял. Я могу дотянуться до Мишиного уха, но тянуть Мишу за ухо мне не хочется. К тому же я не уверен, что сил моих пальцев хватит, чтобы передвинуть за ухо голову взрослого человека. Голова Миши такая же тяжелая, как и головы всех остальных людей на Земле. Я наклоняю свое тело чуть-чуть больше. Боль в боку становится сильнее. Получается со второго раза. Теперь я могу закинуть руку за Мишину голову и подтянуть Мишу к себе. Голова Миши лежит чуть ровнее, и он может дышать. Миша молчит. Я отталкиваюсь от Мишиной кровати, пытаюсь сесть. Получается с третьего раза. Боль в боку уже не такая сильная. Снова немного нагибаюсь к Мише, но уже не так сильно. Тяну Мишину голову до предела на себя. Теперь Миша может дышать нормально, а значит, и говорить.

– Ноги, – говорит Миша. Я подъезжаю к Мишиным ногам, отворачиваю простыню. Кожа на ногах у Миши слезает мелкими клочками. В одном месте – застывшая капля крови.

Все-таки хорошо, что у Миши нормальная свертываемость. Я передвигаю Мишины ноги. Миша просит передвинуть их еще и еще. Каждый раз, когда я передвигаю Мише ноги, он старается не стонать.

– Суки, – говорю я, – они тебе ноги ошпарили.

– Кто суки? – спрашивает Миша. Он спрашивает спокойно, и я понимаю, что Миша совсем не злится. – Определись точнее. Психохроники? Так они не виноваты, что родились такими.

– Нянечки суки. Они заставляют психохроников за себя работать.

– Ты дурак, Рубен, не понимаешь простейших вещей. Нянечки не обязаны нас купать. И никто не обязан.

– Миша, я не понимаю. Как ты можешь оставаться спокойным в такой ситуации? У тебя ноги болят?

– Ты злишься на железку?

– Какую железку?

219

– Когда ты наклонялся, чтобы передвинуть мне голову, тебе пришлось боком упереться в железку. Тебе было больно, я знаю. Ты злишься на эту железку?

– Нет. Какой смысл злиться на железку?

– Хорошо, тогда представь себе, что все, что ты видишь вокруг, – огромная машина. Ее цель, чтобы мы сдохли, но никто из винтиков этой машины не чувствовал себя плохо. Представил?

– Нет. Это же живые люди, не винтики.

– Каждый в отдельности – живой человек, но вместе – они винтики, поэтому злиться на них бесполезно. Злиться надо на себя. Я ведь сам выбрал купаться, так? Никто меня не заставлял.

– Ты не мог отказаться. Если тебя не купать, у тебя появятся пролежни.

– Я мог отказаться, но в этом случае я должен был бы принять последствия моего решения и жить с пролежнями. Если сейчас мне больно, то это потому, что я не смог правильно рассчитать ситуацию и придумать лучший вариант. Я сам дурак, что согласился купаться.

– Но в следующий раз ты опять согласишься.

– Конечно. Я не думаю, что успею поумнеть за короткое время.

– Ты не дурак.

– Я ошпарил себе ноги?

– Ошпарил.

– Значит, дурак. Все остальное – эмоции и сопли. Был бы умный, не ошпарил бы. И ты дурак. Пристаешь с глупыми вопросами. Оставь меня в покое, может, удастся заснуть.

Миша закрывает глаза. Я стараюсь думать, как он. Вокруг только винтики, совсем нет людей. Я – дурак. Миша – дурак. Мы дураки, потому что не смогли найти лучшего варианта. Надо думать, думать больше и точнее. Надо постоянно перебирать варианты. Миша пытается заснуть, я не хочу ему мешать. Мне хочется поделиться с ним новым открытием, потом я понимаю, что это открытие является новым только для меня. Злиться действительно бесполезно. Психохроники не виноваты, нянечки не виноваты, врач и директор тоже не виноваты. Виноваты мы с Мишей. Мы с Мишей – тоже винтики. Всего лишь винтики.

ПУЗЫРИ

– Чего бы ты хотел? – спрашиваю я Мишу.

– Сдохнуть.

– Я серьезно.

– Сдохнуть быстро и безболезненно.

Мы можем молчать долго. Иногда мы подолгу не разговариваем. Разговор может внезапно начаться и быстро закончиться. Короткий разговор. Пара фраз, просьба о помощи, шахматный ход. Мы очень долго вместе, слишком долго. Мы знаем друг друга очень хорошо. Нам не нужно каждое утро здороваться, слово "спасибо" – лишний звук, а пожелание здоровья выглядело бы как нелепая шутка.

– А если чуть менее серьезно? – не сдаюсь я.

– Если чуть менее серьезно, включи музыку.

– Вивальди?

– Вивальди.

Миша уже второй месяц подряд слушает одну и ту же пластинку – "Времена года". Когда пластинка заканчивается, я переставляю иголку на начало. Мне трудно переставлять иголку, но переворачивать пластинку еще труднее. Все же я стараюсь переворачивать пластинку хотя бы раз в день. Миша не просит меня переворачивать пластинку. Когда я забываю об этом, мы слушаем одну сторону несколько дней подряд. Миша не возражает, похоже, ему все равно. Миша не хочет со мной разговаривать. Миша не хочет разговаривать ни с кем. Со мной ему легче, передо мной не надо притворяться, со мной он разговаривает нормально.

– Но о чем-то ты мечтал раньше?

– О чем-то мечтал. Что дальше?

– Чего ты хотел, когда был маленьким?

– Иметь стаканчик с мыльными пузырями.

– Знаешь, я задавал тебе этот же вопрос несколько лет назад.

– И что я тогда ответил?

– То же самое.

– Не помню. Может быть.

Я отъезжаю назад, беру из тумбочки стаканчик с мыльными пузырями. На стаканчике нарисованы забавные звери и клоун. Открываю стаканчик зубами. Макаю в него трубочку с колечком на конце. Дую. Из колечка выплывает одинокий пузырь, лопается в воздухе. Макаю снова. Подношу игрушку к Мишиному рту. Миша дует слабо, почти незаметно. Разноцветные пузыри, большие и маленькие, весело летят к потолку. Миша еле заметно улыбается. Я пытаюсь дуть снова и снова – бесполезно. Мои движения неточны, ничего не выходит.

– Ты не так держишь. Дай мне, я сам.

Я ставлю стаканчик перед Мишей, вкладываю палочку ему в руку. Палочка ничего не весит, Миша управляется с ней почти легко. Он медленно вытаскивает из волшебного стаканчика пузыри, большие красивые игрушки. Наконец мыльная пена в стаканчике заканчивается.

– Выброси, – резко командует Миша.

– Зачем? Я налью шампуня, будешь легкие развивать.

– Выброси. Что еще посоветуешь мне развивать?

Миша сердится, ему плохо. Он сердится, только когда ему очень и очень плохо.

Я выкатываюсь из комнаты, еду в туалет, чтобы выбросить пустой пузырек из-под мыльной пены. Когда возвращаюсь, Миша почти спокоен.

– Не сердись, Рубен, что-то мне сегодня нехорошо. Поставь Вивальди.

Я включаю проигрыватель. Мы молчим.

– Давай выпьем, – говорит Миша внезапно.

– Водки?

– Зачем водки? Коньяку выпьем, я купил. Все-таки День рождения.

ТАРАКАНЫ

Мухи мне нравились. Мухи кружили вокруг меня, садились на еду, жужжали и спаривались. Когда я оставался один, мне приходилось читать либо наблюдать за мухами. Зимой было хуже, зимой мух не было. Зимой оставались только книги, скучные книги про далекие страны. Книги были мертвые, мухи живые. Но и живые мухи, и мертвые книги быстро надоедали. Все надоедало.

Я ловил мух. Чтобы поймать муху, надо послюнявить палец и ждать. Через час-полтора на палец обязательно сядет муха. Если действовать осторожно, очень осторожно, можно медленно прижать мушиную лапку вторым пальцем. Муха зажужжит в бесполезной попытке вырваться на свободу, и будет жужжать до тех пор, пока ее не задавят окончательно. Если посадить муху в спичечный коробок, она будет жужжать там долго, очень долго. Потом успокоится. Я не мог посадить муху в коробку. Для этого надо было иметь хотя бы одну целую руку. Указательный палец правой руки я использовал как насест-ловушку для глупой мухи, указательным пальцем левой я прижимал мушиную лапу и приводил в исполнение смертный приговор. Все. На этом ресурсы моего тела заканчивались. Моего здоровья хватало в обрез на то, чтобы убить муху.

Мы с Мишей росли в разных детдомах. В те далекие времена, когда я ловил мух от скуки, Миша не жил в детдоме. Когда Миша был маленьким, он не ловил мух. Миша бегал и прыгал, Миша был, как все другие дети. Мухи не интересовали его, он не интересовал мух. Когда человек бегает и прыгает, на него не садятся мухи. Мухи садятся на больных и умирающих. Еще мухи садятся на трупы.

Когда мы встретились с ним в детском доме, нам было не до мух, мух мы отгоняли. Если у человека действует хоть одна рука, он может отогнать муху. Это так просто, махнуть рукой и отогнать муху.

Со временем все изменилось. С каждым годом Миша слабел, мухи садились на него все чаще. Мухи – не люди, мухи не умеют врать. Им нечем и незачем врать. Если на человека садятся мухи и он не может их согнать – все. Это все. Люди не понимают мух, люди говорят, что есть такая примета: если на человека садятся мухи, он скоро умрет. Глупые люди, они не понимают, что если на человека садятся мухи, он уже покойник. Человеческая глупость безгранична, почти никто не хочет задумываться, что если человек родился, он уже покойник. До того, как стать инвалидом, Миша тоже не знал, что он покойник. Он просто жил. Чем быстрее слабело его тело, тем быстрее Миша понимал, что жизнь – никчемный и тяжелый груз. Когда он забывал об этом, ему напоминали люди. Или мухи. Мухи напоминали лучше. Люди говорили, что он бесполезный кусок мяса, что он не приносит пользы и ест чужой хлеб. Но это были только слова, всего лишь слова. Мухи не могли говорить, мухи не разговаривают. Мухи больно кусали. Они садились на Мишины ноги и кусали, кусали больно, очень больно. Обычные домашние мухи не кусают людей – так написано во всех справочниках по биологии. Но мухи не читали справочников, они просто кусали. Кусали весной, летом и осенью.

Мои ноги совсем не шевелятся. Когда на них садится муха, я не боюсь ее. Если муха и начнет кусаться, я всегда смогу согнать ее с ноги. Мухи – глупые твари, они не знают, что у меня есть палка, которой легко можно достать до неподвижных ног.

Миша тоже не боится мух. Когда муха кусает его, он просит кого-нибудь согнать муху с ноги. Если никого поблизости нет, Миша терпит. Я тоже терпеливый человек. Я почти спокойно могу терпеть, когда меня кусает комар. Если комар кусает меня за руку, я могу долго смотреть на него, медленно наблюдать, как он смешно дергает брюшком, наполняясь человеческой кровью. Когда тяжелый комар, напившись крови, вытаскивает хоботок из моей кожи, я радуюсь за него, мне нравится наблюдать за живым комаром. Терпеть укус мухи я не могу. Если не удается согнать муху сразу, я кричу, плачу, зову на помощь. Миша не такой. Миша спокойно сидит и ждет. Минуту, вторую, полчаса.

Муха садится на Мишу, кусает его. Миша спокойным, как всегда, голосом просит меня согнать муху.

Я сгоняю муху.

– Миша, почему ты не кричал? – спрашиваю я. – Тебе же было больно.

– Если бы я кричал, ты бы подъехал быстрее?

– Навряд ли.

– Ты дурак, Рубен. Я знаю точно, если ты нервничаешь, то все получается медленнее. Я всегда знаю, что делаю.

– Даже когда больно?

– Ты не просто дурак, ты дурак особенный. Именно когда больно, и нужно контролировать себя и думать, что делаешь. Не понимаю я тебя, когда ты думаешь? Наверное, только по пятницам.

– Так сегодня же пятница.

– Извини, Рубен, я ошибся. По пятницам ты тоже не думаешь.

Только один раз я услышал от него просьбу о помощи, сказанную сдержанным стоном. Я подъехал к его коляске, привычно оглядел его ноги. На ноге у Миши сидел овод.

Вшей я не боялся. Помню, я был совсем маленьким, жил в сельском детском доме. Взрослые были простые и добрые. Воспитательница брала меня на руки и осторожно стряхивала вшей с моей головы на подстеленное полотенце тонким гребнем. Никто не кричал на меня из-за вшей, я был ни в чем не виноват. Нас, маленьких детей, возили в баню. В баню нас возили на лошади. Летом лошадь запрягали в телегу, зимой – в сани. Лошадь была большая и совсем не страшная, но я все равно немного боялся ее. В бане нас стригли наголо, купали. Когда нас привозили из бани, нянечки несли нас в спальню с чистыми белыми простынями. "Вши и вши, – беззлобно ворчали нянечки, – что тут особенного? Раньше человека без вшей за больного держали, а сейчас что? Сразу в баню, да белье менять. Нашли чего бояться – вшей".

Потом были другие детские дома. Потом было страшно и непонятно жить на свете. За вшей меня ругали, вши были моим недостатком. Вши не мешали мне. Я привычно чесал голову, думая над математической задачей или изучая биологию. Иногда, от тоски и одиночества, я стряхивал вшей на тетрадный лист и играл с ними. Вши медленно ползали по бумаге, они были забавными зверюшками. Раздавить вошь ногтем я не мог – не хватало сил и точности движений. Я раскусывал их зубами. Брезгливости я не испытывал, привкус крови не мешал мне – ведь это была моя кровь.

Вши страшно сердили учителей и воспитателей. То, что у меня вши, надо было тщательно скрывать. Я старался меньше чесаться на уроках, прятался от взрослых. Только лежа в одиночестве в пустом классе или спальной комнате, я мог всласть почесаться. Вши сыпались с меня, я не обращал на них внимания. Каждую неделю наша воспитательница проверяла головы мальчиков, каждую неделю я старался избежать этой проверки. В такие дни я боялся, что воспитательница узнает про меня то, что знал весь детдом. В такие дни я ненавидел себя. Я очень хотел провалиться, исчезнуть, немедленно умереть. Когда воспитательница обнаруживала у меня вшей, она брала баллончик с дихлофосом и поливала мне голову. Дихлофос страшно вонял, дихлофос мне не нравился. Поливание меня дихлофосом называлось "санобработка". Наутро следующего после такой обработки дня я, надышавшись паров этой гадости, не мог проснуться. Нянечки будили меня, трясли за плечи, выносили на улицу. Нянечки кричали на медсестру, медсестра колола мне уколы. Перед глазами у меня стояла ночь, звуки доносились, как сквозь вату. Мне не нравилось умирать, мне не нравился запах нашатырного спирта. Воспитательнице не нравился я. Когда меня только привезли в этот детдом, воспитательница честно пыталась договориться со мной по-хорошему.

Она присела передо мной на корточки. Ласково заговорила с непослушным мальчиком.

– Рубенчик, – сказала она спокойно. – Тебе же не нравится быть вшивым, правильно? Ты умный мальчик, у тебя очень хорошие отметки по всем предметам. Почему ты уклоняешься от санобработки?

– Это бесполезно, – наивно отвечал я. – Чтобы не было вшей, нужно мыть голову и менять белье. Вши от дихлофоса не все умирают, а у меня потом голова болит. Голова еще ничего, поболит и перестанет, а наутро сердце бьется сильно, и нянечки разбудить меня не могут. Вы же не будете мыть мне голову после санобработки?

– Конечно, не буду. Это не входит в мои обязанности. Если у тебя что-нибудь болит, скажи медсестре.

– Я говорил, она таблетку дала.

– Вот видишь, как все хорошо. После таблетки ведь у тебя ничего не болит?

– Не болит. У меня сердце от дихлофоса болит.

– Не выдумывай.

Она посмотрела на пузырек с дихлофосом, задумалась. Прочитала написанное на этикетке, поднесла пузырек к моим глазам.

– Смотри, Рубен. Здесь ясно написано: "От насекомых". Если бы от дихлофоса болело сердце, это бы написали на этикетке. Теперь ты понял?

Я понял. Я понял, что спорить с ней бесполезно. Все, что мне оставалось, – это подставить голову под струю яда и сказать "спасибо". Радостная воспитательница пошла искать следующую жертву. Наутро меня опять долго будили нянечки, болело сердце, медсестра колола уколы.

У Миши вшей не было. Миша мыл голову каждые три дня, а иногда и чаще. Единственный из неходячих, он носил длинные, по детдомовским меркам, волосы. Голову ему мыл Федька. Когда-то давно Миша научил Федьку мыть голову. Федька боялся вшей. Когда Федьку только привезли в наш детдом, он, испугавшись запаха дихлофоса, отчаянно отбивался от воспитательницы и даже укусил ее за палец. После этого его отвезли в дурдом. В дурдоме Федьку били. Федька боялся воспитателей и дурдома. Когда Федька вернулся из дурдома, Миша подружился с ним. Миша научил Федьку намыливать голову и смывать пену горячей водой. Миша учил Федьку улыбаться всякий раз, когда с ним разговаривали взрослые. Взрослые кричали на Федьку, называли дураком и грозили дурдомом –

бесполезно. Федька стоял и улыбался, как его научил Миша. Постепенно взрослые привыкли к Федькиной улыбке и стали считать его безобидным дурачком. Федька мыл голову себе и Мише, Миша покупал шампунь, дарил Федьке на дни рождения разноцветные расчески.

Они дружили, дружили по-настоящему. Если кто-нибудь из новеньких, не разобравшись еще в детдомовской иерархии, начинал дразнить Федьку, Федька терпеливо сносил все оскорбления. Он уходил от обидчика, он боялся. Вечером Федька подходил к Мише, оттаскивал его коляску в сторону и долго жаловался на плохую жизнь. Миша терпеливо выслушивал Федьку, Миша принимал меры. Миша не делал ничего особенного, Миша разговаривал с новеньким, угощал его сигаретами. Миша считал, что все конфликты можно разрешить словами. Если не получалось объяснить новенькому, что он не прав, Миша огорчался. Впрочем, в этом случае новенький огорчался тоже, но чуть позже.

"Тот, кто тронет Федю пальцем, – будет иметь дело со мной", – часто повторял Миша. Никто не смеялся.

Миша боялся тараканов. Я – нет. Чего их бояться? Тараканы не кусаются. Тараканы никого не кусают, они насекомые безобидные.

Тараканы едят все. Тараканы могут есть хлебные крошки, картофельные очистки и даже бумагу. Человеческую кожу они тоже могут есть. Если человек не шевелится, если он неподвижен абсолютно, тараканы могут есть его кожу. Заживо. Через час-другой таракан добирается до плоти человека и продолжает есть. Таракану все равно что есть. Наверное, мясо живого человека им нравится больше, чем бумага. Согнать таракана легко. Нужно всего лишь поднять руку. Миша не может поднять руку. По ночам его иногда едят тараканы. Это очень больно.

Ночь. Темно. Очень темно. Я просыпаюсь от Мишиного стона. Миша очень редко стонет. Он очень сильный человек. Он самый сильный из всех, кого я когда-либо встречал и, может быть, из всех, кого когда-либо встречу.

– Что случилось? – спрашиваю я.

Вообще-то вопрос глупый. И так ясно, что ничего не происходит. Если бы что-нибудь происходило, Миша бы мне сказал. Если не говорит – значит, все в порядке. Значит, у Миши все хорошо. Даже если он стонет. Миша повторяет мне это снова и снова, но я снова и снова спрашиваю его, как дурак: "Тебе что-нибудь нужно, я могу что-нибудь для тебя сделать?" Каждый раз, когда я спрашиваю об этом, Миша смеется. "Ты дурак, Рубен, – говорит он, – ты самый настоящий дурак. Неужели так трудно запомнить? Если я не прошу о помощи, значит, мне ничего не нужно!" Не знаю. Я ни в чем не уверен. Наверное, я действительно очень глуп, если не могу запомнить таких простых вещей.

На этот раз Миша не смеется. На этот раз он стонет тихонько и просит:

– Рубен, сгони таракана. Пожалуйста.

Миша очень редко стонет. Но это глупое, никому не нужное слово –"пожалуйста" – он говорит еще реже. За три года он сказал мне "пожалуйста" два раза. Нянечкам он говорит "пожалуйста" по двадцать раз за день. Ну и что? Нянечки не в счет. Нянечкам надо всегда говорить "спасибо" и "пожалуйста". Нас так учили в школе.

Я медленно переползаю с кровати на коляску. Миша перестает стонать. Миша прекрасно понимает, что если я упаду с кровати, ему придется ждать помощи дольше. Если я упаду с кровати, ему придется ждать, пока я выползу из комнаты и попрошу помощи.

Еще одно усилие – я в коляске. Пару раз толкаю колеса, подножка коляски несильно стукается в металлическую ножку Мишиной кровати. Миша вздыхает. Я понимаю, что таракан убежал. Так легко согнать таракана.

Подъезжаю к двери нашей комнаты, включаю свет. Перегибаюсь через подлокотник моей коляски, правой рукой приподнимаю край Мишиного одеяла. У основания большого пальца правой ноги Миши вижу капельку крови.

– Спасибо, – говорит мне Миша.

Его голос уже не дрожит, он говорит уверенно.

– Ты дурак, Миша, – отвечаю я. – Сам же учил меня, что слова "спасибо" и "пожалуйста" не имеют никакого смысла.

– Заткнись, – говорит мне Миша.

Я вижу, что он не притворяется. Он действительно сердит на себя самого за слабость. Он не должен был стонать. Он не хотел будить меня ночью. Я не сержусь на Мишу за грубость. Он прав. Не вовремя я напомнил ему о логике.

На следующий день, вечером, Миша лежит на кровати. Миша лежит на кровати, его голова почти свисает с края. Он смотрит на пол. Миша смотрит на пол и дует.

Я выписываю в тетрадку неправильные английские глаголы. Я пишу и одновременно слушаю голос диктора с пластинки. Четкий голос рассказывает мне на чистом английском языке про Москву. Диктор уверен, что Москва – самый красивый город в мире. В Москве много музеев и театров. Московские театры – лучшие в мире. Все московское – лучшее в мире. Даже театры.

– Что ты делаешь?

Миша не отвечает. Миша очень умный парень. Если ему нечего ответить, он просто молчит. Не всегда понятно, почему он молчит, но на этот раз я понимаю его.

– Миша, что ты делаешь?

Я откладываю тетрадку с ручкой, подъезжаю к Мишиной кровати.

Миша не хочет смотреть на меня. Миша делает вид, что изучает доски пола. Он смотрит на пол очень внимательно и молчит. Молчать Миша может долго. Я тоже могу долго молчать.

– Понимаешь, Рубен, я дую на пол.

– Понятно. Это, наверное, очень рационально, дуть на пол. Знаешь, Миша, дуть на пол гораздо рациональнее, чем на потолок. Если дуть на потолок, поток воздуха может не достичь цели. Дуть на пол гораздо разумнее. Пол ближе. Только вот я, дурак, не могу понять тайного смысла процесса. Ты заклинаешь змей? Или черепах? Слушай, что разумнее: заклинать несуществующих змей или все-таки черепах? Представь, ты дуешь на черепаху, она высовывает голову из панциря, дуешь еще раз – прячется. Бешеные сборы. Но черепахи не ядовиты. Публика будет недовольна. Придется убеждать всех в том, что ты заклинаешь особенную, ядовитую, черепаху.

– Заткнись.

Миша знает, что говорить я могу бесконечно. Миша останавливает меня, ему неприятно. Миша понимает, что я прав, ему обидно, но остановить меня трудно.

– Тебе, Рубен, легко рассуждать. Тебя тараканы не кусают.

У меня хватает ума не острить в очередной раз. Я молчу.

– Смотри, – начинает Миша. – Нашу комнату условно можно разделить на зону "А", где стоит моя кровать, и зону "Б", где стоит обеденный стол.

– Но в зоне "Б" стоит и моя кровать, – вмешиваюсь я.

– Это не важно. Твоя кровать значения не имеет. Тебя тараканы не едят. Не перебивай. Таракану выгодно находиться в зоне "Б". Если он перебегает в зону "А", есть ему здесь нечего, он грызет мою ногу. Я дую на тараканов всякий раз, когда они пытаются перебежать промежуток между обеденным столом и моей кроватью. Теперь понятно?

– Теперь понятно. Один вопрос: а ночью они из зоны в зону не бегают? Или ночью ты тоже на пол дуешь?

– И ночью дую.

Мне становится плохо. Я знаю, что Мише и без того трудно засыпать по ночам. Теперь он должен думать еще и о тараканах. Я беру стеклянную банку. Это большая стеклянная банка. Беру вилкой кусок сала, тщательно натираю стенки банки изнутри. Наливаю в банку немного подсолнечного масла. Наклоняю банку и также тщательно стараюсь распределить масло по всей внутренней поверхности банки. Жду. Пока масло засохнет, ждать надо два часа. Еще раз смазываю банку изнутри салом, потом опять маслом.

Миша молчит. Все полдня, пока я вожусь с банкой, Миша молчит. Я не могу молчать так долго. Я не такой терпеливый, как Миша.

– Видишь, Миша, – говорю я, – ловушка готова.

– Она не сработает.

– Журнал "Наука и жизнь". Там люди спорили о тараканах. Победил ученый, кажется, биолог. Если все сделать правильно, должно сработать.

Я кладу на дно банки кусочек лука.

– Почему лук? – спрашивает Миша.

– Запах. Они на запах идут.

Наутро Миша мрачно смотрит на банку.

– Миша, – говорю я, – ты не волнуйся. Первый таракан попадется на третий или четвертый день.

Два дня мы ждем. Два дня банка остается пустой. На третий день утром в банке оказывается таракан.

Я заглядываю в банку.

– Миша, таракан большой, это хорошо.

– Один таракан в три дня – это не слишком быстро? Так ты за пару тысяч лет всех тараканов переловишь.

– Но он большой.

– Какая разница? Ты его на мясо собираешься откармливать?

– Нет. Один таракан в три дня – это очень медленно. Но если подумать, сколько раз за ночь он успел бы перебежать черту между столом и кроватью...

Миша молчит. Когда я прав, Миша не спорит. Он никогда не спорит только для спора. Я не такой, как Миша. Мне не терпится доказать, что прав именно я.

– Но один таракан – это только начало. Когда один попадется, остальные толпой полезут. Ты про феромоны что знаешь?

– Ничего.

Если Миша чего-нибудь не знает, он не расстраивается. Миша уверен, что все, что ему надо знать, он знает. Все, чего он не знает, лишнее.

– Так что там с феромонами?

– Тараканы выделяют запах, другие тараканы на него идут. Теперь они толпой в банку повалят.

– А не наоборот? Ему же в банке плохо. Значит, он кричит этими самыми феромонами, что ему плохо. Они от банки и побегут. Если волк в капкан попадет, он выть станет, другие волки разбегутся.

– Нет, Миша, тараканы – не волки. Тараканы – всего лишь насекомые. Они только при непосредственном контакте конкретную информацию могут передавать.

– То есть, когда в банку попадут?

– Да.

Мише не надо объяснять долго. Миша многого не знает не потому, что он глупый. Если Миша чего-то не знает, значит, ему это не было надо. Когда Мише надо, он спрашивает. Объяснять что-либо Мише очень легко. Миша запоминает все и навсегда.

– А как они в природе выживают?

– В природе все проще. Там мертвый таракан – это плохо. Мертвые тараканы феромоны не выделяют. А этому я сейчас хлебную крошку положу, воды капну, он долго проживет.

Через неделю у нас в банке полно тараканов. Банка заполнена почти на четверть. Тараканы шелестят в банке плотной горкой, суетятся. Иногда тараканья куча замирает, кажется, что все тараканы умерли. Тогда я наливаю в банку немного воды. Тараканы начинают суетиться, пихают друг друга, взбираются к верху многослойной кучи. Каждый таракан старается забраться по спинам соседей повыше. Наверху кучи – капли воды и хлебные крошки. Ночью шум от банки с тараканами слышно особенно хорошо. Мише нравится слушать, как шумят тараканы. Днем Миша просит меня ставить банку как можно ближе к краю стола. Когда банка стоит на краю стола, Миша может скосить на нее глаза и несколько мгновений любоваться тараканами в банке. Я понимаю Мишу. Каждый таракан в банке – потенциальный враг. Один пойманный таракан –

Мишина победа над болью и свидетельство моей изобретательности. Чем больше тараканов в банке, тем меньше Миша беспокоится о том, что его будут кусать.

– Чего я не понимаю... – говорит Миша. Миша всегда начинает говорить внезапно. Впрочем, и замолкает он так же внезапно, как и начинает. – Чего я не понимаю, так это почему они меня перестали кусать по ночам.

– Все просто. Тараканам хлебные крошки больше по вкусу, чем твои ноги. Они от голода могут даже бумагу есть. В банку попадают самые жадные и глупые.

– Как люди, – говорит Миша.

– При чем тут люди? – в очередной раз не понимаю я Мишу, и Миша в очередной раз медленно объясняет мне свою мысль.

– Кого к нам привозят?

– Зэков бывших, бабушек с дедушками.

– Зэки в тюрьму как попали? Хотели получить все сразу, а угодили в банку. Все нормально.

– А бабушки? – не соглашаюсь я.

– С бабушками все проще. Они по глупости сюда попадают. Думают, что им хорошо будет.

– Бабушек дети привозят.

– А детей им с Марса прислали? Сами воспитали, сами теперь и расхлебывают.

Мишу не волнуют бабушки. Миша возмущается моей глупостью.

– А ты?

– Я мог повеситься.

– Ты руки поднять не можешь, как ты мог повеситься?

– Раньше мог. В восемь лет я точно мог повеситься.

– В восемь лет люди о таких вещах не думают.

Миша говорит спокойно. Он всего лишь логичен.

– Правильно, в восемь лет люди о таких вещах не думают. В восемь лет люди глупые. Вывод: здесь те, кто попал сюда из жадности или по глупости.

– А я?

– Ты почему вены не режешь?

– В дурдом боюсь попасть. Еще английский хочу выучить.

– И ты умный после этого?

– Нет.

Миша прав. Жадность и глупость. Я подъезжаю к столу, набираю столовую ложку чая из кружки, выливаю чай в банку к тараканам. Тараканы жадно набрасываются на жидкость, сосут ее хоботками со спин своих менее удачливых сокамерников.

Дверь в нашу комнату раскрывается с шумом. У входа – две тетки в марлевых повязках и нянечка.

– Так, ты выкатывайся, сейчас тараканов травить будем.

Я сижу в коляске, Миша лежит на кровати. За спинами у теток я вижу распылитель с дихлофосом. Это огромная штука на колесах, сильно похожая на большой пылесос. Теоретически я могу выкатиться в коридор и даже выехать на балкон. Но тогда нянечки начнут поливать нашу комнату этой дрянью. Миша переживет. Мишины легкие работают относительно нормально. Но для меня такая санобработка – две недели страшных головных болей и сердечных приступов.

– У нас не надо дихлофосить, – говорю я. – У нас лежачий больной в комнате. При лежачих нельзя проводить санобработку. Так в инструкции написано.

Сначала, когда я еще недолго жил в доме престарелых, я пытался найти эту загадочную инструкцию. Примерно через полгода я понял, что инструкция эта

– чрезвычайно секретный документ. Никто и никогда ее не видел. Что ж. Помаленьку я начал цитировать инструкцию так, как мне хотелось. Нянечки тоже никогда никаких инструкций в глаза не видели.

– Хотите проводить санобработку, выносите Мишу вместе с кроватью. Это не запрещено.

– Сейчас, – нянечка возмущена не меньше моего. – Нам и так работы прибавили, так еще и кровати носить. Вон, на третьем этаже потравили, и ничего, не выносили мы никого, как лежали, так и лежат.

– Ну, тогда как хотите, тогда у нас травить не надо. На третьем этаже бабушки, они войну пережили, теперь что угодно переживут. Мы не бабушки, мы подохнем от вашего дихлофоса.

– А с тараканами как же? – Нянечке уже не хочется со мной связываться, и она продолжает разговор, скорее, просто так, для порядка.

– Для тараканов у нас ловушка есть.

Я показываю нашу ловушку. Пытаюсь объяснить про феромоны. Слушать мою лекцию нянечке неинтересно, и она собирается уходить.

– Подождите, – внезапно говорит Миша.

Миша не прав. Тараканы в банке располагаются не как попало. Каждый таракан занимает свое место в баночной иерархии. Я могу сидеть прямо в коляске, Миша не может. Это означает, что к нянечкам обращаться могу только я. Я – умнее Миши. Бубу – глухонемой, но ходячий, умнее меня. Бубу может мыть полы и передвигать мебель. Бубу – ходячий, а значит, умный, он умный, почти как нянечки. Бубу умный, почти как директор интерната. Миша – глупый, его никто не будет слушать.

– Подождите, – настойчиво и громко повторяет Миша. – А как же те бабушки, с третьего этажа? Вы прямо при них поливали комнату дихлофосом?

У нянечки сегодня хорошее настроение, а может быть, она рада, что не надо обрабатывать еще одну комнату.

– Не, – нянечка широко улыбается. – Мы их одеялами понакрывали. Мы ж не звери, понимаем.

Нянечка уходит, тетки в масках продолжают волочить по коридору аппарат с отравой.

– Миша, ты совсем с ума сошел? Кто тебя просил вмешиваться? Чуть все не испортил. А если бы она за директором пошла?

Миша молчит. Он редко объясняет свои поступки. Пока Миша молчит, я понимаю, что он прав. Вопрос про бабушек никого не волновал. Нянечка не обиделась.

– Мы – насекомые, – говорит Миша.

– Тутовый шелкопряд, – отвечаю я.

– Не понял.

– Тутовый шелкопряд – полезное насекомое. Из него шелк делают.

– Тогда мы – тараканы.

– Почему не мухи?

Миша не смотрит на меня. Миша смотрит на банку с тараканами.

– Мухи – летают.

МИЗЕР

Миша лежит в кровати. Он накрыт одеялом. Если не смотреть на Мишу внимательно, то с первого взгляда кажется, что из чего-то, немного напоминающего рубашку, выглядывают только голова и кисть левой руки. Но это, если не смотреть внимательно. Я всегда очень внимательно смотрю на Мишу. Сегодня ему особенно плохо.

Миша смотрит телевизор. Я подъезжаю к столу, отодвигаю со своего места наши чашки, пытаюсь отодвинуть подальше чайник.

– Что ты там делаешь? – Мише не видно, что я делаю, но он должен знать. Он всегда хочет знать все, что происходит.

– Освобождаю место на столе. Хочу разложить пасьянс.

– Какой?

– Ты не знаешь, это новый пасьянс, я только вчера прочитал о нем в журнале. Там еще было написано, что пасьянсы не просто забава, с их помощью можно тренировать память и терпение.

– Какой?

– "Колодец", но это действительно новый пасьянс.

– Расскажи правила.

Я рассказываю Мише правила пасьянса, Миша кивает.

– Ничего нового.

Миша смотрит телевизор, я раскладываю карточный пасьянс. Пасьянс не раскладывается. Я смешиваю колоду, пытаюсь решить задачу снова и снова.

– Не получается? – Миша спрашивает как бы между прочим, но я знаю, что он когда-то мог играть в карты.

– Сам попробуй, в журнале было написано, что это сложный пасьянс.

– Давай. Называй карты по порядку.

Я раскладываю на столе пасьянс, называю Мише открытые карты. Миша думает. Думает он недолго.

– Начинай.

Миша называет карты, я перекладываю или переворачиваю их.

– Подожди, Миша, я не могу так быстро. Мне приходится брать карту двумя руками.

– В этом твоя проблема. Ты можешь двигать руками, но не можешь думать.

– Но думаю я так же плохо, как и двигаю руками.

– Тогда ты, в отличие от меня, – гармонично развитый организм.

Миша шутит. Если Миша шутит, значит, ему понравилось раскладывать пасьянс. Во всяком случае, я так думаю. Но я не уверен. Я никогда не знаю, что именно думает Миша. Миша старается не показывать своего состояния. Чаще всего ему это удается.

Пасьянс складывается. Миша помнит колоду. Я не могу запомнить колоду, как ни стараюсь.

Несколько дней я пытаюсь сложить пасьянс без Мишиной помощи, но мне это не удается.

– Миша, в журнале было написано, что так можно тренировать память.

– Можно, но это журнал для нормальных людей. Сколько карт ты можешь запомнить за один раз?

– Не знаю. Всегда по-разному. Иногда пять, иногда восемь.

– Память можно тренировать.

– Я пробовал – бесполезно. Это как с шахматами. Когда запоминаю новый вариант, забываю старый. Пока запоминаю седьмую карту, забываю, какая была первая. И вообще, я карты не люблю. Все зависит от расклада. Одним – тузы, другим – шестерки. Кому хорошая карта попадется, тот и выиграл.

– Но шахматы ты любишь?

– Больше, чем карты. В шахматах, по крайней мере, у противников равные шансы.

– Ты ошибаешься. В шахматах у противников всегда разные шансы.

– Но фигур поровну!

– Фигур поровну, всего остального не поровну. Опыт, физическая подготовка, возраст. Если у тебя будут все фигуры, а у меня не будет коня, по-твоему, шансы будут равны?

– Если ты будешь играть без коня, ты у меня выиграешь. Но в картах тебе может прийти совсем плохой расклад, и ты проиграешь.

– Не факт. В преферанс я тебя обыграю при любом раскладе.

– Это меня. С равным игроком ты не сможешь выиграть при любом раскладе.

– Равных игроков у меня нет и никогда не будет.

– Ты хочешь сказать, что играешь лучше всех в мире?

– Я хочу сказать, что карты – это глаза и руки. Дай мне две карты.

Я беру со стола две карты, подъезжаю к Мише. Вкладываю карты Мише в руку.

Миша медленно сдвигает одну карту относительно другой, пытается поддеть верхнюю карту мизинцем, но его мизинец уже не может разогнуться полностью.

– Возьми одну карту.

Я забираю у Миши карту. Миша держит карту двумя пальцами. Он держит карту за самый край, кажется, что карта висит в воздухе, а его большой и указательный пальцы только прикасаются к ней. Карта поворачивается рубашкой к Мише. Незаметным движением Миша крутит карту в руках двумя пальцами. Наверное, Миша поворачивает карту средним пальцем, но мне этого не видно.

– Забери.

Я забираю у Миши карту. Миша устал.

– Понял? – спрашивает меня Миша.

– Понял.

– Что ты понял?

– Я понял, что ты умел мухлевать с колодой. Только не понял, что тебе это давало. Все равно раздавать ты не мог.

– Ничего ты не понял. Дай колоду.

Я возвращаюсь к столу, собираю карточную колоду, кладу ее рядом с собой на сиденье коляски. Подъезжаю к Мише.

– Покажи колоду.

Я беру колоду и показываю ее Мише.

– Ты совсем с ума сошел?

– Почему?

– Я просил тебя показать колоду.

– А я что делаю?

– Не знаю. Мне кажется, что подносишь ее к моему лицу. Показывай мне все карты по очереди.

Я беру карту, показываю ее Мише.

– Ты не понял, Рубен. Показывай мне карты рубашкой и называй их.

– Зачем? С обратной стороны они все одинаковые.

– С обратной стороны они все разные.

– Это новая колода.

– Новая колода, это колода, которую только что открыли, а ты с этими картами уже одиннадцать дней возишься.

Я сошел с ума. Или Миша сошел с ума. Или мы оба сошли с ума. Я беру карту, одну за другой, смотрю на нее, называю. Я уверен, что Миша может видеть только обратную сторону каждой карты. Наконец колода кончается.

– Покажи карту, любую.

Я показываю Мише карту. Миша начинает сердиться, но старается сдержать гнев.

– Идиот. Не показывай мне карту с лица. Покажи любую карту, но с изнанки.

Я совсем запутался. Мне трудно понять, чего конкретно хочет Миша. Я беру карту, смотрю на нее.

– Бубновая семерка, – говорит Миша.

Миша уже спокоен. Он уже не сердится на меня. Я вынимаю из колоды карты одну за другой.

– Рубен, так нечестно, я же помню, в каком порядке ты их сложил. Возьми из середины.

Я беру карту из середины. Результат тот же. Миша угадывает карту. Он угадывает карту, на которую я смотрю.

– Миша, ты различаешь карты по выражению моего лица?

– Нет. Я различаю карту по рубашке.

– Как это?

– Просто. Возьми любую карту.

Я беру карту. Миша не смотрит на карту, мне кажется, что он ее даже не увидел.

– Смотри, Рубен, у этой карты небольшой сгиб в углу.

– Где? Я не вижу.

– Ясно. Что я сказал про карты?

– Глаза и руки. Я понял. У тебя зрение хорошее.

– У меня хорошее зрение, и оно не становится хуже, но любой нормальный игрок меня обыграет.

– Руки, – повторяет Миша, но я думаю о другом.

– Нечестная это игра.

– Игра как игра, не хуже и не лучше других. Можно и честно играть, если под честной игрой ты подразумеваешь бридж. Только и в бридже, и в преферансе главное – не честность.

– Главное – расклад, – говорю я.

– Нет, – Миша говорит очень тихо. – Главное в картах – продолжать играть.

– Мне рассказывали, что ты всегда вистовал. Ты про это? Если вистовать, то всегда выиграешь?

– Если вистовать, то иногда можно и проиграть, но я вистовал не поэтому.

Я молчу. Я знаю, что Миша хочет сказать мне что-то очень важное, но не может подобрать слов.

– Я вистовал, – говорит Миша, – чтобы иногда проигрывать. Если бы я всегда выигрывал, никто не сел бы со мной играть.

Я упрямый, я очень упрямый человек, и Миша это знает.

– Миша, – говорю я, – все равно мне не нравятся карты. Есть расклады, при которых приходится пасовать.

– Нет таких раскладов.

– Давай проверим, только честно, как в бридже, в открытую.

– Давай.

Я раскладываю на столе карты, называю Мише расклад. Каждый раз Миша называет будущий результат партии, но никогда не пасует. Я не берусь проверять Мишин расчет, я верю ему на слово. Снова и снова я тасую колоду – бесполезно. Каждый раз Миша либо заказывает игру, либо вистует. Наконец мне надоедает такая игра, и я решаюсь сжульничать. Я открываю колоду и раскладываю ее так, как мне хочется. Мише я сдаю самые плохие карты. Я устал, мне трудно так долго двигать руками. Стараясь скрыть дрожь в голосе, я называю Мише новый расклад.

– Ты дурак, Рубен.

– Я знаю. Что ты будешь играть в такой ситуации?

– Ты дурак, какой же ты все-таки дурак! Даже мухлевать не умеешь. Один раз в жизни ты решаешься меня обмануть, и то неудачно. Ты мог переложить карты и получше.

– Не мог, у тебя очень плохие карты.

– У меня хорошие карты, а у тебя плохие мозги, конечно, если то, что у тебя в голове, вообще можно называть мозгами.

– Как ты догадался? По голосу?

– По раскладу. Только ты мог предложить такой расклад, и только нарочно. Случайно такой расклад выпадает очень редко.

– Ладно, пусть так. Я дурак, но все-таки я прав, когда говорил, что есть ситуации, когда надо пасовать?

– Конечно, прав. Если нет мозгов, то пасовать надо до раздачи колоды. Еще лучше – не садиться играть совсем.

– Хорошо, у меня нет мозгов. Но у тебя есть мозги. Чем тебе могут помочь мозги при таком плохом раскладе?

– Нормальный расклад, не понимаю, почему ты называешь его плохим.

– Ты будешь вистовать?

– Нет, я не буду вистовать.

– Значит, я прав, и ты будешь пасовать?

– Ты дурак, Рубен. При таком раскладе ни один нормальный человек пасовать не станет. Я не буду вистовать, я не буду пасовать. Я буду играть мизер.

СЫР

Миша думает гораздо быстрее меня. Понятно, что пока он думает, он успевает перебрать тысячи вариантов. Мы живем с Мишей в одной комнате, я знаю его целую вечность. По сравнению с нашим возрастом, восемь лет, на самом деле, почти вечность. Все эти годы Миша умел безошибочно выбрать лучший вариант. Даже если вариантов было совсем мало. Даже если вариантов было два.

Сегодня я не понимаю Мишу. Миша долго думает, молчит. Когда Миша молчит, я почти всегда тоже молчу. Разговорить Мишу очень трудно. За долгие годы он приучил меня молчать вместе с ним. Я, как всегда, молчу и жду, пока Миша заговорит первым. Мне не остается ничего другого. Мне мало чего остается, но выбор у Миши еще меньше. Если он заговорит, ему придется терпеть меня. Я могу разговаривать со всеми. Миша может разговаривать только со мной. Со всеми остальными Миша может только весело болтать и улыбаться. Впрочем, даже болтать ему не обязательно. Достаточно и улыбки. Мишиной улыбки достаточно.

Иногда я не выдерживаю и говорю. Иногда мне не с кем поговорить, иногда говорить просто необходимо. Так и сейчас.

– Миша, есть будем?

– Будем.

– Я достану колбасу из холодильника?

– Подожди, я еще не выбрал.

– А чего выбирать? В холодильнике только колбаса.

– Там колбаса и сыр.

– Нет там никакого сыра. Ты последний сыр позавчера съел.

– Там есть сыр, я точно помню.

Миша любит сыр. Почти никто в доме престарелых не покупает сыр. Покупать сыр невыгодно. Если сыр не съесть быстро, он засыхает и становится горьким и невкусным. Ломтики сыра медленно черствеют, сворачиваются в некрасивые жесткие корки. Но нам с Мишей все равно. Миша научил меня, что засохший сыр так же полезен, как и свежий. Засохший сыр не плесневеет и не портится. Когда мы покупаем сыр, я нарезаю его на тонкие ломтики. В холодильнике ломтики сыра могут храниться очень долго. Все, что мы покупаем, Миша советует есть с большим количеством хлеба. Так выгоднее и логично. Сыр – исключение. Сыр Миша ест медленно, смакуя каждый кусочек и растягивая удовольствие. Миша никогда не ест сыр с хлебом. Миша никогда не ест свежий сыр.

Я думаю не так быстро, как Миша. Но все же могу думать.

– Знаешь, Миша, ты меня извини, пожалуйста, я вчера сыр съел.

– Без меня?

– Без тебя. Я не прав, конечно, но так получилось. Просто захотелось сыра, я его и съел.

– Там оставался последний кусочек.

– Правильно. Там оставался последний кусочек, и я его съел. Но ты на меня не сердишься, правда? Будешь есть колбасу?

– Давай колбасу.

Мы едим колбасу с хлебом. Как всегда, Миша старается откусывать от куска хлеба побольше, а от колбасы поменьше. Как всегда, после хлеба с колбасой мы пьем чай.

Миша хмурится.

– Рубен, почему чай без сахара?

– Извини, я забыл положить сахар.

– Дурак.

– Я знаю.

Миша сердится все больше. Он почти зло смотрит в пол. Почти как раньше, в детдоме, когда ему не удавалось убедить в чем-либо Серегу. Почти как тогда, после ссоры с директором.

Миша набирает полную грудь воздуха. Выдыхает. Я знаю, что таким образом он пытается не сорваться и не наговорить мне лишнего. Мы с ним знаем, что грубить друг другу в нашей ситуации глупо.

– Рубен, – говорит Миша, – я не могу перемножать в уме шестизначные цифры... Я не могу перемножать в уме шестизначные цифры, – повторяет Миша после паузы, и я начинаю понимать, что Миша злится очень сильно. Миша не стал бы повторять одно и то же несколько раз.

Миша молчит. Я понимаю, что все, что я сейчас могу сказать, не будет иметь никакого смысла, но все-таки пытаюсь.

– Ну и что? Я тоже не могу. Я и трехзначные еле перемножаю.

Про шестизначные цифры Миша повторяет мне почти каждый день. Я каждый день отвечаю на это одно и то же. Но Миша все еще злится, и поэтому я стараюсь продолжить разговор.

– Ты уже давно не можешь перемножать в уме. Что с того?

– Давно, – соглашается Миша.

Миша поднимает голову, смотрит на меня. Я вижу, что с каждым месяцем ему все труднее держать голову на весу. Миша смотрит на меня, и я понимаю: то, что он сейчас скажет, очень и очень важно. Медленно, как ребенку, Миша проговаривает слова. От этих слов мне становится плохо. Миша это знает, но он никогда не боялся сделать мне больно.

– Я глупею, – говорит Миша. – А ты – умнеешь. С сыром у тебя хорошо получилось. И с чаем хорошо. Раньше ты бы не успел среагировать так быстро. Раньше ты был медленнее.

Миша устает держать голову. Он опускает голову на подлокотник коляски и продолжает:

– Не ври мне. Отвечай быстро. Я забыл, сколько кусочков сыра мы съели. Так?

– Так.

– Чтобы успокоить меня, ты притворился, что забыл положить сахар в чай. Так?

– Так.

Я отвечаю на Мишины вопросы быстро. Я знаю, что если буду отвечать медленно, то сделаю Мише только хуже.

– Ты был не прав. Твоя забывчивость не успокоила бы меня. С чаем у тебя получилось особенно плохо.

Я понимаю. Я понимаю, что сделал глупость. Миша все еще умнее меня. Я проиграл в очередной раз.

– Да ладно тебе, Миша, я ж как лучше хотел. А как ты догадался?

Миша еле заметно улыбается. Или мне кажется, что он улыбается.

– Все просто. За три года ты ни разу не забыл про сахар.

– А с сыром?

– С сыром еще проще. Понимаешь, я уже не помню все партии Алехина и Эйве. Раньше помнил.

Миша улыбается. На этот раз я уверен, что он улыбается. В последнее время Миша улыбается, только когда вспоминает, каким он был раньше.

– А с сыром проще, чем с шахматами, – продолжает Миша. – Я не помню все партии Алехина, но я помню, что Алехин играл лучше Эйве. И буду помнить об этом до конца. Я не смог запомнить, сколько сыра мы съели, но уверен, что ты не стал бы есть мой сыр. Ты дурак, Рубен. Ты умнеешь, но не настолько быстро, чтобы есть сыр тайком от меня.

Миша шутит. Шутит Миша редко. Шутит Миша, только когда ему особенно плохо. Мне становится очень грустно, когда Миша шутит.

– Да, – как бы между прочим говорит Миша. – Рубен, я в последнее время стал многое забывать, а злюсь за это на тебя. Прости.

Это слишком. Я быстро ставлю кружки из-под чая на сиденье коляски, быстро, насколько могу, проезжаю мимо Миши к умывальнику. Я не хочу, чтобы Миша видел мои слезы. Включаю воду на полную силу. Мою кружки. Заодно умываюсь, вытираю лицо полотенцем.

Я не хочу, чтобы Миша просил прощения. Я не хочу, чтобы Миша извинялся передо мной. Лучше бы он, как раньше, подкалывал меня. Лучше бы задавал нерешаемые задачи и называл дураком.

Мне грустно, мне очень грустно. Это уже не тот Миша. Это другой человек.

ПРЕДАТЕЛЬ

Мы пьем чай. Зима. В коридорах интерната ужасно холодно, а у нас в комнате тепло. У нас есть электрический обогреватель. В нашей комнате тепло, в наших кружках горячий чай. Пользоваться электроприборами запрещено. Мы едим рыбные консервы. Есть консервированные продукты тоже запрещено, консервированные продукты могут плохо повлиять на здоровье. От электроприборов может случиться пожар. Все правильно. Запрещено все хорошее и приятное. Все, что не запрещено – разрешено. Миша пьет запрещенную водку. Водку пить запрещено абсолютно, но на фоне остальных запретов запрет пить водку – ерунда. Без водки Миша может прожить, а без отопления и горячего чая его организм не сможет сопротивляться, Миша простудится. Если Миша простудится, его отвезут в больницу и будут долго лечить. В больнице не будет меня, в больнице не будет горячего чая и рыбных консервов. Миша не хочет в больницу, он хочет пить горячий чай и есть рыбные консервы. Я не пью водку. Если я выпью даже маленькую рюмочку, мне будет трудно поить Мишу горячим чаем. К тому же я не люблю водку. Может быть, я выпью после ужина, я еще не знаю. Запрет пить водку меня не беспокоит. Водку у нас не найдут никогда, а если даже и найдут – то нам ничего не будет. Мы не собираемся сильно кричать или драться с нянечками. Мы с Мишей – очень спокойные и совсем не опасные люди. За водку нас не накажут. Самое сильное преступление в интернате – попытка суицида. Кончать с собой – запрещено. По сравнению с этим запретом все остальные запреты нам с Мишей кажутся мелкими и несущественными. Наказание за попытку суицида одно, но очень суровое. Если человек захотел уйти добровольно, его отвозят в дурдом. В дурдом не хочет никто, в дурдоме страшно. Миша уже жил в дурдоме, Миша дурдома боится. Но медленной смерти от удушья Миша боится еще больше, чем дурдома. Я боюсь дурдома очень сильно, я боюсь дурдома больше всего на свете. Там, на воле, за различные преступления наказывают по-разному, у нас, внутри, наказание одно и преступление одно. Другого наказания в нашем мире не существует – только дурдом.

Мы пьем чай очень медленно. Сначала я пою Мишу с ложки очень горячим чаем. Потом, когда чай немного остынет, я медленно подношу к Мишиным губам кружку с запрещенным горячим чаем. Еще позже, когда чай совсем остыл, мы доедаем банку с рыбными консервами, я попеременно даю Мише то водки, то холодного чая, то сгущенного молока.

– Выпей, – говорит Миша.

Сам я не стал бы просить у Миши водку, но если Миша предлагает с ним выпить, отказываться неудобно. К тому же спорить с Мишей бесполезно. На каждый мой аргумент у него двадцать своих. Миша всегда прав.

Я наливаю себе водки, выдыхаю воздух и выпиваю ее быстро, как учил меня Миша.

– Ты мог бы перерезать мне горло, – говорит Миша.

– Да, конечно. У меня большая практика. Каждый день режу горло кому-нибудь. Ты в своем уме? У меня не хватит сил перерезать горло человеку. Я рыбе голову с трудом отрезаю. Причем это копченая рыба, а у тебя горло вполне свежее. Глупая идея.

– Ты резал себе вены, я знаю.

– Я не резал себе вены. Я не хочу в дурдом. Ты знаешь, что медсестры регулярно проверяют запястья и локтевые сгибы.

– Рубен, я еще не совсем выжил из ума. Ты не настолько глуп, чтобы сразу резать запястье. Ты резал предплечье. Рана потом долго не заживала, но тебе было все равно, потому что про предплечья у них в инструкциях ничего не сказано. Чем ты резал кожу?

– Не поверишь. Расческой. Я водил расческой по руке, сначала было щекотно, потом больно, потом потекла кровь. Глубоко разрезал, шрам до сих пор.

– Ты мог бы перепилить мне горло расческой.

– И пойти в дурдом за убийство? Сам знаешь, что в тюрьму меня не пошлют.

– Мы могли бы умереть вместе.

– Я руку пилил два часа. На горло уйдет гораздо больше времени. Нет. Я боюсь. По самым быстрым расчетам на все уйдет часов шесть. Начать мы сможем не раньше полуночи. Утром придут нянечки и вызовут скорую. Нас спасут и отправят в дурдом.

– Мы могли бы выпить таблетки.

– Нет. Не верю я в таблетки. Шансы пятьдесят на пятьдесят, а у тебя могут быть осложнения. Мне-то что? Я паралитик. Напьюсь таблеток – либо откачают, либо в гроб. У тебя ситуация хуже. У миопатиков после таблеток может осложнение случиться. Отключится какая-нибудь мышца. Тебе станет хуже. Что тогда?

– Куда хуже? У меня уже почти ничего не работает.

– Ага. В этом-то "почти" вся суть. Если отключится левая рука. Или веки? Нет. Цианистого калия у тебя нет, а в другие наборы я не верю.

– Я долго думал.

– Чего тут думать? Цианистый калий лучше бы надумал. Верное средство. Все остальное – чушь.

– Я придумал новую комбинацию. Она точная, наверняка.

Миша перечисляет названия медицинских препаратов. Больная тема почти каждого разговора в доме престарелых. Если пить только снотворные – откачают точно. Пару дней под капельницей – и человек живой. А живой, значит, виноватый. Виноватого надо наказывать. Все правильно, с этим никто не спорит. Пить надо набор из таблеток разного действия.

– Нет, Миша, ты, конечно, умный парень, но я уже насмотрелся на "точные" комбинации. Привозят потом такого умника прямиком из дурдома.

Миша пьет водку еще и еще. Кажется, что он уже совсем пьяный.

– Рубен, ты мне друг?

– Друг.

– Тогда ответь, ты за меня или за них?

– Я за тебя.

– Нет, ты точно ответь. Ты хочешь, чтобы я медленно загибался или сразу помер?

– Я тебе точно отвечаю. Я хочу, чтобы ты помер сразу. Но способа тебя убить у меня нет.

– Тогда ты за них.

– Слушай, Миша. Давай подойдем к вопросу логически.

– Давай, – Мишина голова пьяно клонится в сторону.

– Исхода твоей попытки никто не знает.

– Это верняк, я все предусмотрел.

– Мы договорились рассуждать логически. Мы пьем таблетки или я пилю тебе горло и пью таблетки. Так как заранее ничего предусмотреть нельзя, то примем вероятностный итог за пятьдесят процентов.

– Пятьдесят процентов – хорошая цифра.

– Нет, Миша, мне такая цифра не подходит. Если бы я один решил отравиться, то и тогда я бы подумал. На двоих же выходят такие расклады. Первый: я – живой, ты – мертвый. Второй: ты – живой, я – мертвый. Третий: оба живые. Четвертый: оба мертвые. Меня устраивает только четвертый расклад. Тебя тоже. Таким образом, ты предлагаешь играть в рулетку с шансом двадцать пять процентов. При этом есть риск, что, оставшись живым, ты потеряешь пару мышц. Назови мне действующую мышцу твоего организма, которую тебе не жалко.

– Мне плевать на все эти проценты. Ты мне поможешь или нет?

– Нет.

– Значит, ты за них.

– Я не за них.

– Нельзя играть и за белых, и за черных одновременно.

– Это не шахматы.

– Это шахматы.

– Тогда каждый останется при своем мнении.

– Что мне тогда делать?

– Не знаю.

Миша медленно отпивает глоток чая из кружки. Чай уже совсем остыл.

– Так, Рубен, я все понял. Как колбасу жрать или чай пить – ты мне друг, как помирать – так поодиночке. То есть раньше ты был на моей стороне, а теперь – на стороне противника. Знаешь, как такие люди называются? Ты предатель.

Я выплескиваю чай Мише в лицо.

– Вытри, – сухо командует Миша, и я замечаю, что он абсолютно трезв.

Я тщательно вытираю Мишино лицо шершавым казенным полотенцем. Миша молчит. Он понимает, что поступил нерационально. Глупо злиться на того, кто кормит тебя с ложки.

Я тоже молчу. Я понимаю, что Миша прав. Я – предатель.

ГАМБИТ

Я заезжаю в комнату.

– Миша, – говорю я, – меня не было сорок минут. Когда ты успел?

На столе стоит открытая бутылка коньяка. Бутылка неполная, рядом с бутылкой нет стаканов. Запах спиртного я чувствую сразу, но понять ничего не могу.

Миша смотрит в пол перед собой. Он не замечает меня или делает вид, что не замечает. В последнее время мне становится труднее различать его состояние.

Я жду. Наконец Миша поднимает голову, смотрит на меня, улыбается. Он улыбается той, давно забытой улыбкой из детства. Кажется, что у него не прогрессировала болезнь, и все как тогда, в первую нашу встречу.

– С кем ты пил?

– Это неважно.

– Коньяк откуда?

– Это тоже сейчас неважно.

– Ты пил с кем-то ходячим, это я понял. Кто-то принес тебе бутылку, открыл ее и даже убрал стаканы.

– Мудрое замечание. Ты умнеешь на глазах, Рубен.

– Но бутылку надо было бы убрать.

– Зачем?

– Ты сам меня учил всегда прятать алкоголь и деньги.

– Мало ли чему я тебя учил. Ты все равно ничему не научился. Дай лучше выпить.

Я закрываю дверь, подъезжаю к умывальнику, беру с полки кружки.

– Чем ты там гремишь?

– Кружками, ты же хотел выпить.

– Я хотел выпить, а не распивать на пару с тобой.

– Тебе жалко коньяка?

– Мне когда-нибудь было чего-нибудь жалко? Возьми одну кружку и иди сюда.

Я подъезжаю к столу, наливаю в кружку коньяк. Бутылка тяжелая, мне приходится сжимать ее двумя руками и придерживать подбородком. Запах коньяка мне не нравится.

– Давай, – говорит Миша и приоткрывает рот.

Я подношу кружку Мише и медленно наклоняю ее. Я умею поить Мишу коньяком.

– Что ты делаешь?

– Даю тебе коньяк.

– Давай нормально.

– Я и даю нормально, как всегда. Это же не чай.

Миша весело смотрит на меня.

– Рубен. Сегодня ты будешь поить меня коньяком как чаем, понял?

– Как хочешь, мне все равно.

Я пою Мишу коньяком. Миша выпивает залпом кружку коньяка без передышки, медленно выдыхает воздух, так же медленно вдыхает. Он не морщится, когда пьет алкоголь, пьет спокойно, как воду. Я так не умею.

– Расставляй, – говорит Миша. – Итальянская партия, гамбит Эванса. Я играю белыми. Какой вариант ты предпочтешь на сегодня?

– Миша, перестань, ты прекрасно знаешь, что я не помню дебютов.

– Но Итальянскую партию ты помнишь?

– Не помню. Помню только, где кони и слоны стоят.

– Я ж тебе показывал.

– Миша, ты знаешь, что у меня плохая память на цифры и шахматные ходы.

Голова Миши странно вздрагивает, видно, что он старается держать ее прямо. Я понимаю, что Миша стремительно пьянеет.

– Миша, может, в другой раз?

– Другого раза не будет. Играй в этот.

Миша диктует мне шахматные ходы. Передо мной доска с шахматной позицией. Я смутно угадываю в ней Итальянскую партию.

– Дай еще, – просит Миша.

– Чего?

– Коньяку, конечно.

Снова и снова я подношу кружку с коньяком к Мишиному лицу. Снова и снова расставляю фигуры, двигаю их по доске. Миша упорно играет гамбит Эванса, а когда выпадает моя очередь играть белыми, просит, чтобы и я играл этот гамбит. Я проигрываю и за белых, и за черных.

– Все, – говорю я, – надоело. И коньяк кончился.

– Мог бы сказать, когда оставалась последняя капля. Я б тебе отдал. Последнюю сигарету даже менты не отбирают.

– Неважно. Мне не очень хотелось.

– Тогда расставляй фигуры. Я буду играть гамбит Эванса.

– Ты пьян.

– Я пьян, и я буду играть гамбит.

– Чего ты добиваешься? У нас еще водка есть. Ты выпить хотел?

Миша поднимает голову, смотрит на меня в упор. Странное впечатление того, прежнего Миши не покидает меня весь вечер. Я вижу, что он пьян и трезв одновременно.

– Нет, Рубен, я не хотел выпить. Я хотел показать тебе гамбит и еще кое-что.

– Показал?

– Наверное. Не уверен. Ты все равно захочешь услышать слова, так?

– Да, Миша, я все равно захочу услышать слова.

– Тогда расставляй фигуры.

– И налить тебе водки?

– Нет, я же сказал, что не хотел напиваться. Неужели не понятно?

– Не понятно. Ты выпил бутылку коньяка. Если пересчитать отношение алкоголя на массу тела – ты уже труп.

Миша улыбается. Его улыбка не такая, как всегда. Странно, но внезапно я замечаю, что это улыбка очень пьяного человека.

– Ты дурак, Рубен, и всегда был дураком. Я – труп в любом случае, с коньяком или без. Лучше пересчитай на массу мозга. Расставляй фигуры.

– Это в последний раз.

– Хорошо, в последний раз, – соглашается Миша, и мы начинаем играть.

Миша играет белыми. Фигуры в медленном танце повторяют одну и ту же позицию. Миша делает неожиданный ход, он ставит коня под бой.

– Все, Рубен, тебе конец.

Я долго думаю над позицией. Мой мозг путается в вариантах, мне кажется, что Мишины фигуры стройно расставлены на доске, а мои расплываются в переплетении бесполезных вариантов.

– Сдаюсь.

– Теперь ты понял? – голос Миши немного хрипит, его язык заметно заплетается.

– У тебя язык заплетается, ты пьян.

– Ну и что? Ты дурак, Рубен, при чем тут мой язык? У пьяных обычно заплетаются ноги. У меня же не заплетаются ноги, верно? Значит, я трезв. Так ты понял или нет?

– Я не понял.

– Поверни доску. Я буду играть черными.

– Черные проиграли.

– Это мы еще посмотрим.

Я поворачиваю доску. Взгляд с другой стороны доски ничего не меняет. Положение белых гораздо лучше. Мише не приходится поворачивать доску, Миша не видит доски, он, как всегда, играет вслепую.

Черные делают ход, белые отвечают. Игра продолжается. Черные отступают еще глубже, почти все черные фигуры стоят на краю доски. У белых нет коня, атака бессмысленна. Черные фигуры стоят спокойно и готовятся к наступлению. Черная пешка делает ход, становится понятно, что черные выигрывают.

– Сдаюсь, – опять говорю я.

– Теперь понял?

– Кажется, не понял. Ты хотел показать мне, что лучше меня играешь в шахматы?

– Нет.

– Тогда точно не понял.

– Поверни доску.

– Не буду, надоело.

– Поверни доску в последний раз.

– Зачем? Я и так знаю, что будет дальше. Ты опять выиграешь. Ты будешь выигрывать снова и снова, пока мы не разменяем все фигуры.

– Что-то ты все-таки понял.

– Что именно?

Миша поднимает голову. Миша смотрит на меня абсолютно трезвым взглядом. Я никак не могу привыкнуть, что он пьянеет и трезвеет, когда хочет.

– Я всегда буду умнее тебя.

– Ну и что?

– У тебя стабильная дебильность, а мой мозг постепенно деградирует, но я всегда буду умнее тебя.

– Я понял.

– Что ты понял?

– Ты скоро умрешь.

– Неплохо для обезьяны. Знаешь, Рубен, мне иногда кажется, что ты умнеешь. Нет, мне это только кажется.

– Тебе кажется. Я не умнею. Но мне не понятно, зачем ты так долго объяснял, зачем устраивал весь этот цирк с коньяком. Сказал бы, что умираешь.

– Ты дурак, Рубен. Я каждый день тебе говорю, что умираю. Что толку? Ты как не понимал этого, так и не понимаешь.

– Я понимаю.

– Тогда спрашивай.

– О чем?

– О чем хочешь. О чем обычно человека перед смертью спрашивают. Потом будет поздно.

– Не буду. Это бесполезно. Если ты захочешь, то и так расскажешь, а если не захочешь, то от тебя не добьешься. Я долго с тобой живу, успел понять.

– Может, ты все-таки умнеешь? Нет. Я пошутил, обезьяна не может поумнеть. Ладно, не сердись, на этот раз отвечу. Спрашивай.

Слова "не сердись" выводят меня из себя. Это уже не тот Миша, что был раньше. Прежний Миша никогда не стал бы тратить время на сантименты.

– Все, что захочу?

– Все.

– Ты правда собаку ел?

– Правда. Я думал, ты что-нибудь серьезней спросишь. Тебя больше всего интересовали именно собаки?

– Нет. Меня интересовало, что ты чувствовал, когда ел собаку.

– Это зависело от размера собаки.

– Тебе было жалко маленьких собак больше, чем больших?

– Мне не было жалко собак.

– Ты их видел живыми?

– Видел. Мне даже погладить давали.

– И что?

– И ничего. Я ж тебе говорю, все зависело от размеров.

– Не понял.

– Что тут понимать? В большой собаке больше мяса.

– Я тебе не верю.

– Какой мне смысл врать?

– Но что-то ты должен был чувствовать!

– Мясо как мясо.

– Но это же собаки!

– Ты на самом деле дурак. Что я должен был делать? Драться с зэками, плакать над собачкой? Все ели, я ел. И ты бы ел.

Миша прав. Миша как всегда прав. Все логично.

– Второй вопрос можно?

– Давай.

– Почему ты директора козлом назвал?

– Это не вопрос. Его все козлом считали.

– Я не про это.

– Про что тогда?

– Я с Федькой разговаривал.

– Мало ли что Федька мог сказать. Он дурак.

– Он дурак, и я дурак. Федька рассказывал, что все, кто из кабинета директора выходил, плакали.

– Серега не плакал.

– Серега меня не касается, Серегу все боялись. Федька сказал, что и ты плакал. Еще он рассказывал, что ты с коляски упал в кабинете директора, а Федьке пришлось тебя поднимать. Федька – дурак, он не мог всего этого придумать.

Голос Миши внезапно трезвеет.

– Это правильный вопрос, Рубен. Ты задал правильный вопрос. И я должен был тебе на него ответить. Почему умный Миша совершил глупость? Тебя это интересует?

– Да.

– Правильный вопрос, – повторяет Миша, и я понимаю, что ответа не дождусь.

– Завтра утром скажи нянечкам, чтобы меня не будили.

– Скажу. Но они уже и без того за три года запомнили, что тебя пьяного утром нельзя будить.

– Все равно скажи.

– Скажу. А все-таки, почему ты тогда директора назвал козлом?

Миша молчит. Миша может молчать долго. Темнеет. Я не хочу включать свет, а Мише все равно. Он полулежит на кровати, свесив голову. Может показаться, что он спит, но я знаю, что Миша думает.

– Знаешь, почему я назвал директора козлом?

– Не знаю.

– Ты вообще знаешь, что означает слово "козел"?

– Знаю, животное такое.

– Тогда все нормально. Тогда все в порядке. Если ты знаешь значение слова, то сможешь понять мой ответ. Я назвал его козлом потому, что он козел. Понятно?

Мне не понятно, но я молчу. Я знаю, что Миша ответил на вопрос и теперь будет ждать, пока я пойму ответ. Миша может ждать, пока я пойму, долго, очень долго, вечность.

НОМЕРОК

– Когда я умру...

Миша замолкает. Он делает вид, что внимательно смотрит на вареную картошку. Я медленно снимаю кожуру с вареного картофеля. Делаю я это медленно, но торопиться нам некуда. У нас много времени, у нас слишком много свободного времени. Мне все равно, чистить ли картошку до или после варки. И то и другое тяжело для меня. Но я знаю, что Мише больше нравится картошка в мундире. Миша говорит, что варить картошку с кожурой гораздо экономичнее. Он не жадный, он рациональный. Миша постоянно повторяет это слово – "рационально". На все мои вопросы чаще всего у Миши один ответ: это нерационально.

– Когда я умру, – повторяет Миша, – скажи, чтобы на меня надели новую рубашку, желтую. Она висит в шкафу, третья слева.

– Хорошо, скажу.

– Деньги, если останутся, возьми себе.

– Ты повторяешь мне это в сотый раз.

– Повторяю в сто первый.

Я ложкой отделяю картофельный кусочек, посыпаю его солью, макаю в подсолнечное масло.

– Ешь лучше, надоел ты мне со своими указаниями.

Миша медленно жует.

– Дай чаю.

Я подношу кружку с чаем к его рту. Чай не горячий и не холодный, в самый раз, такой, какой нужно.

Миша проглатывает еду, удовлетворенно кивает.

– Слушай, Рубен. Я не пойму, чему ты улыбаешься?

– Когда?

– Сейчас, например. Чистишь картошку и улыбаешься.

– Вспомнил. Мне однажды Серега в детдоме картошку в мундире принес посреди ночи. У них пьянка была. Я салагой тогда был, а он взрослый уже. С какой стати ему было салаге картошку носить? И чай принес мне тогда в бутылке из-под лимонада. Я до сих пор этот чай помню. Он сахар не размешал. Сначала чай несладкий был, а на дне – сплошной сироп.

Миша почти не слушает меня. Он ест.

– Дурак ты все-таки, Рубен. Что тут непонятного? Выпил парень, картошка у них оставалась, не выкидывать же?

– Нет, Миша. Он же не один выпивал, верно? Почему именно он? Почему именно мне? Странно все.

Мишино лицо спокойно и сосредоточенно. Он монотонно жует, глотает, пьет чай и опять жует.

– Ерунда это все, – отмахивается Миша, – нечему тут улыбаться. Все равно эта картошка в твоей жизни ничего не изменила. Если б он каждый день тебя подкармливал...

Миша доедает картошку.

– Когда я умру, – продолжает он, – мне на могилу поставят столбик с номерком. Так ты дай бутылку водки, чтобы столбик этот выдернули. Сделаешь?

– Иди ты к черту. Какой номерок? Зачем это тебе?

– Не хочу под номером лежать.

– Тебе не все равно? Лично мне плевать, где гнить, под номером или без номера. Лишь бы не на третьем этаже.

Миша тяжело вздыхает. Ему не очень хочется объяснять мне элементарные вещи.

– Надоел ты мне. Если бы ты знал, как мне все надоело! Что тут непонятного? Зэки в дурдоме, и те просили друзей номерок выдернуть. И водку заранее давали. Что я, хуже зэка?

– Хуже. Они в тюрьме велосипеды собирают, а мы только хлеб государственный переводим.

Миша улыбается чуть заметно, слабо улыбается. Я вижу, что у него уже нет сил на улыбку. Внезапно он встряхивает головой, улыбка исчезает. Мишин взгляд каменеет шахматной жесткостью.

– Знаю, сделаешь, – говорит он. – Когда умру, все будешь делать, как я советовал. Только забудешь, наверное, много.

– Не забуду.

– Проверим. Сколько бутылок водки надо дать за номерок?

– Две. Одну до и одну после.

– А почему не три?

– За три бутылки мне принесут два номерка с твоей могилы, за четыре – будут предлагать оптовые поставки.

– Молодец, – внезапно радуется Миша. – Все-таки не зря я с тобой возился – думать начинаешь.

– Зато ты перестаешь. Тебе не надоело каждый вечер про смерть рассуждать?

Миша спокоен. Наверное, он рад, что будет лежать в могиле без номера.

– Не каждый вечер. Я приучаю тебя к мысли, что меня скоро не будет, каждый третий день. Сказанное на ночь лучше запоминается. Еще вопросы есть?

– Есть. Ты уже второй год мне повторяешь, "когда я умру", "когда я умру". А если я умру раньше тебя? У меня же сердце больное.

– Ты дурак, Рубен. Ты все еще такой же дурак, как и шесть лет назад. Если ты умрешь раньше меня, я знаю, что делать.

УТРО

Утро. Все как всегда. Как много раз до этого. Накануне вечером Миша попросил оставить его одного. Как всегда. Каждые три месяца Миша просит оставить его одного в комнате. Пять пластиковых стаканчиков, в каждом стаканчике по пятьдесят грамм водки. С большим трудом Миша может поднять стаканчик ко рту, но я не понимаю, зачем ему надо именно пять стаканчиков. Я мог бы влить ему всю водку сразу. Куски копченой колбасы, хлеб, соленые огурцы. "Оставь меня одного", – говорит Миша, и я оставляю его одного. Просьбы Миши не обсуждаются. Он приучил меня к этому. Миша старался. Все три года он просил нянечек не будить его пьяного по утрам, нянечки привыкли. Три года они, учуяв запах спиртного, весело смеялись, переворачивали Мишу на другой бок, меняли простыни. Три года я решал поспать подольше в такой день, когда не надо делать чай с утра и двигать Мише ноги. Три года Миша строил комбинацию, в которой все окружающие люди были всего лишь шахматными фигурками, и я, Рубен, самой глупой, самой бесполезной пешкой.

Как всегда. Нянечки весело переворачивают Мишу. Почему-то к пьяному Мише у них отношение несколько иное, чем к трезвому. Пьяного Мишу они берут аккуратно, боясь потревожить его сон. Пьяному Мише они меняют мокрые простыни, ведь он приучил их, что только трезвый он может контролировать мочевой пузырь. Пьяному Мише они поудобнее подкладывают подушку под голову, накрывают его до самых глаз одеялом. Над пьяным Мишей они смеются, пьяный Миша их забавляет.

Как всегда. Я просыпаюсь поздно. Перелезаю с кровати на коляску, закрываю дверь в нашу комнату. Подъезжаю к Мише.

– Чай пить будешь?

Глупый вопрос, но за три года я приучил Мишу, что Рубен может задавать глупые вопросы. Конечно, Миша будет пить чай, конечно, он хочет чаю. Но Миша молчит. Миша спит и не реагирует на мои слова.

Я наклоняюсь, отодвигаю край одеяла от Мишиного лица. Миша спит. Он спит и глубоко дышит. Странно. Я давно не видел, чтобы Миша так хорошо спал. Наверное, сегодня у него ничего не болит. Может быть, именно сегодня ему немного лучше.

– Миша, – зову я его. Миша не реагирует на мои слова.

Я отгибаю веко его левого глаза. Кладу руку Мише на шею, считаю пульс. Я считаю пульс снова и снова. Все. Это все.

Три года Миша морочил голову всем нам. Три года он приучал нянечек не будить его по утрам после пьянок. Три года он собирал таблетки. Три года играл свою последнюю шахматную партию.

Я улыбаюсь. Я сижу в коляске и глупо улыбаюсь в воздух. Лучше всего было бы задушить его прямо сейчас. Но я не смогу этого сделать физически. Можно позвать врача. Врач прибежит, медсестры начнут реанимационные процедуры. У них, конечно, ничего не выйдет, но шанс есть. Всегда есть маленький шанс на победу в цейтноте. Миша все рассчитал. Он рассчитал, что я буду долго спать, он был уверен, что я сделаю все, чтобы врачи пришли как можно позже.

ты дурак, Рубен... я все время буду умнее тебя... когда я умру...

Он говорил, а я не слушал. Теперь поздно. Я еще раз измеряю Мишин пульс. Миша оказался прав. Его набор таблеток подействовал. Я открываю нижний ящик Мишиной тумбочки. Пусто. Нет никаких таблеток, даже слабительного. Он должен был оставить мне письмо, хоть маленькую записочку, я знаю. Надо только хорошо поискать. Я перебираю новогодние открытки. У Миши четыреста пятьдесят две новогодние открытки. Открываю конверт с той, первой открыткой с Дедом Морозом. Я так и думал. Упаковки от таблеток уютно лежат рядом с Дедом Морозом. Я смотрю на открытку. Дед Мороз едет по снегу на санях. Дед Мороз на открытке улыбается. Улыбаются и лошади, запряженные в сани. Странный набор таблеток. Снотворные, успокоительные, обезболивающие и мочегонное. Мочегонное я не предусмотрел. Миша прав. Я запомню соотношение количества таблеток на всю жизнь. Я запомню на всю жизнь все, что Миша когда-нибудь мне говорил. То, что я не запомню сразу, будет всплывать в моей памяти потом кусками, по ночам. Я прячу конверт вместе с Дедом Морозом в штаны. Надо будет незаметно выкинуть его в мусорницу.

Подъезжаю к своему столу. Выдвигаю единственный ящик. В левом углу, рядом с шахматной коробкой шесть упаковок индийского слабительного. Еще вчера этих коробок там не было. Когда он успел? Вынимаю из коробки белого шахматного короля. Подъезжаю к Мише. Пытаюсь вложить короля в Мишину руку. Детская рука Миши не сжимается в кулак. Миша спит и не хочет сжимать в руке ничего, даже шахматную фигурку. Все бессмысленно. Да и зачем мне шахматный комплект без короля? Это нерационально. Я возвращаю короля в коробку.

Я пишу контрольную работу по английскому языку. Я изучаю сослагательное наклонение. Я пишу, а Миша спит. Нам хорошо вдвоем. Мне хорошо, потому что я рад за Мишу. Он выиграл. Он выиграл у меня в шахматы. Если бы. Если бы я знал заранее, я бы остался рядом с ним. Я бы пил вместе с ним таблетки. Но сейчас уже поздно. В шахматах не бывает сослагательного наклонения. Флажок упал. Партия.

ПОМИНКИ

Пили все. Пили обеспечиваемые и нянечки. Пили бабушки и дедушки, те, кто знал Мишу, и те, кто только слышал его историю впервые. Я был как все. Все пили, и я пил. Пили водку. Все вспоминали Мишу, я вспоминал Мишу вместе со всеми. Все сочувствовали ему, помня, как он болел в последнее время, я кивал в знак согласия. Все повторяли один за другим, каким добрым и хорошим человеком был Миша. Я искренне соглашался. В конце концов, он на самом деле не сделал ничего плохого в жизни.

Мне хотелось рассказать. Я нес пьяные бредни про сильного и выносливого человека, расчетливого и точного, мне кивали в знак согласия, мне не верили. Все помнили его улыбку, я тоже помнил. Того, детдомовского Мишу, наглого и сильного, опасного и злого, не знал никто. Только я.

Я заезжаю в комнату, закрываю дверь. Два стола, две кровати. Пустая коляска. Миши нет. Миши нет и не будет. На столе, среди книг и шахматных журналов стоит стакан с водкой. Стакан накрыт коркой черного хлеба. Горбушкой. Это такой обычай – оставлять для мертвого водку с хлебом. Мишина водка стоит на столе, я смотрю на стакан. У нас есть водка, думаю я, потом вспоминаю, что водка теперь только моя. Две бутылки водки спрятаны в надежном месте. И Мишины деньги спрятаны надежно. Теперь это не Мишины, а мои деньги. У меня есть водка, но открывать новую бутылку нерационально. Миша сказал бы, что нельзя оставлять водку просто так. Интересно, куда по обычаю следует деть водку, оставленную для покойника? Зачем покойникам водка? Мертвые не пьют водку. Глупые мысли и глупые вопросы. "Ты дурак, Рубен", – говорю я сам себе, а руки уже открывают пузырек с солью. Соль у меня в пузырьке, так она не мокнет. Бережно отвинчиваю крышку банки с подсолнечным маслом. Жду, пока масло впитается. Идиотизм. Зачем наливать водку в граненый стакан, когда умер инвалид? Водку надо было наливать в кружку с большой ручкой. Надо будет не забыть: когда я умру, пусть наливают водку в кружку, а еще лучше – вставляют в стакан трубочку, как в заграничном фильме. Мне трудно поднимать стакан. Я могу поднять стакан, только если никого нет в комнате. При малейшем шуме руки разлетятся в разные стороны, стакан упадет. Главное – донести стакан до рта; потом можно придерживать стакан зубами, потом легче. Я медленно пью водку. Водки очень много. Никогда до этого я не пил целый стакан водки залпом. Вкуса водки я не ощущаю. Я, как Миша, пью водку как воду. Ставлю пустой стакан на стол. Глупая мысль о том, что теперь мне придется все делать, как раньше делал он. Странно, но опьянение приходит очень медленно. Я ем хлеб. Никогда не любил пирожные. Не понимаю, что хорошего люди находят в сладких и липких бисквитах. Я доедаю хлеб. Подъезжаю к кровати, перекидываю свое тело через колесо коляски, переползаю на кровать.

Я лежу на кровати. Никогда раньше я не смог бы перелезть с коляски на кровать после стакана водки. Лежу на спине и глупо улыбаюсь. По обычаю положено вспоминать умершего, и я вспоминаю. Я вспоминаю все: хлеб, соль, подсолнечное масло. Нет ничего вкуснее черного хлеба с солью и подсолнечным маслом!

БЕСЕДА

Пришел милиционер. Представился следователем. Гражданский костюм сидит на нем неловко. Складка к складке, ремень на брюках затянут по-военному туго. Кейс.

Вслед за милиционером в мою комнату вбежал директор интерната. Волосы на голове растрепаны, глаза на выкате, бегают. Пешка. От директора в интернате ничего не зависит. У директора твердые инструкции. Что скажут сверху, то и будет. Заговорил. Голос срывается на визг, неуверен, дрожит. Конь. Все-таки конь. Не пешка.

– Я знаю, кто во всем виноват. Это все он, он, так и запишите. К нему люди подозрительные ходят, водку носят.

И уже ко мне:

– Расскажи товарищу милиционеру, откуда вы брали водку. При мне расскажи. Знаешь, что бывает за дачу ложных показаний?

На меня вдруг накатывает ледяное спокойствие. Внезапно я начинаю казаться себе сильным и умным. Очень сильным и очень умным. И до безобразия, до неприличия наглым. Впрочем, терять мне уже нечего. Фигуры на доске, часы пошли. Придется играть. Ставка в игре – мой перевод в дурдом. Слишком большая ставка. Слишком много фигур на стороне противника. Играть стоит, надо играть. Фигуры противника стоят как попало, мешают друг другу и готовы друг друга съесть. Есть друг друга они не могут, есть друг друга им запрещают правила игры.

– Убил друга, а теперь отпираешься? Он ведь другом тебе был, самым близким другом, у меня все в картотеке записано. Все рассказывай, всю правду.

– Правду так правду, соглашаюсь я. Про то, как нянечки ему каждый день сдохнуть желали, тоже рассказывать? Как психохроники его купали и горячую воду на ноги лили? Про ремонт тоже рассказывать? Про бабушек в шкафах? Если я убийца, пусть меня судят. Только я в суде молчать не буду.

– Каких бабушек? – вмешивается милиционер.

Директор бормочет что-то себе под нос. Думает. Наконец, набрав полную грудь воздуха, медленно выдыхает. Наверное, мысленно считает до десяти.

– Это был несчастный случай, – уверенно говорит он. – Мало ли с кем бывает. Депрессия. Врач подтвердит. Самоубийство.

Офицер. Почти офицер. Нет. У офицера бы не дрожал голос. Все-таки конь.

Я улыбаюсь. Я научился улыбаться Мишиной улыбкой. Я умею улыбаться всем подряд, даже директору.

Директор уходит, мы остаемся один на один с милиционером. Он стоит. Неуверенно оглядывается, ищет, куда сесть. Я киваю на свою кровать. Он отрицательно качает головой, садиться на мою серую простыню ему не хочется.

– Что за интернат? – говорю я преувеличенно громко. – Стульев нет. Наверное, все стулья домой перетаскали, товарищу милиционеру сесть некуда.

Не проходит и минуты, как в комнату врывается нянечка со стулом в руке. Она шумно дышит, ставит стул перед следователем. Видно, что она очень спешила.

Пешка. Всего лишь пешка. Ей приказали, она подслушивала. Что с нее взять? Пешка – она и есть пешка.

– Садитесь, пожалуйста, – говорит она преувеличенно вежливо.

Милиционер смотрит на меня, я отворачиваюсь, чтобы скрыть улыбку от него и от нянечки. Он не садится. Уверенно оправляет костюм, выходит в коридор. Нянечка выбегает вслед за ним. О чем они беседуют, мне не слышно.

Наконец он возвращается, плотно прикрывает за собой дверь. Улыбается мне, садится на предложенный стул.

– Ну вот, – говорит он спокойно и строго, – теперь нам никто не помешает. Сейчас мы побеседуем: вы ответите на мои вопросы, и я уйду. Это просто беседа, простая формальность.

– Допрос?

– Ну что вы! Какой допрос? Мы немного поговорим – и все. Никто вас ни в чем не подозревает.

– Но протокол мне придется подписать, так?

– Конечно, таковы инструкции. Так положено.

– Тогда другое дело, – соглашаюсь я. – Если без протокола, то это допрос, а с протоколом, понятное дело, уже беседа.

Он не расположен шутить. На этот раз уголки рта лишь чуть сдвигаются в стороны.

Офицер. Этот – без сомнения – офицер. Такой не дрогнет.

– Итак, мы остановились на бабушках в шкафу.

Следователь открывает чемодан, достает ручку, блокнот.

– Каких бабушек? В каких шкафах?

– В разговоре с директором интерната вы упомянули случаи самоубийства пожилых людей.

– Не было этого. Ничего я не упоминал. Вам послышалось. Сами посудите. В нашем учреждении все люди умирают естественной смертью, об этом делается соответствующая запись в официальных документах. А сплетни про самоубийства – всего лишь сплетни. Вот вы сплетням верите?

Он упорно не хочет улыбаться. Абсолютно серьезным сухим голосом спокойно произносит:

– Нет. Я сплетням не верю.

Я радостно, может быть, чуть поспешнее, чем нужно, киваю и продолжаю, уже сбиваясь, произнося слова как можно быстрее:

– Вот и хорошо, вот и я не верю. А то ведь что получается. Если я на суде начну рассказывать всякие глупости, меня же ненормальным посчитают. Направят на принудительное лечение. Нет, мне здесь нравится, я по аминазину еще не соскучился.

– Вы отказываетесь отвечать на вопросы?

– Нет, конечно. Я буду рад помочь следствию и рассказать всю правду. Только на себя наговаривать мне тоже смысла нет.

– Тогда рассказывайте.

– О чем?

– Рассказывайте с самого начала.

Я начинаю рассказывать. Рассказываю все. Офицер внимательно слушает про подсолнечное масло, шоколадку, аминазин, собачатину и шахматы. Он не пишет.

– У вас хорошая память, – я щедр на комплименты, я добрый.

Он не реагирует.

– Да, у меня очень хорошая память. Продолжайте.

– Все, – говорю я, – это все. Он насобирал таблеток и выпил их.

– Вам не кажется странным, что полностью парализованный человек смог сам собрать и выпить такое количество медицинских препаратов ограниченного доступа?

– Не кажется. Это медицинское учреждение, препаратов здесь более чем достаточно. А организовать он еще и не то мог.

– Вы не поняли мой вопрос.

– Каждый диалог ведут, как минимум, два дурака.

– Согласен. Тогда я переформулирую вопрос. Мог ли кто-нибудь дать Мише таблетки против его воли?

– Нет.

Я улыбаюсь.

– Вы не хотите сыграть со мной в шахматы?

– Нет.

– А как вы думаете, кто бы выиграл, если бы мы сели играть?

– Я давно не играл. Наверное, вы.

– А Миша мог играть с шестью такими, как я. Вслепую. И выигрывать. Вы просто не можете себе представить, насколько он был умнее меня. Но и это не главное. Поймите. У нас несколько иное отношение к смерти, чем на воле. Здесь иметь все эти таблетки мечтало бы большинство. Смерть – не самое худшее, с чем может столкнуться человек. Дать подобные таблетки человеку против его воли – все равно что подарить вам автомобиль. Это был бы слишком шикарный подарок.

– Вы же сказали пять минут назад, что самоубийств в интернате не бывает.

– Конечно, не бывает, – я киваю. – Вы абсолютно правы. Все попытки самоубийства успешно предотвращаются администрацией учреждения, медицинскими работниками и привлеченными специалистами из органов.

Он непробиваем. Лицо, как маска.

– Хорошо. Допустим, что убивать человека против его воли никто бы не стал. Но, допустим, что он попросил кого-нибудь дать ему эти таблетки. Допустим, лучшего друга. Смог бы друг ему отказать?

Я смотрю на него в упор. Смотрю, не мигая. Он не отводит взгляд. Лысина, выправка и взгляд, тоскливый взгляд побитой собаки. Не всякий сможет спокойно обсуждать жизнь нашего гадюшника.

– Хорошо, – включаюсь я в игру. – Допустим. Допустим, что вы служили в Афганистане. Допустим, ваш друг оказался тяжело ранен. Допустим, надежд на излечение мало и в лучшем случае его ждет инвалидное кресло.

– Я поступлю по Уставу. Содержание Устава штатским знать не положено.

– Подумаешь, тайна! Это же дом престарелых. Срез общества. Все как на воле. Ветеранов войны очень много. Даже бывшие милиционеры есть.

Он не реагирует. Наверное, сделан из железа. Я продолжаю.

– О чем говорят бывшие военные? Не думаю, что Устав мог сильно измениться за последние пятьдесят лет. Есть случаи, при которых вы обязаны застрелить раненого, есть – при которых обязаны, не смотря ни на что, сохранить ему жизнь. Я прав?

Он не железный. Он человек из плоти и крови. Его левое веко дернулось, или мне показалось?

– В общих чертах. Только в общих чертах. Вы не ответили на мой вопрос.

– Вы тоже не ответили.

– Я не могу ответить на этот вопрос. Очевидно, имеет место быть диалог, который, как мы знаем, ведут, как минимум, два дурака.

Я улыбаюсь. Хороший мужик этот милиционер. Жаль, нам нельзя познакомиться поближе.

– Я спрошу по-другому. Во всех ли случаях военные поступают по Уставу, или они тоже люди и способны на сострадание? Может ли военный выполнить просьбу друга?

– Что ж. Военные тоже люди. Ничто человеческое нам не чуждо. Я ответил на ваш вопрос?

– Вполне. Теперь моя очередь. Если бы у меня был яд, я отравил бы Мишу не задумываясь. Если бы яда было мало, мне пришлось бы бороться с соблазном принять яд в одиночку. Беда в том, что яда у меня не было. Давать таблетки я бы не стал никому, даже другу. Слишком большой риск, что откачают.

Милиционер устал. Это заметно по тому, как нервно его пальцы перебирают листки пустого блокнота, по незажженной сигарете в его руке. Он уже несколько раз доставал и прятал обратно в карман спичечный коробок.

Он молчит. Молчит и смотрит.

Я замечаю, что из моего путаного рассказа ему понятна едва ли половина.

– Суть вот в чем, – продолжаю я. – У Миши была миопатия. Вы знаете, что это такое?

– Никогда не слышал. Что-то вроде рака?

– Нет, – улыбаюсь я Мишиной улыбкой. – Рак по сравнению с миопатией – насморк. При раке можно запросто самому повеситься. При миопатии фиг повесишься. Сил не хватит.

– У него что-нибудь болело?

– У него все болело. Все, что могло болеть, – болело. Точнее, все части тела, где есть мышцы. Вот голова у него никогда не болела. Даже с бодуна.

– Вы хотите сказать, что пили с ним водку?

– Когда как. Иногда коньяк, но редко.

Он не улыбается. Или он никогда не улыбается, или их специально тренируют быть роботами.

Милиционер аккуратно раскрывает блокнот. Достает из кармана ручку.

– Кстати, – говорит он спокойным доверительным тоном. – Где вы брали водку?

Я стараюсь не улыбаться. Я сильно стараюсь, но у меня ничего не получается. Я молчу. Молчу и жду. Если он не хочет со мной разговаривать, это его проблемы. Откидываю голову на спинку коляски и жду.

Я могу ждать долго. Мне некуда спешить.

– Вы не хотите со мной разговаривать?

Голос вежливый, слишком вежливый. Такие голоса бывают у врачей в больницах или у медицинских сестер перед тем, как сделать укол.

Я не поднимаю головы, сижу в коляске, откинувшись на спинку. Я говорю в воздух. Мне уже все понятно.

– Я хочу с вами разговаривать. Очень хочу. Вы и представить себе не можете, как я хочу поговорить хоть с кем-нибудь, пусть даже и с ментом. Вы ведь мент?

Я поднимаю голову, он не реагирует на обидное слово. Может быть, ему все равно, может, его каждый день называют ментом.

– Мент.

Он смотрит на меня так же строго и внимательно, как и раньше.

Я устал, я очень устал от этого разговора. Только теперь я понимаю, как тяжело разговаривать с дураками, как трудно было Мише шаг за шагом учить меня думать. Все-таки Мише было легче, у него было больше времени.

– Я хочу разговаривать с вами, – продолжаю я, – очень хочу. С вами как с человеком. Но ведь вы сейчас не человек. Вы – инструкция, устав, список вопросов. Как я могу разговаривать со списком?

Он улыбается. Он наконец улыбается мне. Улыбка его, какая-то замученная и неуверенная, мне не нравится. Только сейчас я понимаю, что передо мной всего лишь немолодой уже человек. Он устал так же, как и я. Как и мне, ему неприятен этот разговор.

– Видите ли, – он делает паузу, – вы еще очень молоды. Вам, наверное, сейчас кажется, что весь мир настроен против вас. Поверьте, то, что вы сейчас рассказываете, может показаться страшным только вам. Вы потеряли друга, вам очень плохо. А тут приходит злой милиционер и задает глупые вопросы. Так?

Он не дурак. Как и я, он видел что-то, о чем предпочитает молчать.

– Приблизительно.

– Но это моя работа. Я должен знать правду.

Я киваю на дверь. Он кивает мне. Встает. Бесшумно подходит к двери, резко приоткрывает ее и проскальзывает в коридор. Я слышу какой-то шум. Мужчина возвращается в комнату несколько смущенным и, кажется, сбитым с толку.

Я улыбаюсь.

Милиционер делает серьезное лицо. Ему не нравится мое отношение к сотрудникам интерната. Они все-таки его коллеги. Государственные служащие. Служащие государству.

– Вы не ответили на мой вопрос.

– Про водку?

– Про водку.

Я немного растерян. Похоже, он не притворяется, похоже, он всерьез.

– Ну, хорошо. Про водку так про водку. Вы читали Платона?

– Что именно?

Я киваю. Конечно, там, на воле все нормальные люди читают Платона.

– "Государство".

– Читал.

– А мне принесёте?

Он понимает не сразу. Две-три секунды думает.

– Нет. Я не собираюсь приходить сюда во второй раз.

Я опять киваю.

– Я так и думал. Так вот. Возле ворот интерната постоянно дежурят пожилые мужчины. На лице у них – желание выпить. Как вы думаете, что будет, если я попрошу кого-нибудь из них сходить в библиотеку и принести мне Платона?

Он молчит. Ему надоел этот разговор. Но меня уже не остановить. Я пытаюсь достучаться до него.

– В лучшем случае мне очень грубо посоветуют убираться от ворот. И это в лучшем случае.

Он не слушает. Вынимает из кейса бланк протокола. Надевает очки. Быстро пишет. Он закончит писать и уйдёт, а я останусь. Я останусь один.

– А хотите, я анекдот расскажу из жизни. Смешной. Хотите? К нам как-то новенького привезли. Новенький как новенький, обычный дедушка. Поселили в комнату с зэком. А наутро оказалось, что он раньше на зоне охранником работал. Внутренние войска. Знаете, что с ним ночью произошло?

Он разговаривает со мной, не поднимая глаз от писанины. Цедит сквозь зубы:

– Не знаю и знать не хочу.

– Но вы ведь тоже мент.

Он поднимает взгляд от писанины. В очках его лицо кажется гораздо старше.

– Взрослый человек, а разговариваете, как ребёнок. Вы хотите меня задеть? Не получится. К тому же, пожалуйста, не путайте милицию с внутренними войсками.

Он дописывает последние строчки.

– Распишитесь и поставьте дату.

– Вообще-то меня можно допрашивать только в присутствии врача.

Он стоит передо мной подтянутый и уверенный, как раньше, до разговора.

– Мне сходить за врачом?

– Не стоит.

Я читаю протокол. По моей просьбе следователь вносит в текст незначительные изменения. Дописывает слово "постоянные" перед "мучительные боли", меняет фразу "просил оставить одного" на "регулярно просил оставить одного". Я тщательно отчеркиваю поля латинской "Z". Следователь видит мое старание, снисходительно хмыкает.

– По-моему, это лишнее, – говорит он.

Я расписываюсь. Протокол в кейсе, все в порядке. Следователь смотрит на меня дружелюбно и весело. Не было нашего разговора. Не было, и все. А протокол – всего лишь пустая формальность.

– Может, все-таки сыграем в шахматы?

– Нет. У меня нет времени на развлечения.

Я так и думал. Я почему-то так и думал. Нормальный мужик не станет приходить в наш скорбный дом ради каких-то шахмат. Хороший мужик, правильный. Хоть и мент.

АКТ ТРЕТИЙ

Забор, ошейники, сенбернар. Собака не привязана, но сидит в ряду с невидимыми собаками перед забором. Табличка "Дурдом". Слева на сцене – шахматный стол.
Выбегает Рубен.

Рубен. А потом. Потом, когда все это закончится. Мне дадут немного времени. Я попрошу ангелов, и мне позволят. Я ненадолго. Мне надо только кое-кого повидать. *(Вверх.)* Ангелы, вы разрешите? Вы же добрые, ангелы?

Голос молодого ангела. Мы добрые?

Голос пожилого ангела *(мрачно)*. Добрые, добрые.

Голос молодого ангела. Мы разрешим?

Голос пожилого ангела. Ну, раз уж пришел. Пусть проходит. Сам напросился.

Из-за кулис медленно выходит Миша. Он оглядывается по сторонам, не замечая Рубена. Рубен стоит в центре сцены и смотрит на Мишу. Миша уходит за кулисы, приносит стул, садится. Смотрит в зал перед собой.

Рубен. Здравствуй!
Миша. Здравствуй.
Рубен. Ты мне рад?
Миша. Допустим, рад.

Рубен. Что значит "допустим"? Ты рад или не рад?

Миша. Какая разница?

Рубен. Как какая? Большая разница. Если человек рад, то рад, это сразу заметно.

Миша. Если заметно, зачем спрашивать?

Рубен. Не знаю. Так принято.

Миша. Кем принято?

Рубен. Людьми.

Миша. Ты уверен?

Рубен. В чем?

Миша. Что так принято?

Рубен *(спокойнее)*. Уже не очень.

Миша. Если не уверен, зачем спрашивал? Мог бы и подумать, перед тем как спрашивать.

Рубен. Я подумал.

Миша. Мало думал. Или плохо думал.

Рубен. Наверное, мало. Слушай, это не важно. Какая разница, много я думал или мало? Может, я совсем не думал.

Миша. Это важно.

Рубен. Для тебя важно, для меня не важно. Или ни для кого не важно, или для всех важно. Вариантов много.

Голос молодого ангела. Я совсем запуталась. Не важно, важно, опять не важно. Так это важно или не важно?

Голос пожилого ангела. Не мешай, дай послушать.

Голос молодого ангела. Нет. Мне просто слушать неинтересно. Мне важно знать, важно это или не важно.

Голос пожилого ангела. А мне абсолютно не важно, что для тебя важно. Мне важно, чтобы ты заткнулась немедленно.

Голос молодого ангела (*обиженно*). Тебе трудно сказать?

Голос пожилого ангела. Мне не трудно сказать. Только ты не поймешь, молодая еще. Ты заткнешься или нет?

Голос молодого ангела. Заткнусь.

Миша. Так не бывает. То, что важно для всех, то и важно. Истина абсолютна.

Рубен. Да плевать мне на твою истину. Ты мне рад или нет?

Миша. Утверждая, что тебе плевать на мою истину, ты подразумеваешь наличие моей, твоей, или какой-либо еще истины. Это утверждение неверно.

Рубен. Что я теперь, так и буду, как дурак, стоять? Значит, я напрасно шел?

Миша. Если принесешь стул, то будешь сидеть, как дурак. Если еще и помолчишь, то будешь сидеть, почти как умный.

Рубен. Ты не ответил на вопрос.

Миша. Откуда я знаю, зачем ты шел?

Входит Балерина, вносит стул. Ставит стул Рубена рядом со стулом Миши. Уходит. Рубен смотрит на Балерину все время, пока она на сцене. Недоверчиво смотрит на стул, садится.

Рубен. Я к тебе шел.

Миша. Хороший ответ. Подразумевает направление движения. Если ты шел именно ко мне, и если я именно то, к чему ты шел, то ты шел не напрасно.

Рубен. Но ты мне не рад.

Миша. Ты шел, чтобы меня обрадовать?

Рубен. Нет.

Миша. Тогда в чем дело?

Рубен. Если я шел к тебе, то имел на это какие-то причины. И одна из причин, что ты мне будешь рад.

Миша. Это основная причина?

Рубен. Нет.

Миша. Тогда есть шанс, что ты шел не напрасно.

Рубен. Шанс всегда есть.

Миша. Не всегда. Будешь спорить?

Рубен. Не буду. Ты приведешь несколько примеров, и я окажусь неправ. Как всегда. Какой смысл спорить, если знаешь результат спора?

Миша. Какой смысл спрашивать, если знаешь ответ?

Рубен. Я не знаю ответа.

Миша. Мог знать. Мог попытаться узнать. В конце концов, мог немного подумать.

Рубен. Немного? Да я постоянно думаю. Уже голова болит от мыслей. Что толку думать? Время от времени можно, конечно, и подумать для разнообразия. Но если постоянно думать, можно с ума сойти.

Миша. И давно ты такой умный?

Рубен. Недавно.

Миша. Неплохо. Раньше ты не думал, потому что было нечем думать, а сейчас подвел под глупость теоретическую базу.

Рубен. Ну и что? Я глупый, ты умный. Не всем же обязательно быть умными.

Миша. Не всем. Но дураками тоже не обязательно всем быть.

Рубен. Тогда все в порядке. Если есть хотя бы один умный, то все в порядке. Не все дураки, не все умные.

Миша. Не все.

Рубен. Ты не согласен?

Миша. С чем?

Рубен. Что все в порядке?

Миша. Согласен, не согласен – какая разница?

Р у б е н. Ты меня совсем с мысли сбил. Давай сначала. Ты мне рад?

М и ш а. Не очень.

Р у б е н. То есть, как это "не очень"? Должен был быть рад.

М и ш а. С чего это вдруг?

Р у б е н. Ну, люди встречаются, радуются друг другу, если давно не виделись.

М и ш а. Не всегда. Обычно это зависит от многих причин. Какие люди? Когда встречаются? Где встречаются? Зачем встречаются?

Р у б е н. Люди всегда поговорить встречаются.

М и ш а. Не всегда.

Р у б е н. Почти всегда.

М и ш а. Уже лучше. Люди почти всегда встречаются, чтобы поговорить.

Р у б е н. Так мы что сейчас делаем? Разговариваем.

М и ш а. Уточни, что ты подразумеваешь под разговором. Если каждое сотрясение воздуха – разговор, то считай, что разговариваем.

Р у б е н. Ты все такой же логичный.

М и ш а. Зато ты сильно изменился.

Р у б е н. Правда?

М и ш а. Правда. Дураком стал, наверное.

Р у б е н. Это невозможно. В моем случае логически невозможно стать дураком. Дурак дураком стать не может, умный не может стать умным. Наоборот бывает, но редко.

М и ш а. Наоборот не бывает.

Р у б е н. Иногда бывает.

М и ш а. Никогда не бывает. Логические правила не делают исключений.

Р у б е н. Иногда логические правила не действуют.

М и ш а. Приведи пример.

Р у б е н. Не могу.

Миша. Тогда заткнись.

Рубен. Мог бы сказать: "помолчи".

Миша. В чем была бы разница?

Рубен. В эмоциональной окраске разговора.

Миша. Для эмоциональной окраски разговора необходим, как минимум, разговор.

Рубен. Что нам мешает разговаривать?

Миша. Ничего. Мне ничего не мешает. И я никому не мешаю.

Рубен. Но разговор – это, как минимум, двое. Если ты не хочешь разговаривать, что я могу поделать?

Миша. Кто тебе сказал, что я не хочу разговаривать?

Рубен. Никто не говорил. Но ты сказал, что не рад меня видеть.

Миша. Я этого не говорил.

Рубен. Но ты не сказал, что рад меня видеть.

Миша. Уже точнее. Я на самом деле не говорил, что рад тебя видеть.

Рубен. И что из этого логически следует?

Миша. Ничего. Ровным счетом ничего из этого логически не следует.

Рубен. Но человек не может одновременно радоваться и не радоваться.

Миша. Не может. Но человек может, например, не радоваться и не огорчаться одновременно.

Рубен. Тогда этому человеку все равно.

Миша. Тогда этому человеку все равно.

Рубен. Но все равно никогда не бывает. *(Встает, ходит около стульев.)*

Миша. Все равно бывает, и ты это знаешь.

Рубен. Хорошо, пусть бывает. Пусть тебе и все равно, но поговорить мы можем? *(Садится.)*

Миша. А заводиться зачем?

Рубен. Кто заводится?

Миша. Ты.

Рубен. Я? Я спокоен.

Миша. Вставал зачем?

Рубен. Так, просто.

Миша. Просто так ничего не происходит.

Рубен. Хорошо. Ты прав. Не все же могут быть такими спокойными, как ты!

Миша. Не все. Но суетиться без толку тоже не все могут.

Рубен. Я не суечусь, я думаю.

Миша. Что ты делаешь? Повтори.

Рубен. Стараюсь думать. Во всяком случае, стараюсь понять, а не корчу из себя.

Миша. Тогда старайся.

Рубен. Но поговорить-то мы можем? Это цветы не разговаривают, а люди – не цветы.

Миша. Люди – не цветы. Глубокая мысль. Могу повторить: смотря что считать разговором. Можно принять такую точку отсчета, при которой и цветы разговаривают. Я допускаю, что теоретически даже ты можешь разговаривать.

Рубен. Я и практически могу.

Миша. Начинай.

Рубен. Я спросить хотел.

Миша. Спрашивай.

Рубен. Ну, как вообще?

Миша. Умный вопрос. Почти гениальный. Ты б еще про погоду спросил, потом объяснил, что у людей так принято.

Рубен. Нормальный вопрос. Как дела? Как поживаешь?

Миша. Нормальный вопрос подразумевал бы нормальный ответ.

Рубен. О чем тогда спрашивать?

Миша. Обо всем. О чем хочешь можно спрашивать. Я на все вопросы смогу ответить.

Рубен. Я не такой умный, конечно, но тоже могу кое-что. Почему ты ни о чем не спрашиваешь?

Входит Балерина. Подходит к Мише, повязывает ему на шею шарф. Уходит.

Миша. Бесполезно. О чем тебя можно спрашивать? Ты на простейшие вопросы ответить не сможешь.

Рубен. На простейшие – смогу.

Миша. Это шарф или пояс?

Рубен. Шарф, конечно.

Миша. Ты уверен?

Рубен. Абсолютно. В чем тут сомневаться?

Миша *(снимает шарф с шеи, повязывает его на поясе).* А теперь?

Рубен. Что "теперь"?

Миша. Теперь это шарф или пояс?

Рубен. Шарф. Вязаный, разноцветный. Это шарф, хоть ты его на руку намотай. Можно еще на голову повязать. Он от этого тюрбаном не станет.

Миша. Но он на поясе.

Рубен. Это ничего не значит.

Миша. Совсем ничего?

Рубен. Совсем.

Миша: Ты уверен?

Рубен. Уверен.

Миша. Тогда я тебе говорю – это пояс. Будешь спорить?

Рубен. Не буду. Если ты говоришь, что это пояс, то это пояс. Мне-то что? Как хочешь его называй. Спорить с тобой смысла нет. Ты кому угодно можешь доказать, что белое – это черное, а черное – это белое. Тем более мне.

Миша. Белое не может быть черным.

Рубен. Ты прав.

Миша. А черное не может быть белым.

Рубен. Слушай, ты опять прав. Какое совпадение. Ты всегда прав. Тебе не надоело?

Миша. Не надоело.

Рубен. Ты с Полом Морфи играл?

Миша. Играл.

Рубен. И как?

Миша. Глупый вопрос.

Рубен. Нормальный вопрос. У шахматной партии всегда есть результат. Кто-то выигрывает, кто-то проигрывает.

Миша. Он давал пешку и право первого хода.

Рубен. Так ты выиграл?

Миша. Тебе повторить?

Рубен. Не надо. Я и до этого знал, что Пол Морфи отказывался играть со всяким, кто не принимал форы. *(Встает, ходит около стульев.)*

Миша. Сядь.

Рубен. Зачем? Мне и так хорошо.

Миша. Сядь и подумай.

Рубен. Зачем? Я могу ходить и думать. Или не ходить и не думать. Вообще, логически возможно четыре варианта. *(Садится.)* Значит, ты выиграл. Но почему он согласился играть?

Миша. Не догадываешься?

Рубен. Не догадываюсь. Кроме жертвы пешки и права первого хода, было еще одно маленькое условие. Пол Морфи отказывался играть со всеми, кроме Бога.

Миша. Ну и что? Я пришел, сказал, что я – Бог.

Рубен. Ты не Бог.

Миша. Я знаю. Я и не говорю тебе, что я Бог. Я Полу Морфи сказал, что я Бог, а он не смог доказать обратного. Пришлось играть.

Рубен. Бог есть?

Миша. Не знаю.

Рубен. Мне кто-то только что утверждал, что может ответить на любой вопрос.

Миша. Я могу ответить на любой вопрос.

Рубен. Но "не знаю" – это не ответ.

Миша. Почему?

Рубен. Потому что, если принять за ответ не-знание ответа, то всякий человек сможет на любой вопрос ответить "не знаю". Получится, что все знают всё.

Миша. Не получится. Если человек ответит "не знаю" и при этом на самом деле не будет знать, то все в порядке, он знает ответ. Но если он ответит "не знаю", а на самом деле ответ будет у него в голове?

Рубен. Если человек знает ответ, но не знает, что он знает ответ, то этот человек сумасшедший.

Миша. Не всегда. Например, если человек знает, что Бог есть, или знает, что Бога нет, – он точно сумасшедший. Единственно возможный разумный ответ на вопрос о существовании Бога – "не знаю". Я, по крайней мере, знаю, что не знаю.

Голос молодого ангела. Чего это они?

Голос пожилого ангела. Ничего. Все нормально.

Голос молодого ангела. Но я ничего не понимаю.

Голос пожилого ангела. Не волнуйся. Я тоже ничего не понимаю. Они же сумасшедшие, ненормальные. Их только Доктор понимает, да и то не всегда.

Рубен. А Дьявол есть?

Миша. Дьявол есть.

Рубен. Откуда ты знаешь?

Миша. Я с ним в шахматы играл.

Рубен. И как?

Миша. Нормально.

Рубен. На душу играли?

Миша. На чью? Мою или его? Странное у тебя чувство юмора. На ошейник. Кто проиграет, того на ошейник.

Рубен встает, подходит к ошейникам. Ошейники тянутся к нему, он гладит невидимых собак. Подходит к Собаке.

Рубен. Что-то не вижу я Дьявола на ошейнике.

Миша. Сядь, не суетись.

Рубен возвращается к стулу, садится.

Рубен. Так чем закончилась партия? Ты выиграл?

Миша. У Дьявола нельзя выиграть.

Рубен. Проиграл?

Миша. Я не хотел надевать ошейник.

Рубен. Тогда я ничего не понимаю.

Миша. Да и понимать тут нечего. Дьявол всегда играет черными, переигровка невозможна. Одна партия на всю жизнь. Если играть по теории, белыми всегда можно свести любую партию вничью. С любым противником.

Рубен. Ты сыграл с Дьяволом вничью?

Миша. Ты как будто не знал?

Рубен. Знать – не знал. Так, догадывался.

Миша. Еще вопросы будут?

Рубен. Будут. Почему Собаке пришлось играть с Доктором, а тебе с Дьяволом?

Миша. Я не собака.

Рубен. Ты уверен?

Миша. Нет. Не уверен. Но могу это предположить. А ты?

Р у б е н. Что я? Я ни в чем не уверен. Может, я – собака, может – не собака.

М и ш а. Еще вопросы?

Р у б е н. Куда ты так торопишься? У нас мало времени?

М и ш а. У нас очень мало времени.

Р у б е н. Сколько примерно?

М и ш а. Ровно столько, сколько надо. Ты хотел спросить – спрашивай, только быстрее. Нам еще танцевать.

Р у б е н. Не хочется мне что-то спрашивать. Ты спрашивай.

М и ш а. О чем?

Р у б е н. Ты ни о чем не хочешь меня спросить?

М и ш а. Нет.

Р у б е н. Странно.

М и ш а. Что тут странного? О чем вообще я могу тебя спросить? Я знаю все, а ты не знаешь элементарных вещей.

Р у б е н. Я мог бы рассказать.

М и ш а. О чем?

Р у б е н. Да о чем угодно. Я о многом мог бы рассказать.

М и ш а. Тогда рассказывай.

Р у б е н. Не буду. Если тебе неинтересно, зачем рассказывать?

М и ш а. Не знаю. Может, Публике интересно. Или тебе самому интересно рассказывать.

Р у б е н. Я книгу написал.

М и ш а. Ну и дурак.

Р у б е н. Я знаю. Умные книг не пишут. Но я все равно написал, а люди читали.

М и ш а. Это все? Я и раньше знал, что одни дураки пишут, другие читают.

Рубен вскакивает со стула, выходит немного вперед, делает несколько чечеточных движений.

Рубен *(громко).* Я Королеву видел!

Миша. Сядь.

Рубен садится. Видно, что он злится, но старается не показывать это.

Рубен. Я видел Королеву.

Миша. Белую или черную?

Рубен. Не понял.

Миша. Ты белую видел королеву или черную? Простейший же вопрос.

Рубен. Это ты не понял. Я настоящую королеву видел, а не шахматную.

Миша. Белую или черную?

Рубен. Испанскую. Настоящую, живую королеву.

Миша. С тобой невозможно разговаривать. Ты способен отличить белое от черного?

Рубен. Иногда.

Миша. По правилам шахматной игры фигуры могут быть двух цветов: белые или черные. Что тут непонятного? Белую или черную?

Рубен. Она не фигура.

Миша. И ты – не фигура? Ты уверен?

Рубен. Уже не уверен. Я когда с тобой разговариваю, никогда ни в чем не уверен. Пусть я и фигура, пусть и Королева – фигура. Только я людей по цветам не делю.

Миша. Белая или черная?

Рубен. Не знаю.

Миша. Это же элементарно. Если фигуры бывает двух цветов, то и королевы тоже бывают двух цветов.

Голос молодого ангела. Еще бубны бывают. И черви.

Голос пожилого ангела. Ты-то хоть помолчи. И так ничего не понятно.

Голос молодого ангела. Да что тут непонятного? Все понятно. Один у них умный, другой дурак. Тот, который дурак, не только играть не умеет. Он даже масть не различает. И правил не знает.

Голос пожилого ангела. Ты умная?

Голос молодого ангела. Во всяком случае, играть умею.

Голос пожилого ангела. И правила знаешь?

Голос молодого ангела. Кто их не знает?

Голос пожилого ангела. Не похожа ты на шахматистку.

Голос молодого ангела. Я в карты играть умею. Во всяком случае, королеву от валета отличу. Не то что некоторые.

Миша. Белую или черную?

Рубен. Все. Надоело болтать. Не знаю я, какая она. Я ее живую только один раз видел, и несколько раз по телевизору, но по телевизору вообще ничего не понятно. Тебя только цвет интересует?

Миша. Не только. Меня гораздо больше интересуют правила игры и набор фигур. Но раз ты даже цвета различить не можешь, чего с тобой и разговаривать?

Рубен. Я могу. Редко, но могу. И правила знаю. Некоторые.

Миша. Дурак.

Рубен. Знаю.

Миша. Мне тоже надоело болтать. И кто таких дураков в театр играть берет?

Рубен. Режиссер. Так по пьесе положено. Два человека. Один – умный, другой – дурак.

Миша. Но не до такой же степени?

Рубен. А до какой?

Миша. Убедил. Все. Танцуем.

Рубен. Прямо сейчас?

Миша. Прямо сейчас.

Миша встает, отодвигает свой стул в сторону. Рубен смотрит на Мишу и делает то же самое. Они стоят между двух стульев.

Миша *(переступает с ноги на ногу, медленно начинает отбивать ритм).* Когда я был маленький, меня ставили на стул в центре комнаты. Был праздник. У нас в доме собирались гости.

Рубен. И дядя Петя был?

Миша. Обязательно. Он вкатывался на тележке, в военной форме, с орденами. Ордена звенели, и он давал мне их потрогать.

Рубен и Миша отбивают чечетку. Ритм все ускоряется. Из динамиков слышится чечеточное эхо еще двух пар ног.

Голос молодого ангела. А мы зачем танцуем?

Голос пожилого ангела. Заткнись. Так надо.

Миша. У меня была почти настоящая матросская тельняшка. Бабушка перешила ее из большой. И китель был почти настоящий.

Входит Балерина, одевает Мише на голову бескозырку. На бескозырке надпись "Варяг".

Я стоял на стуле и читал стихи. Гости смеялись и давали мне конфеты. На столе было все. Большая бутылка самогона, картошка в мундире, соленые огурцы и колбаса.

Рубен. А водка?

Миша. Водка была иногда, когда дедушка приезжал из города. Зачем водка, когда есть самогон? У нас был свой самогон, своя колбаса, своя сметана. Бабушка держала корову. Мы жили дружно и счастливо. У меня ничего не болело, и я мог ходить и даже бегать сколько захочу. Свой дом, своя корова. Все было свое.

Рубен. И молоко было?

Миша. И молоко.

Рубен. Подожди. Ты же рассказывал, что у вас не было коровы. Бабушка только копила на корову.

Миша. Ты не мог бы побыстрее?

Рубен. Мог бы, но зачем?

Миша. Так надо. Сейчас надо еще быстрее.

Рубен. Ты сбиваешь меня с ритма. Так была корова или нет?

Миша. Бабушка мечтала о корове, значит, корова была.

Рубен. По-моему ничего это не значит. Мало ли о чем мечтала твоя бабушка. Это вообще неважно, о чем она мечтала.

Миша. Важно. Это сейчас очень важно. Теперь все будет по-другому. Теперь все сбудется.

Рубен. Все?

Миша. Все. Теперь сбудется все.

Рубен. Совсем все?

Миша. Абсолютно. Как станцуем, так и будет.

Рубен. Так не бывает.

Миша. Бывает. Так бывает. Это же театр. Здесь все бывает.

Рубен. Я не понимаю.

Миша. Чего именно ты на этот раз не понимаешь?

Рубен. Это же все было в прошлом. Прошлое изменить нельзя.

Миша. Можно. Если можно изменить будущее, то можно и прошлое.

Рубен. И для этого обязательно нужно танцевать?

Миша. Не обязательно. Можно спеть или нарисовать картину. В крайнем случае – написать. Но написанному не поверят.

Рубен быстро садится на стул. Миша нехотя тоже садится.

Рубен. А потом? Что будет потом?

Миша. Потом все будет хорошо. Потом все будет по-другому. Намного лучше, чем было раньше. Мы остановились, это плохо. Надо танцевать без остановки.

Встают. Миша начинает бить чечетку, Рубен нехотя подключается, но быстро подстраивается под ритм.

Ты прав. Не было у нас коровы. И бабушки у меня не было. И Миши не было никакого.

Рубен. Подожди, как это не было?

Миша. Не было, и все. И детских домов никаких не было. И страны такой нет на карте, и никогда не было.

Ритм чечетки становится сверхбыстрым, в динамиках слышится стук каблуков. Выходит Балерина, подходит к Мише. Миша отдает ей бескозырку, Балерина уходит.

Рубен. Как это, Миши не было?

Миша. Очень просто. Ты все придумал. Пацанов, кашу, Мишу этого, который играл в шахматы. Не бывает такого. Неправда это.

Рубен. Как неправда?

Миша. Элементарно. Все это – ложь, вымысел, плод твоего воображения. Ты все придумал. Надо в этом признаться, и все будет хорошо.

Рубен. Ты уверен?

Миша. Абсолютно.

Рубен внезапно останавливается, медленно переступает с ноги на ногу. Мише приходится подстраиваться под ритм Рубена.

Рубен. Подожди.

Миша. Некогда ждать, времени совсем мало. Мы и так опаздываем.

Рубен. Тогда и девочки не было?

Миша. Не было. Не было никакой девочки.

Рубен. Была девочка, я точно помню. Она сидела на передней парте, а потом нам рассказывали, что ее сбила машина. Понимаешь, она шла на костылях, а машина выехала на красный свет. Водителю ничего не было.

Миша. И как ее звали?

Рубен. Не помню.

Миша. Если не помнишь, значит, ее точно не было.

Миша ускоряет танец, Рубен следует за ним. Они молча бьют чечетку. Внезапно Рубен останавливается. Миша продолжает медленно пританцовывать. Звук каблуков из динамиков прекращается.

Рубен. Нет. Я не согласен. И той женщины не было?

Миша. Не было никакой женщины. Ты про что?

Рубен. Ее привезли в дом престарелых, а она выпила стакан уксусной эссенции.

Миша. Бред. Ты пробовал уксус?

Рубен. Пробовал.

Миша. И как?

Рубен. Не смог сделать глоток. Даже чайную ложку.

Миша. Видишь. Мелешь что попало. Если ты не смог выпить уксус, то и она бы не смогла. Ты ее придумал.

Рубен. Не придумывал я ее. Мне рассказывали.

Миша. Мало ли что расскажут. Ты всему станешь верить?

Рубен. Ты же сам и рассказывал!

Миша. Не помню.

Рубен *(садится на стул)*. С меня хватит. Надоело. Не буду я танцевать.

Миша. Будешь.

Рубен. Не буду.

Миша. Будешь, но тогда придется начинать все с начала.

Рубен. Надо с начала – начнем с начала. Я поговорить хотел.

Миша. Потом продолжим?

Рубен. Потом продолжим.

Миша *(садится на стул)*. Тогда говори, только быстро.

Рубен. Как тут вообще?

Миша. Нормально. Табличку видишь?

Рубен. Вижу. Очень содержательная табличка. "Дурдом" написано. Радостная такая.

Миша. Нормальная табличка. Дурдом как дурдом. Что тебе не нравится?

Рубен. Все. Мне здесь все не нравится. Ангелы эти дурацкие, ты не нравишься, пьеса не нравится.

Миша. И Публика?

Рубен. И Публика не нравится.

Миша. И Балерина?

Рубен. И Балерина.

Миша. И Доктор?

Рубен. И Доктор.

Миша *(вверх)*. Доктор!

Голос Доктора из динамиков. Здесь я, здесь.

Миша. Если тебе все не нравится, значит, ты сошел с ума. Это не ко мне, это к врачу.

Рубен. Он не врач.

Миша. Другого все равно нет.

Выбегает Доктор со стулом. Стул Доктор ставит около стула Рубена, с противоположной стороны от стула Миши. Миша уходит к шахматному столику. На сцену выходит Балерина. Миша с Балериной садятся за стол, играют блиц. Во время разговора Доктора с Рубеном в динамиках слышится тиканье и звуки передачи хода шахматных часов. Доктор садится.

Доктор. На что жалуемся?

Рубен. Ни на что.

Доктор. Так не бывает. Если звали доктора, значит, что-то не в порядке.

Рубен. У меня все в порядке.

Доктор. Так тоже не бывает. Не бывает, чтобы у человека все было в порядке.

Рубен. У меня не все в порядке, но это не ваше дело.

Доктор. Вот и хорошо, вот и славненько. Вы только что сказали, что у вас все в порядке, потом – что не все в порядке. А в остальном у вас все хорошо, верно? Так вы в порядке или нет?

Рубен. Я в порядке.

Доктор. То есть в норме?

Рубен. В норме.

Доктор. И вам все нравится?

Рубен. И мне ничего не нравится.

Доктор. Вот и хорошо. Тогда начнем. Что вам конкретно не нравится?

Рубен. Мне конкретно вы не нравитесь. Вы не настоящий доктор.

Доктор. Как правильно заметил ваш коллега, другого доктора у вас нет. К тому же я настоящий доктор. У меня шапочка есть.

Рубен. Дурдом. Мне теперь всякого, у кого есть шапочка с крестом, считать настоящим доктором?

Доктор. А как же? Головной убор – самое верное. Шлем или шляпа, я вам замечу, не одно и то же.

Голос молодого ангела. А погоны?

Доктор. Правильно, еще погоны и обувь. Не забывайте про обувь.

Рубен. Чушь. Простите, но вы несете чушь. Одежда – это то, что снаружи. Может, снаружи вы и доктор, а внутри?

Доктор. Внутри – диплом. У меня снаружи шапочка, а внутри – диплом. Показать?

Рубен. Что показать?

Доктор. Диплом показать? У меня настоящий диплом.

Рубен. Не надо. Я вам верю. У вас настоящий диплом и настоящая шапочка. Какая шапочка, такой и диплом. Врачи такими не бывают.

Доктор. И какими же, по-вашему, бывают врачи?

Рубен. Какими угодно, но не такими.

Доктор. Точнее, пожалуйста.

Рубен. Куда точнее? Бегаете по сцене пьяный, с собаками в шахматы играете.

Доктор. Не бегаю по сцене, а хожу. Заметьте: спокойно хожу по сцене. И в шахматы я играю не с собаками, а с собакой.

Рубен. Какая разница?

Доктор. Огромная. Если бы я играл в шахматы с собаками, мне пришлось бы играть на нескольких досках одновременно. Я бы не смог. И это при том, опять же, заметьте, что я ему постоянно проигрываю. А у собаки я бы выигрывал. Так что вы неправы дважды. Он не собака.

Рубен. Бывают умные собаки и глупые врачи.

Доктор. Уже лучше.

Рубен. Что лучше?

Д о к т о р. Прогресс. Вы признаете, что я глупый доктор?

Р у б е н. Признать, что вы умный доктор, я не могу.

Д о к т о р. Но глупый доктор все же доктор, не так ли?

Р у б е н. Не уверен. Глупый доктор – не доктор. Как глупый шахматист – не шахматист.

Д о к т о р. Почему же? Вы нелогичны. Глупый шахматист – не всегда доктор, глупый доктор – не всегда шахматист. Но утверждать, что глупый доктор – не доктор, это утверждать, что все врачи умные, а это не так, к сожалению.

Р у б е н. Что-то я совсем запутался. Мы с чего начали?

Д о к т о р. Мы начали с того, что вы сошли с ума, вам вызвали врача, а вы стали утверждать, что доктор – не доктор. Потом вы согласились с предположением, что доктор – это доктор, но с условием, что доктор – глупый. Налицо явный прогресс в лечении.

Р у б е н. Но я не сходил с ума.

Д о к т о р. А кто кричал, что ему не нравится Балерина?

Р у б е н. Я не кричал, я говорил нормальным тоном.

Д о к т о р. Значит, вы признаете, что утверждали, что вам не нравится этот мир?

Р у б е н. Ну, признаю.

Д о к т о р. А без "ну"? Точнее, пожалуйста. Не можете?

Р у б е н. Могу и точнее. В гробу я видел этот театр, Балерину и вас лично. Такая формулировка подойдет?

Д о к т о р. Подойдет. Видите, как все прекрасно. Вы признали, что вам не нравится весь мир, признаете, что я доктор. Лечиться будем?

Р у б е н. Не будем. Вы не доктор.

Д о к т о р. Подождите, я только что вам логически доказал, что я самый настоящий доктор, вы с этим согласились.

Р у б е н. Ни с чем я не соглашался.

Д о к т о р. Согласились. Вы признали, что я глупый доктор и глупый шахматист. Но глупый доктор все же доктор. Или вы продолжаете настаивать на том, что все врачи – умные люди?

Р у б е н. Не продолжаю. Я никогда этого не говорил. Врачи разные бывают.

Д о к т о р. Так я глупый доктор или умный?

Р у б е н. Вы вообще не доктор.

Д о к т о р. Вы не логичны. Сначала признаете, что я могу быть доктором, потом отрицаете. Мы же договорились, что я глупый доктор.

Р у б е н. Мы не договорились. Вы представили ряд псевдологических заключений. Если вы – глупый, это еще не значит, что вы – доктор. И шапочка ничего не значит.

Д о к т о р. Еще лучше. Я рад за вас. Вы на пути к полному выздоровлению. Можно вопрос?

Р у б е н. Нельзя.

Д о к т о р. Один маленький, малюсенький вопросик?

Р у б е н. Нельзя. Устал я от вас, доктор.

Д о к т о р. Ничего не поделаешь, от врачей иногда устают. Давайте так. Я буду перечислять то, с чем вы согласны, а вы будете говорить "да" или "нет".

Р у б е н. Не хочу.

Д о к т о р. Ну почему же?

Р у б е н. Да нипочему. Просто устал.

Д о к т о р. Только "да" и "нет", и я уйду.

Р у б е н. Уйдете?

Д о к т о р. Уйду.

Рубен. Обманете, наверное.

Доктор. Не обману. Да и зачем мне обманывать, какой смысл?

Рубен. Хорошо, давайте свои вопросы.

Доктор. Я не настоящий доктор, потому что у меня ненастоящая шапочка?

Рубен. Да.

Доктор. Я не настоящий доктор, потому что у меня ненастоящий диплом?

Рубен. Да.

Доктор. Я ненастоящий доктор, потому что я не совсем умный, а проще говоря – дурак?

Рубен. Все верно.

Доктор. И какой же критерий вы считаете главным?

Рубен. Я понял.

Доктор. Что вы поняли?

Рубен. Вы логически можете доказать все что угодно. И диплом у вас настоящий. Вы смешали понятия.

Доктор. Где и когда?

Рубен. Не знаю. Доктор, а на мои вопросы вы станете отвечать?

Доктор. А как же, дорогой мой? Меня для этого сюда и позвали.

Рубен. Скажите честно, вы – доктор?

Доктор. Я – доктор.

Рубен. Докажите, но без логики. И без документов.

Доктор. Всего-то? Так просто? *(Встает, выходит на середину сцены. Громко, с пафосом.)* Ее муж привез. Женщина средних лет, двое детей. Сломала ногу. У мужа был выбор: везти жену в город или ко мне. Я ведь врач.

Рубен. Я бы повез в город.

Доктор. До города очень далеко. Открытый перелом, большая кровопотеря. Я сделал все возможное, женщина выжила.

Рубен. Ходит?

Доктор. Бегает. Медицинская помощь на высшем уровне. Ее муж до сих пор каждую осень привозит мне огромный бидон грушевой наливки.

Голос молодого ангела. У нас не растут груши.

Голос пожилого ангела. Много ты понимаешь. У кого растут, у кого не растут. Для еды они, конечно, мелковаты, а для наливки – в самый раз.

Рубен. Один раз в жизни вы были врачом. Один раз не считается.

Доктор (*подходит к стулу, садится*). Два раза. Два раза в жизни я был очень хорошим врачом.

Рубен. Так не бывает.

Доктор. Почему не бывает? В жизни много чего бывает.

Рубен. Так не бывает, чтобы два раза в жизни. Человек либо врач, либо нет. Третьего не дано.

Доктор. Тогда все просто. Я – врач. Я аппендикс удалил.

Рубен. Подумаешь – аппендикс.

Доктор. Под местным наркозом. Нормальненько так удалил.

Рубен. Если вы доктор, должны были вызвать скорую помощь.

Доктор. Я и вызвал. (*Встает. Выходит на середину сцены, торжественно читает. Читает с пафосом.*) Скорая помощь приехала на следующий день. Составили акт, подписали. Все по закону. Непредвиденные обстоятельства. Он буйный, с четвертого этажа. Не давался. Но мы с санитаром скрутили его, обкололи успокоительными и провели операцию по всем правилам.

Рубен. Выжил?

Доктор. Кто? Санитар? Выжил, конечно, что ему сделается? Здоровый как лошадь. Он и не такое переживет.

Рубен. Пациент выжил?

Доктор (*возвращается к стулу, садится. Тихо*). Пациент выжил. Буйствует на четвертом этаже, бьется головой в стены. Все нормально, аппетит в норме. Он еще нас переживет.

Рубен. Жалко. Что ж нормального – человек головой в стены бьется?

Доктор. Все нормально. Стены мягкие. А вам не приходилось головой в стены? Никогда, ни разу в жизни?

Рубен. Приходилось.

Доктор. Еще вопросы есть?

Рубен. Есть. Доктор, чем вы больше гордитесь, ногой или аппендиксом?

Доктор. Аппендиксом, конечно.

Рубен. Но в первом случае вы вернули обществу полноценного члена, рабочую единицу, а во втором – вылечили сумасшедшего. Вы романтик, Доктор.

Доктор. Я – циник, вы меня еще плохо знаете. Я циник и алкоголик. Иногда, впрочем, даже романтик, но только когда переберу. Жизнь проще, чем вам кажется.

Рубен. Не понимаю. Тогда почему – аппендикс?

Доктор. Аппендикс сложнее. (*Встает, становится лицом к Рубену, нагибается.*) Итак. Вы признали, что я доктор. Лечиться будем?

Рубен. Не будем. Не хочу я у вас лечиться.

Доктор *(садится на свой стул)*. У вас нет выбора. Я – единственный врач на сцене. Или я, или никто.

Рубен. Вы не вызываете у меня доверия.

Доктор. Это неважно.

Рубен. Я здоров.

Доктор. Все так говорят поначалу. Вам не нравится пьеса.

Рубен. Это не повод.

Доктор. Вам не нравится пьеса. Это повод. Может быть, вам и Режиссер не нравится?

Рубен. Может быть.

Доктор. И Балерина не нравится?

Рубен. И Балерина.

Доктор. И я не нравлюсь?

Рубен. Вы – особенно не нравитесь.

Доктор. Вы – сумасшедший. Но не отчаивайтесь, это излечимо. Медицина может все.

Рубен. Медицина может почти все.

Доктор. Согласен, почти все. Очень точное замечание. Сейчас сделаем укольчик, и все пройдет. Все будет хорошо.

Рубен. Не хочу укольчик, не надо укольчик.

Доктор. Как так "не надо"? Надо. Все в порядке, я – доктор, вы – пациент. Мы в клинике.

Выходит Санитар. В руках у Санитара – бутафорский шприц. Санитар подходит к Доктору, но держится поодаль. Доктор глазами показывает Санитару, где стоять.

Рубен. Это не клиника, это дурдом. Вы даже диагноз не поставили.

Доктор. Поставил, сразу же и поставил, как вас увидел. У вас депрессия. Депрессия излечима. Причем, очень легко лечится, легче, чем перелом ноги. Одна инъекция – и человек полностью здоров. Вот, посмотрите, ампула.

Доктор протягивает на ладони ампулу. Рубен смотрит на ладонь Доктора.

Р у б е н. Доктор, у вас ничего не получится. Я дам вам в морду.

Д о к т о р. Уже лучше. Агрессия пошла, хорошо.

Г о л о с п о ж и л о г о а н г е л а. Понятное дело – хорошо. Буйных лечить легче. Это с тихими трудно, они тихие, тихие, а потом бегают с топором. Буйных легче лечить, я вам как специалист говорю.

Г о л о с м о л о д о г о а н г е л а. Чего это он вдруг из тихих в буйные превратился? Вроде ничего был, даже танцевал, слова умные говорил.

Г о л о с п о ж и л о г о а н г е л а. Это все Доктор наш. Светило! В самый корень смотрит. Он если возьмется кого лечить, то не отстанет. Специалист. Даже Летчика вылечил. А ты учись, пока молодая. На слова внимания не обращай. Слова ничего не значат.

Г о л о с м о л о д о г о а н г е л а. Я думала, хоть этот нормальный.

Г о л о с п о ж и л о г о а н г е л а. Это только поначалу так. Все нормальными кажутся, а приглядишься хорошенько, нет нормальных, все чокнутые.

Д о к т о р. У вас ничего не получится. Дадите мне в морду – дальше что? Подбежит Санитар. И ему в морду? Публика набежит. Поможет.

Р у б е н. Еще неизвестно, кому станет помогать Публика.

Д о к т о р. Известно, кому. Конечно, доктору. Обществу нужны здоровые люди, а не депрессивные уроды, да еще и со склонностью к агрессии.

Р у б е н. И шприц у него бутафорский, понарошку.

Д о к т о р. Шприц у меня с собой. Самый что ни на есть настоящий шприц. На Санитара, пожалуйста, внимания не обращайте. Он здесь так, на всякий случай. Инъекцию я и сам могу сделать, без Санитара.

Рубен. Не нравится мне все это.

Доктор. Все не может не нравиться. Что конкретно вам не нравится на этот раз?

Рубен. На этот раз мне не нравится ампула.

Доктор. Замечательно! Мне кажется, вам лучше?

Рубен. С чего бы это вам такое стало казаться? Почему мне должно стать лучше?

Доктор. Вы все-таки упрямый пациент. Все же просто. Либо вам уже лучше, либо – укольчик. После укольчика вам наверняка станет лучше. Вам лучше?

Рубен (*встает, громко кричит в потолок*). Гораздо!

Доктор. Громче, не слышу!

Рубен (*еще громче, с оттенком издевательства в голосе*). Мне гораздо лучше!

Доктор. Как депрессия?

Рубен. Нет никакой депрессии.

Доктор. Что с Доктором?

Рубен. Доктор просто замечательный!

Доктор. А театр?

Рубен. Прекрасный театр.

Доктор. Пьеса?

Рубен. Шедевр!

Доктор. Публика?

Рубен. Лучшая в мире, лучше не бывает.

Доктор. Балерина?

Рубен. Балерина – просто чудо, а не Балерина.

Доктор. И последний вопрос.

Рубен. Валяйте.

Доктор. Как вам Доктор?

Рубен. Вы уже спрашивали про Доктора.

Доктор. Спрашивал и спрашиваю еще раз. Это очень важный вопрос.

Рубен. Хороший Доктор.

Доктор. Всего лишь хороший?

Рубен. Доктор, скажите, только честно, сколько человек умерло от вашей руки?

Доктор. Честно. Ни одного.

Рубен. Тогда вы – почти самый лучший доктор в мире.

Доктор. Почему "почти"?

Рубен. Потому что самые лучшие врачи в мире – патологоанатомы.

Доктор. У вас и чувство юмора прорезалось.

Рубен. Я не шучу. Я абсолютно серьезен. Патологоанатомы – лучшие в мире врачи. Что делали бы остальные врачи без патологоанатомов? Патологоанатомам и хирургам можно верить.

Доктор. А мне нельзя?

Рубен. Вам – нельзя. Вы – психиатр. Не люблю психиатров.

Доктор. Странно. Обычно люди не любят стоматологов. Вот скажите: чем стоматолог лучше психиатра?

Рубен. Стоматологи работают с анестезией.

Доктор. Убедили. Итак. Вам все нравится, вы здоровы. Я пошел?

Рубен. Идите. Лучше бы вообще не приходили.

Доктор. Лучше бы вы вели себя прилично, тогда и доктор бы не понадобился. Витаминов хотите?

Рубен. При чем тут витамины?

Доктор. Вы же знаете, у меня либо ампула, либо витамины.

Рубен. Широкий выбор лекарственных средств.

Доктор. Не хуже, чем у других врачей.

Рубен. Но и не лучше.

Доктор. И не лучше. Хотите витаминов?

Рубен. Не нужны мне ваши искусственные витамины.

Доктор. А естественные? Хотите апельсин?

Рубен. Не хочу.

Санитар уходит. Доктор достает из кармана апельсин, чистит его, ест.

Доктор. Вы сердитесь?

Рубен. Нет.

Доктор. Мне кажется, что вы сердитесь.

Рубен. Вам только кажется. Я всего лишь устал.

Доктор. Или обиделись.

Рубен. Не обиделся.

Доктор. На ампулу обиделись, и на то, что я Санитаром угрожал.

Рубен. Плевать мне на Санитара. И обижаться не на что.

Доктор. Обычно пациенты в таких случаях обижаются.

Рубен. Не беспокойтесь, Доктор, я привык.

Доктор доедает апельсин, кожуру бросает на пол, встает, уходит. Подходит Балерина с совком и веником, собирает шкурки от апельсина, уносит стул Доктора. Уходит. Миша некоторое время остается сидеть за доской, потом подходит к своему стулу, садится. Выходят Балерина с Санитаром, уносят шахматный столик.

Миша. Все в порядке?

Рубен. В порядке. А у тебя?

Миша. И у меня.

Рубен. Поиграли?

Миша. Поиграли.

Рубен. И как?

Миша. Нормально, как и следовало ожидать.

Рубен. Зачем тогда играли?

Миша. Затем же, зачем и всегда. Чтобы выигрывать.

Рубен. Но если результат известен заранее, зачем играть?

Миша. Чтобы играть. И потом, всегда есть надежда на другой исход.

Рубен. Нет никакой надежды, силы неравны.

Миша. Силы всегда неравны, и всегда есть надежда если не на выигрыш, то хотя бы на ничью.

Рубен. Не всегда.

Миша. Всегда.

Рубен. Но в этот раз надежды не было. Она не могла выиграть.

Миша. Ты про что?

Рубен. Балерина не могла выиграть.

Миша. С чего ты взял?

Рубен. Не могла и все. Ты сильнее.

Миша. Сам догадался или кто подсказал?

Рубен. Сам. Все же просто. Она – балерина, ты – Миша. У нее не было шансов даже на ничью.

Миша. Это у меня не было шансов на ничью.

Рубен. Что ты хочешь этим сказать?

Миша. Что слышал. Она выиграла все партии, и всегда выигрывала.

Рубен. Она играет лучше тебя?

Миша. Намного.

Рубен. Не понял.

Миша. Ты и не мог понять. Ты ж дурак.

Рубен. Я не про это. Ты сыграл вничью с Дьяволом, так?

Миша. Так.

Рубен. Получается, что вы с Дьяволом играете на равных.

Миша. Ничего подобного. Я уже объяснял. Дьявол играет сильнее. Только он всегда играет черными, а при грамотной игре белыми можно свести партию вничью. Ты не слушаешь. Еще раз повторить?

Рубен. Не надо. Это я помню. Но если она выигрывает у тебя, то, значит, может выиграть и у Дьявола?

Миша. Ничего это не значит. Плохо у тебя с логикой. Она могла бы сыграть с Дьяволом вничью.

Рубен. Но могла бы и выиграть.

Миша. Могла бы и проиграть. Все. Пора. Танцуем.

Миша встает. Рубен тянет его за рукав. Миша садится.

Что еще?

Рубен. Они играли?

Миша. Нет. Она отказалась играть.

Рубен. Но она не выиграла.

Миша. Она не проиграла, это главное.

Рубен. Почему же тогда она бегает по сцене, приносит, уносит, всем прислуживает?

Миша. Потому что женщина, потому что отказалась играть с Дьяволом. Партия с Дьяволом – это партия с Дьяволом. После этого меняешься. Она хотела остаться самой собой. Танцуем?

Рубен. Что-то не хочется.

Миша. Тогда я пойду.

Рубен. Я поговорить хотел.

Миша. Я пойду в любом случае. Если хочешь, договорим на бегу.

Миша и Рубен встают. Миша очень быстро набирает ритм, Рубен следует за ним. В динамиках слышен топот женских каблуков.

Миша. Не было никакого Миши.

Рубен. Как это "не было"? Я помню.

Миша. Не было. Тебе показалось.

Рубен. Но я тебя сразу узнал.

Миша. Я тоже.

Рубен. Значит, я был?

Миша. Ты был.

Рубен. И ты был?

Миша. И я был. Но Миши не было.

Рубен. Не понял.

Миша. Что тут непонятного? Ты думал, что я Миша.

Рубен. А ты был Наполеоном?

Миша. При чем тут Наполеон? Наполеон из другой книжки. Я – Шалтай-Болтай. Маленькие ручки и ножки, огромная голова, похожая на яйцо. Кстати, яйцо – символ.

Рубен. Символ чего?

Миша. Ты не знаешь?

Рубен. Не знаю.

Миша. Тогда не важно.

Рубен. Важно.

Миша. Не важно.

Голос молодого ангела. Я совсем запуталась – важно или не важно.

Голос пожилого ангела. Чего тут непонятного? Главное понять, нужно ли понимать, что важно, а что не важно. И как это нужно понимать. Остальное – не важно.

Голос молодого ангела. Ты уже сама, как они, заговорила. Поумнела, что ли?

Голос пожилого ангела. Может быть, поумнела, может быть, с ума сошла. Это не важно.

Голос молодого ангела. А что важно?

Голос пожилого ангела. Важно то, что я изменилась. Стала другой. И ты изменилась.

Голос молодого ангела. Я не изменилась.

Голос пожилого ангела. Тогда все в порядке. Это первый признак.

Голос молодого ангела. Первый признак чего?

Голос пожилого ангела. Надоела ты мне. Все же очень просто. Первый признак того, что ты изменилась – твоя уверенность в том, что ты осталась прежней.

Голос молодого ангела. Теперь я совсем ничего не понимаю.

Голос пожилого ангела. Тогда помолчи.

Рубен. Все равно важно. Это же очень важно, символом чего мы являемся.

Входит Балерина. Снимает шарф у Миши с пояса и повязывает ему на шею.

Шалтай-Болтай. Не "мы", а "я". Это я – символ, а ты никто.

Рубен. Как это "никто"? Я – Автор.

Шалтай-Болтай. А я о чем? Автор – он и есть никто. Автор героем книги быть не может.

Рубен. Может. Объясни.

Шалтай-Болтай. Если автор становится героем книги, он в книге уже не автор.

Рубен. Сложно все это.

Шалтай-Болтай. А ты как хотел?

Рубен. Хорошо. Я согласен. Не было Миши. Был Шалтай-Болтай. Но почему именно ты?

Шалтай-Болтай. Потому. Ты был один, а ребенок не может быть один. Мы решили кого-нибудь послать.

Рубен. Послали бы Карлсона.

Шалтай-Болтай. Прекрасная идея. Ты бы поделился с ним тортом на день рождения. У тебя же были дни рождения, торт со свечками, клюквенное варенье. Скажи, были?

Рубен. Не было.

Шалтай-Болтай. Тогда не говори ерунды. Карлсон пробовал. Его сбили.

Рубен. Но Карлсон – бессмертный.

Шалтай-Болтай. Я тоже бессмертный. Пока есть книги – мы существуем. Но это все равно больно, когда сбивают. Да и торта у тебя не было. Питер Пэн летал. Он летал каждую весну. Он летел, а его сбивали, летел, а его сбивали. Зря старался.

Рубен. Не зря. Мне весной было особенно грустно. Я чувствовал, что кто-то ко мне летит.

Шалтай-Болтай. Значит, не зря. Но все равно бесполезно. Тогда ты и придумал меня. Очень умного мальчика, который знает все, делится подсолнечным маслом и может играть на шести досках в шахматы. Ты в жизни много людей видел, которые играли на шести досках вслепую?

Рубен. Мало. Но это ничего не значит. Как ты попал к нам?

Шалтай-Болтай. Очень просто. Родился – и все.

Рубен. Это не доказательство.

Шалтай-Болтай. У меня есть родители?

Рубен. Ну и что? У многих нет родителей.

Шалтай-Болтай. У меня есть могила? Ты искал, я знаю.

Рубен. У тебя нет могилы, но это ничего не значит. У многих нет могил.

Шалтай-Болтай. А волосы?

Рубен. При чем тут волосы?

Шалтай-Болтай. При том. Я – англичанин. Какой англичанин позволит, чтобы его остригли наголо?

Рубен. Волосы тоже ничего не значат. Я знал одного испанца, его стригли наголо.

Шалтай-Болтай. Ты дурак, Рубен. Если он позволял, чтобы его стригли наголо, значит, он не был испанцем.

Рубен. Был.

Шалтай-Болтай. Не был. Он сам говорил мне, что он русский.

Рубен. Ладно, убедил. Ты – Шалтай-Болтай. Миши не было. Я понял. Конечно, Миши не было. И потом, ни один живой человек не смог бы сыграть с Дьяволом в шахматы.

Шалтай-Болтай. Наконец-то. Дошло? Я пошел.

Рубен. Подожди. Последний вопрос.

Шалтай-Болтай. Давай. Но только последний.

Рубен. Они могли догадаться.

Шалтай-Болтай. Ну и что?

Рубен. Они могли догадаться. Элементарный тест, парочка вопросов. Они могли догадаться, что ты – это не ты. Они могли дать тебе банку сгущенки, выносить за тобой горшки, а ты за это придумал бы им ракету.

Шалтай-Болтай. Суперракету, всем ракетам ракету. Я придумал бы им ракету, или лекарство от рака, непробиваемую броню для танков. А еще – компьютеры. Я мог бы. Ты совсем дурак, Рубен.

Рубен. Я – дурак, но они не дураки. Они могли догадаться. Мировое равновесие могло быть нарушено. В одной стране – гений, а другим что?

Шалтай-Болтай. Ну и что? Даже если бы и догадались. Равновесие осталось бы равновесием. Когда умер Галилей?

Рубен. Не помню.

Шалтай-Болтай. Они тоже не помнят. Мировое равновесие не могло быть нарушено. Почитай "Краткую историю времени". Все. Мне пора.

Рубен. Но они могли догадаться.

Шалтай-Болтай. Не могли. У них в инструкциях написано, что математик должен быть с ногами. С ногами, понятно? Я пошел.

Рубен. Куда?

Шалтай-Болтай. Спать.

Шалтай-Болтай уходит. На сцену медленно выходит Балерина, уносит стул Миши. Рубен садится на стул.

Голос пожилого ангела. Ну что, все? Продолжаем? Видишь, Миши не было.

Рубен. А я-то тут при чем? Не было, и не было.

Голос пожилого ангела. Ты его придумал.

Рубен. Хорошо, я его придумал. Вы правы. Миши не было. Все? Я могу идти?

Голос пожилого ангела. Не можешь. Тебе уже лучше, но Доктор должен подписать кое-какие бумажки. Из дурдома просто так не уходят. Мы должны посмотреть на твое поведение.

Голос молодого ангела. Да, на поведение. А то выпустишь его, а он – за топор. С этими сумасшедшими не разберешь. С виду все такие добрые.

Рубен. У меня примерное поведение.

Голос пожилого ангела. И чем ты это можешь доказать?

Рубен. Я всегда слушался старших.

Голос пожилого ангела. Всегда?

Рубен. Всегда.

Голос молодого ангела. Врешь. Всегда врал и сейчас врешь. Не мог ты всегда слушаться старших. Никто не мог, и ты не мог.

Рубен. Может, никто и не мог, но я мог. Я всегда слушался старших.

Голос пожилого ангела. И когда сдохнуть тебе желали, тоже слушался?

Рубен. Нет, когда сдохнуть желали – не слушался. Но это они не по-настоящему желали, наверное.

Голос пожилого ангела. С чего ты взял, что не по-настоящему? Кашу ел? Горшок просил? Желали сдохнуть – должен был сдохнуть.

Рубен. Злые вы какие-то, ангелы. Не может человек сдохнуть по чужому желанию. Каждая тварь на Земле жить хочет. Вот я и жил.

Голос пожилого ангела. Жил, значит, не слушался.

Голос молодого ангела. Я ж говорю, что врет.

Рубен. Не вру. У меня характеристика хорошая.

Голос пожилого ангела. И когда в последний раз на тебя писали характеристику?

Рубен. Не знаю. Я ж не знаю, кто тут на кого пишет характеристики. В школе писали.

Голос пожилого ангела. Так школа когда была. Школа давно была. Те характеристики уже недействительны.

Голос молодого ангела. Да, недействительны. Эти характеристики устарели давно.

Рубен. Так что ж мне делать?

Голос пожилого ангела. Признать вину, раскаяться.

Рубен. Ерунда это все, цирк. В чем мне раскаиваться?

Голос молодого ангела. Во всем.

Рубен. Так я ж ни в чем не виноват.

Голос пожилого ангела. Нет таких людей, чтобы ни в чем были не виноваты. Выжил – виноват.

Рубен. Выживание – основной инстинкт биологического организма. Цветок не виноват, что выжил. И бабочка не виновата.

Голос пожилого ангела. Умный какой нашелся. Еще и разговаривает. Смотря какой цветок. Может, это сорняк на поле вырос. На хлебном поле. Тебя в школе учили, что сорняки – плохие растения? С бабочками еще проще. Она когда бабочка – то не виновата, а когда была гусеницей, может, много полезных растений съела. Ты кашу ел?

Рубен. Ел я вашу кашу. Сказать, что я о ней думаю?

Голос пожилого ангела. Говори, говори. Ты и так уже на отдельную палату наговорил и на десяток ампул в день. Ничего, посидишь на ошейнике, поумнеешь.

Выходит санитар с ошейником.

Рубен. У меня справка из полиции есть. Она может заменить характеристику.

Санитар подходит к Рубену, обыскивает его, вынимает из внутреннего кармана Рубена справку, рвет ее на мелкие клочки, бумагу бросает на пол. Выходит **Балерина**, подметает, уходит.

Голос пожилого ангела. Справки тут недействительны. Нужно чистосердечное раскаяние.

Голос молодого ангела. Да, чистосердечное раскаяние смягчает наказание.

Рубен. По-другому нельзя? Или раскаиваться, или на ошейник?

Голос пожилого ангела. Нельзя по-другому. Понимаешь, мы бы и сами хотели как-нибудь помягче, но у нас тоже начальство. Начальство решает, мы исполняем. Понимаешь?

Рубен. Тогда я раскаиваюсь. Все? Могу идти?

Голос молодого ангела. И в чем ты, дорогой, раскаиваешься?

Рубен. Да в чем хотите. Во всем раскаиваюсь. В том, что живой, раскаиваюсь, в том, что кашу ел. И в том, что вообще сюда пришел, раскаиваюсь. Сейчас полностью раскаюсь, набью морду Шалтаю-Болтаю и пойду домой. Надоел мне этот театр.

Голос пожилого ангела. Ты не понял. Это не театр, это серьезно, очень серьезно. Ставки сделаны. Очень крупные ставки. Ты сейчас должен искренне, громко раскаяться.

Рубен *(громко).* Я раскаиваюсь!

Голос пожилого ангела. Не так. По-настоящему раскаяться.

Рубен. Надоело мне все это.

Голос молодого ангела. Ишь, надоело ему. А кому не надоело? Всем надоело, и все терпят. Вот Шалтаю-Болтаю надоело, он ушел.

Голос пожилого ангела. Признайся, тебя ведь не было?

Рубен. То есть как это меня не было? Был я.

Голос пожилого ангела. Не было тебя. Сам говоришь, что раскаялся. Жалеешь, что родился?

Рубен. Как живой человек может жалеть, что родился?

Голос пожилого ангела. Живой человек много что может. Только мертвый мало может.

Голос молодого ангела. И после парочки уколов мало может.

Голос пожилого ангела. Ты хотел бы родиться в другом месте?

Рубен. Наверное.

Санитар уходит.

Голос пожилого ангела. Уже лучше. Так "наверное" или хотел бы?

Рубен. Не знаю.

Голос пожилого ангела. Еще лучше. Умнеешь на глазах. Не такой уж ты и дурак. В Дублине хотел бы родиться?

Рубен. Дублин – красивый город.

Голос пожилого ангела. Или в Нурате.

Голос молодого ангела. Это где?

Рубен. Далеко, но это неважно. Нурат – красивый город.

Голос пожилого ангела. Или в Оксфорде. Ты бы хотел родиться в Оксфорде?

Рубен. Хитрые вы, ангелы. Вы хотите, чтобы все было по-настоящему?

Голос молодого ангела. Мы хитрые?

Голос пожилого ангела. Мы расчетливые. Конечно, все должно быть по-настоящему. Иначе нельзя. Иначе Публика не поверит.

Рубен. Хорошо, я согласен. Ничего не было. Я родился в Оксфорде. Почему бы и нет? Оксфорд – красивый город.

Голос пожилого ангела. Нет. Так не пойдет. Неубедительно. Танцуй.

Рубен. Не хочу.

Голос пожилого ангела. Ты не понял.

На край сцены выходит Санитар с бутафорской палкой.

Рубен. Да понял я, понял.

Голос пожилого ангела. Зачем тогда выделывался?

Рубен. Я не выделывался. Надо – значит, надо.

Рубен встает, отодвигает стул. Медленно перебирает ногами. Пытается держать ритм, но у него ничего не выходит.

В динамиках стук его каблуков повторяется все громче и громче. Когда Рубен все-таки набирает темп и начинает танцевать, Санитар подходит, забирает стул Рубена, уходит.

Голос пожилого ангела. Вот видишь, все хорошо. Хороший мальчик.

Голос молодого ангела. Мы в тебе не ошибались.

Голос пожилого ангела. Говори.

Рубен. Что говорить?

Голос пожилого ангела. Что жизнь прекрасна.

Рубен. Жизнь прекрасна.

Голос пожилого ангела. Ничего не было.

Рубен. Ничего не было.

Голос пожилого ангела. Ты родился в Оксфорде.

Рубен. Почему бы и нет? Оксфорд – красивый город. Да я вообще мог бы родиться где угодно. В Стране Оз, например.

Голос пожилого ангела. Пусть будет Страна Оз. Но поубедительней, пожалуйста.

Рубен продолжает танцевать. Становится заметно, что ему гораздо лучше. Он смотрит вверх, на динамики. В динамиках очень тихо вступает саксофон. Рубен смотрит в зал.

Рубен. Я родился в Ноттингемшире.

Голос молодого ангела. Чего это он?

Голос пожилого ангела. Ты родился в Оксфорде, учился в Кембридже.

Рубен. Все правильно. Я учился в Кембридже. Но родился я не в Оксфорде, а в Ноттингемшире. Какая разница?

Голос пожилого ангела. Никакой. Продолжай.

Рубен. Я родился в Ноттингемшире.

Голос Доктора из динамиков. Подождите.

Выбегает Доктор.

Доктор. Это я родился в Ноттингемшире.

Рубен. Нет, я.

Доктор. А я где, по-вашему, родился?

Рубен. Вы в Москве родились. Сами рассказывали. И друзей у вас в Москве много. И учились вы в Москве.

Доктор. А вы в Кембридже?

Рубен. Почему бы и нет?

Доктор. Потому что это несправедливо. Я всю жизнь мечтал стать врачом, а стал доктором в дурдоме. *(Вынимает из кармана дурацкий колпак с красным крестом, надевает на голову.)* Это справедливо? Ангелы эти сумасшедшие, Степанида Евлампиевна. Это справедливо? Прожить всю жизнь в лесу, пить спирт, потом повеситься от тоски и одиночества. Вы – Автор. Должны понимать. Я – герой вашей пьесы. С героями так не поступают.

Рубен. Не знаю. Как поступают с героями?

Доктор. Это элементарно. Автор ставит героя на то место, где бы хотел оказаться сам. Вот вы хотели бы быть корабельным врачом, увидеть Бробдингнаг, гуигнгнмов?

Рубен. Хотел бы.

Доктор. Все нормально. Так и должно быть. Теперь вам придется отдать эту роль мне.

Рубен. И не подумаю.

Доктор. К сожалению, таковы правила игры. Иначе Публика не поверит. Я – это вы, вы – это я. У вас ведь есть способности к языкам? Страсть к путешествиям? Вы не любите врачей, я их тоже не люблю.

Рубен. Смотря каких врачей. Хирургов, например, я уважаю, терапевтов терплю. Психиатров не люблю.

Доктор. Я тоже не люблю психиатров.

Рубен. Но, Доктор, вы же психиатр.

Доктор. Я психиатр поневоле. Вообще-то я мечтал стать хирургом. Я учился на хирурга некоторое время. И я удалил аппендикс!

Рубен. Убедили. Вы будете корабельным хирургом. Я – это вы, а вы – это я. Лучшие роли нужно отдавать героям.

Доктор убегает.

Голос пожилого ангела. Ты отвлекся от темы.

Рубен. Я не отвлекался от темы. Доктор попросил, я не смог отказать. Ничего, городов много, я выберу себе подходящий.

Голос пожилого ангела. Помни, ты обещал.

Голос молодого ангела. Да. Обещания надо выполнять. Не выполнишь обещания – будешь сидеть на ошейнике.

Рубен. Злые вы, ангелы.

Голос пожилого ангела. Ты преувеличиваешь. Ангелы как ангелы. Бывают и похуже.

Голос молодого ангела. Да, преувеличиваешь.

Медленно выходит Настоящий Доктор. Подходит к Рубену.

Голос молодого ангела. Гляди! Чего это с ним?

Голос пожилого ангела. Ничего особенного. Врача не видела?

Голос молодого ангела. Но этот – в шляпе.

Голос пожилого ангела. Сразу видно серьезного человека. Не то, что раньше.

Голос молодого ангела. Шпага ему зачем?

Голос пожилого ангела. Положено так у них. Здравствуйте, Доктор.

Настоящий Доктор. Что теперь?

Рубен. Не знаю. Наверное, надо сплясать.

Настоящий Доктор. Петь не надо? Я врач, серьезный человек, мне не до развлечений. Корабль отходит, надо спешить.

Рубен. Все равно надо что-то сделать.

Настоящий Доктор. Что?

Рубен. Надо, чтобы Публика поверила, что мы очень похожи, почти идентичны. Какое-нибудь доказательство.

Настоящий Доктор. Зачем доказывать то, что и так бросается в глаза? Вы не верите, что я Настоящий Доктор?

Рубен. Я верю, но все гораздо сложнее. Вы уверены, что в критической ситуации поступите так же, как и я?

Настоящий Доктор. Уверен. Я тороплюсь.

Рубен. Один вопрос.

Настоящий Доктор. Только один.

Рубен. Обещаю. Только один маленький вопросик. Предположим, накануне вечером вы выпьете слишком много вина.

Настоящий Доктор. Абсурд. Я пью только ром. Вино – напиток для женщин.

Рубен. Вас угостит Король. Вы же не откажетесь от королевского угощения.

Настоящий Доктор. Я – культурный человек. Если Его Величество проявят такую милость, я, конечно, почту за честь.

Рубен. Если внезапно в полночь загорится королевский дворец, если дворец маленький, а вы – великан. Что вы станете делать?

Настоящий Доктор. То же, что и все. Тушить пожар.

Рубен. Но ведра тоже маленькие. Не забывайте, вы выпили накануне достаточно местного вина, а оно, как известно, обладает мочегонным действием.

Настоящий Доктор. Я поступлю так же, как поступил бы на моем месте любой здравомыслящий человек.

Рубен. Тогда постарайтесь, пожалуйста. Но помните, Королева обидится.

Настоящий Доктор. Ничего удивительного. Королевы всегда обижаются. Мне пора.

Рубен. Удачи вам, Доктор!

Доктор не отвечает. Медленно уходит. Санитар с Летчиком выносят на середину сцены скамейку. Летчик садится на скамейку, поправляет мотоциклетный шлем на голове, начинает пантомиму Летчика. Санитар уходит. Рубен подходит к скамейке, садится на противоположный от Летчика край.

Все. Хватит дурака валять. Тебе не надоело?

Летчик. Не надоело. Я Летчик, должен летать.

Рубен. Так летай.

Летчик. Не хочу. Опасно. Летать очень опасно, и это очень большая ответственность. Слишком большая ответственность.

Рубен. Ты бы мог летать в другом месте. Летать по-настоящему. Тебе всего лишь не повезло, ты родился в неправильном месте. Все можно начать сначала.

Летчик. Зачем? Везде все одинаково, где бы ни родился. Одно и то же.

Рубен. Можно далеко родиться, очень далеко. Где-нибудь в другом месте все может быть совсем по-другому.

Летчик. В Америке, например.

Рубен. Да хоть и в Америке. Америка – красивая страна.

Летчик отпускает из рук воображаемый штурвал, переключает что-то на воображаемой панели. Встает, раскидывает руки в сторону и бегает вокруг скамейки, гудя, имитируя самолет. Садится рядом с Рубеном.

Летчик. Моксвилл – красивый город.

Рубен. Зачем ты так? Я ж по-хорошему хочу. Все должно закончиться хорошо. Все будут счастливы, Публика останется довольна. Зачем грубить? Тебе не надоело кривляться?

Летчик. Такова жизнь. Кто-то же должен изображать сумасшедшего.

Рубен. Это не жизнь. Помнишь, что сказал Ривьер?

Летчик. "Нужно заставить их жить в постоянном напряжении, жизнью, которая приносит им и страдания, и радости; это и есть настоящая жизнь".

Рубен. Видишь, в постоянном напряжении. Здесь какое напряжение? Питание четырехразовое. Вышел на улицу, дурака повалял на свежем воздухе, на следующий день все сначала.

Летчик. Это не так легко, как ты думаешь.

Рубен. Но и не так трудно. Бывают вещи и потруднее. Все могло быть иначе. Ты мог бы родиться в другом месте.

Летчик. Мог бы, наверное. Но сейчас мне и здесь неплохо.

Рубен. Сейчас тебе неплохо, но Доктор ушел.

Летчик. Как ушел? Куда ушел?

Рубен. Точнее, уплыл. Нет больше Доктора. Скоро пришлют другого. Тебе запретят выходить на улицу. И шлем отберут.

Летчик *(быстро хватается руками за шлем).* У меня нельзя забирать шлем, мне его Доктор подарил.

Рубен. Я же сказал, нет Доктора. Будешь биться головой в стену, как все буйные.

Летчик. Я не буйный.

Рубен. Летать запретят – станешь буйным. Надо уходить.

Летчик. Куда?

Рубен. Далеко. Летчик должен летать. Ты хочешь летать?

Летчик. Сложный вопрос. Хочу и не хочу. Зависит.

Рубен. Лион – красивый город?

Летчик. Лион – очень красивый город.

Рубен. Лион – очень красивый город. Ты родился в Лионе, стал летчиком и возил почту. Это очень опасно – возить почту.

Летчик. Я не боюсь опасности. *(Уходит.)*

Выходят Санитар и Балерина, уносят скамейку.

Голос молодого ангела. Почему почту?

Голос пожилого ангела. Какая разница? Они ж все сумасшедшие. Что опасного в почте? Вот бомбы – это опасно.

Голос молодого ангела. Бомбы – другое дело. Из-за бомб он к нам и попал.

Голос пожилого ангела. Ты откуда знаешь? Это же военная тайна. Тоже поумнела?

Голос молодого ангела. Поумнеешь тут с вами. Так Доктор, получается, настоящий доктор?

Голос пожилого ангела. Настоящий.

Голос молодого ангела. Тогда мы – настоящие ангелы?

Голос пожилого ангела. И мы настоящие.

Выходит Настоящий Летчик.

Голос молодого ангела. Смотри: шлем, куртка и очки странные. И этот – настоящий?

Голос пожилого ангела. Сама не видишь? Конечно, настоящий.

Голос молодого ангела. Странно, когда он в пижаме был, был ненастоящий?

Голос пожилого ангела. В пижаме он был сумасшедший. Что тут странного? Все просто.

Голос молодого ангела. Все равно странно. Доктор, например, в халате был ненастоящий, а со шпагой – настоящий.

Голос пожилого ангела. Нет. Не поумнела ты еще. Доктор – совсем другое дело. Он, как Балерина.

Настоящий Летчик (в зал). Прощайте, я улетаю.

Рубен. Нет. Так нельзя. Надо обязательно станцевать. Публика должна поверить, что вы – это вы.

Настоящий Летчик. Я лучше нарисую.

Входит Балерина, дает Летчику блокнот и карандаш, уходит.

Настоящий Летчик (рисует в блокноте). Вот. Похоже?

Рубен. Вроде похоже.

Настоящий Летчик. Конечно, я не очень хорошо рисую, но идея вам понятна?

Рубен. Мне понятна, а Публике? Вам не поверит Публика.

Настоящий Летчик. Но вы мне верите?

Рубен. Я верю.

Настоящий Летчик. Все нормально, если Публика верит вам, она поверит и мне. Мне пора. *(Уходит.)*

Рубен. Ангелы, вы видели?

Голос молодого ангела. Мы видели?

Голос пожилого ангела. Видели, видели.

Рубен. Похоже?

Голос молодого ангела. Похоже?

Голос пожилого ангела. Похоже, похоже. Все в порядке. Теперь ты должен сказать, что ничего не было. Видишь, как все хорошо? Миши не было, Доктора не было, Летчика тоже не было. Они просто не там родились, ты все придумал.

Голос Доктора из динамиков. Подождите!

Выходит Доктор.

Настоящий Доктор. Где он?

Рубен. Кто?

Настоящий Доктор. У меня друг остался. *(Подходит к Собаке, нагибается, гладит ее.)*

Рубен. Доктор, вы с ума сошли? Какой друг? Это же собака, всего лишь собака.

Настоящий Доктор. Не может он быть собакой, я с ним в шахматы играл.

Рубен. Ничего особенного. Бывают глупые врачи и умные собаки.

Настоящий Доктор. Он – человек.

Рубен. Доктор, корабль может отплыть в любую минуту. Вы рискуете всем ради собаки.

Настоящий Доктор. Он – человек. Я рискую всем ради человека.

Входит Балерина, ставит перед Собакой табличку "Собака". Уходит.

Рубен. Бросьте, Доктор. Все видят, что это собака. Уши, хвост, он даже не разговаривает. Помните определение человека? Двуногое без перьев. Перьев у него, конечно, нет, но он не двуногий. Не расстраивайтесь, Доктор. Грань между человеком и собакой так тонка. Собака может оказаться человеком, человек – собакой. Каждый может легко ошибиться.

Настоящий Доктор. Вы все путаете. Собака не может быть человеком.

Рубен. Человек может быть собакой?

Настоящий Доктор. Человек может быть и хуже собаки, но это ничего не меняет. С вами трудно спорить. В любом случае, человек он или собака, он – мой друг, и я за ним пришел.

Рубен. Его не пустят на корабль. Вас ожидают бури и кораблекрушения. Вы уверены, что ему с вами будет хорошо?

Настоящий Доктор. Здесь его тоже нельзя оставлять. Кто о нем будет заботиться? Придумайте что-нибудь.

Рубен. Зачем? С ним и так все ясно. Он родился собакой, а умер как человек.

Настоящий Доктор. Разве так бывает?

Рубен. Конечно бывает. Иногда человек умирает как собака, иногда наоборот. Все бывает. У него все будет хорошо. В двадцать раз лучше, чем у вас, Доктор. Потом, после смерти, ему поставят памятник.

Настоящий Доктор. Я знаю, ему поставят памятник. В Санкт-Петербурге стоит памятник собаке.

Рубен. Доктор, ему поставят памятник в Париже. Вы все перепутали. В Санкт-Петербурге стоит памятник кролику.

Настоящий Доктор. Это вы все перепутали. Я сам видел памятник собаке в Санкт-Петербурге.

Рубен. Доктор, зачем вы спорите? Вы собаку от человека отличить не в состоянии, а разница между собакой и кроликом гораздо меньше, чем между собакой и человеком. Ему поставят памятник в Париже. Хорошо, он ведь ваш друг. Вы сами хотели бы, чтобы вам поставили памятник в Санкт-Петербурге? Вы ведь врач, вы знаете, за что поставили памятник тому кролику?

Настоящий Доктор. Я не уверен, но мне все же кажется, что памятник в Санкт-Петербурге ничем не хуже памятника в Париже. У меня мало времени, мне некогда спорить. Вы – Автор, вам решать. В Париже так в Париже. *(Собаке.)* Ты согласен на Париж? Он согласен, мы пошли.

Доктор с Собакой уходят. Выходит Балерина, уносит табличку "Собака".

Голос пожилого ангела. Вот и хорошо. Как хорошо все складывается. Все довольны. Летчик – в небо, Доктор – в плавание, Собака – в Париж. Теперь твоя очередь, давай.

Голос молодого ангела. Да. Твоя очередь. Все же хорошо. Лучше не бывает.

Выходит Санитар, выносит два стула. Ставит стулья в центре, садится. Рубен подходит к стулу, смотрит на Санитара, на стул. Санитар смотрит в зал, не глядя на Рубена. Рубен садится. Они разговаривают, глядя в зал.

Рубен. Чего тебе?
Санитар. Того же, что и всем. Чем я хуже?

Рубен. Ничем. Ты ничем не хуже. Но я не понимаю, чего ты от меня хочешь.

Санитар. С Летчиком, конечно, было легче.

Рубен. С Летчиком было легче. Все хотят стать летчиками.

Санитар. Или врачами.

Рубен. Или врачами.

Санитар. Конечно, я понимаю. Ты злишься на меня.

Рубен. С чего ты взял?

Санитар. Не притворяйся. Твоих друзей отвозили в дурдом. Мне приходилось с ними работать.

Рубен. Это у вас называлось работой? Видел я твою работу.

Санитар. Я прав. Ты злишься.

Рубен. Ты ошибаешься. Я не злюсь. Раньше злился, потом мне Миша объяснил, что ты не виноват. У тебя были инструкции. И у Доктора были инструкции. И у ангелов есть инструкции. У каждого за спиной инструкция, никто не виноват.

Санитар. У ангелов какие инструкции? Они тут самые главные, главнее Доктора.

Рубен. И у ангелов есть начальство.

Голос молодого ангела. Да. И у нас есть начальство.

Голос пожилого ангела. Помолчала бы лучше.

Голос молодого ангела. Что я такого сказала? Разве у нас нет начальства?

Голос пожилого ангела. Заткнись.

Санитар. Мне все равно, злишься ты или нет. Я делал свою работу.

Рубен. Поздравляю. Ты делал свою работу очень хорошо. Надеюсь, ангелы тобой довольны.

С а н и т а р. Грамотный очень? Книжек много прочитал? Ты думаешь, что лучше других?

Р у б е н. Слушай, не темни. Что ты конкретно от меня хочешь?

С а н и т а р. Я делал свою работу.

Р у б е н. Это я уже слышал.

С а н и т а р. Ты должен доделать свою. Придумай для меня что-нибудь.

Р у б е н. Это трудно.

С а н и т а р. Я знаю. Кому легко? Ты выбрал себе такую работу, должен доделать ее до конца. Ты все-таки на меня злишься.

Р у б е н. Дело не в этом. Пойми, это вообще неважно, злюсь я на тебя или не злюсь. Нужно найти между нами что-то общее, и не просто общее, а абсолютно идентичное. Это трудно. Согласен?

С а н и т а р. Согласен. Начинай.

Р у б е н. От меня мало что зависит. Дело в тебе. И что тебе тут не нравится?

Г о л о с м о л о д о г о а н г е л а. Тринадцатая зарплата, дополнительный отпуск, каждый квартал – премия. И надбавка за вредность.

Г о л о с п о ж и л о г о а н г е л а. Заткнись, дура.

Г о л о с м о л о д о г о а н г е л а. Сама дура. Я разве неправду сказала? Все так. Он потому к нам и пришел. Пришел за деньгами, получил деньги. Все честно. А сейчас выделывается. Все ему не то. Летчиком захотел стать.

Г о л о с п о ж и л о г о а н г е л а. Хорошо, извини. Я была не права. Ты не дура. Просто помолчи, пожалуйста. Немножко же осталось. Ты можешь все испортить. Я по-хорошему тебя прошу. Сможешь помолчать?

Г о л о с м о л о д о г о а н г е л а. Ну, если по-хорошему.

Санитар. Врет она все.

Рубен. Недоплачивают?

Санитар. Сейчас в морду дам.

Рубен. Ей или мне?

Санитар. Ее не достать.

Рубен. Так ты предпочитаешь ударить кого поближе? Или кого послабее?

Санитар. Хватит. Это все несерьезно. Это не главное.

Рубен. Тогда говори о главном.

Санитар. Я мотоцикл хотел. Мне деньги не нужны.

Рубен. Мотоциклы бесплатно раздают?

Санитар. Ты не понял.

Рубен. Я понял. Пошел бы трактористом, заработал бы на мотоцикл.

Санитар. Почему трактористом?

Рубен. Потому что тот, кто может управлять танком, справится и с трактором. Все просто.

Санитар. Откуда ты знаешь про танк? Это военная тайна.

Рубен. Выдумал тоже. Тайна. Я же жил в доме престарелых. Какая может быть тайна? Военная тайна – это не самое главное. Рассказывай.

Санитар. О чем?

Рубен. О самом главном.

Санитар. Это трудно. Что считать самым главным?

Рубен. Это легко. Расскажи, когда ты в первый раз почувствовал себя человеком. В твоей жизни был момент, когда ты поступил, как хотел, никто не мог тебя остановить, тебя никто не останавливал, но даже если бы попытались, они бы не смогли. Ты был самим собой. Может, стихотворение написал?

343

Санитар. Я похож на поэта?

Рубен. Не знаю. Не уверен. Я уже ни в чем тут не уверен. Может быть и похож. Ты книг много прочел?

Санитар. Две.

Рубен. Две – это мало.

Санитар. Смотря для кого. Ты чем сейчас занимаешься?

Рубен. Пытаюсь найти в тебе себя.

Санитар. И как успехи?

Рубен. Нормально. Мы почти похожи.

Санитар. Но книг я не читаю.

Рубен. Книги – не главное.

Санитар. А что главное?

Рубен. Еще не знаю, но обязательно найду. Рассказывай.

Санитар. Что?

Рубен. Светлый, радостный момент. Момент, когда ты был человеком.

Санитар. Я не люблю поэзию.

Рубен. Я знаю. Рассказывай.

Санитар. Нечего мне рассказывать. Армия, потом этот дурдом. Все. Ничего больше не было.

Рубен. Я тебе не верю. У каждого человека что-нибудь было. У каждого был шанс. Что-то радостное в твоей жизни должно было быть.

Санитар. Радостное? Светлое?

Рубен. Самое-самое радостное. Праздник, фейерверк. Такой праздник, после которого все остальное уже не важно. Когда ты знаешь, что хотел бы этого снова и снова, бесконечно.

Санитар. Не было у меня такого.

Рубен. Было. И обязательно, как у меня. Похожее до жути, как две капли воды. Было, вспоминай.

Санитар. Пятерка по физкультуре.

Рубен. Мало.

Санитар. Десять мишеней из десяти, благодарность перед строем.

Рубен. Уже лучше, видишь, ты начинаешь понимать. Значит, не все так плохо. Но все-таки мало. Вспоминай.

Санитар. Было! Все было, как ты говоришь, и даже еще лучше. *(Встает, выходит на середину сцены. Торжественно читает в зал, под конец почти кричит.)* Его звали Дылда. Старшеклассник, татуировка на руке. Это было, как ритуал. Каждый понедельник надо было подойти к Дылде и дать ему двадцать копеек. Двадцать копеек стоило мороженое. Те, у кого не было двадцати копеек, нагибались, и Дылда давал пинок под зад. У меня никогда не было денег. Мы жили с мамой одни. Мама работала уборщицей в школе. А в тот день... *(Почти кричит.)* В тот день у меня первый раз в жизни было двадцать копеек. К нам приехала бабушка. Бабушка дала мне рубль. Я мог бы откупиться. Я мог бы отдать ему бабушкин рубль. Все говорили, что Дылда – добрый. Он перестал бы бить меня и, может даже, позволил бы собирать для него окурки. *(Возвращается к стулу, садится.)*

Рубен. Нормально, что дальше? Ты плохо собирал окурки?

Санитар. Дылда, как всегда, стоял в туалете, курил. Я разбежался немного, нагнулся и ударил его головой в живот. Он упал. Я все рассчитал правильно. В туалете было накурено, он не увидел меня сразу, поэтому не успел остановить. А за Дылдой была кафельная стена. Он ударился головой о стену, кровь текла у него из носа, врачи не могли ничего поделать. Его увезли, мы с мамой переехали в город, я пошел в другую школу.

Рубен. Один вопрос.

Санитар. Хоть сто.

Рубен. Если бы представился шанс все повторить, ты отдал бы ему рубль?

Санитар. Ни за что.

Рубен. Тебе повезло. Он мог сделать шаг в сторону.

Санитар. Я знаю.

Рубен. Он мог бы избить тебя.

Санитар. Я знаю.

Рубен. Он избивал бы тебя каждый день.

Санитар. Я знаю.

Рубен. И все равно сделал бы то, что сделал?

Санитар. Все равно.

Рубен. Ведь все это неправда, я знаю. Ты соврал.

Санитар. Может, и соврал, тебе не все равно?

Рубен. Мне не все равно, я должен для тебя что-нибудь придумать, что-нибудь, похожее на правду.

Санитар. Так придумывай и оставь меня в покое. Я тебе правду рассказал, только немного смягчил. За ним был унитаз. Он ударился головой об унитаз.

Рубен. Ты знал? Ты знал, что может случиться с человеком, который очень сильно ударится головой об унитаз?

Санитар. Знал.

Рубен. И все равно бы сделал то, что сделал?

Санитар. Все равно. Выход был один.

Рубен. Выхода всегда два.

Санитар. Тебе виднее. Может быть, всегда два, а в тот день выход был один. Если бы я отдал ему рубль, то должен был бы давать ему деньги все время, а у меня их не было.

Рубен. Врал зачем?

С а н и т а р. А ты зачем врал?

Р у б е н. Где?

С а н и т а р. В книге. Везде, в каждом рассказе.

Р у б е н. Я не врал, только немного смягчил.

С а н и т а р. Немного?

Р у б е н. Хорошо, много смягчил. Но у меня была уважительная причина: мне было надо, чтобы Публика поверила.

С а н и т а р. Чем я хуже? Мне было надо, чтобы поверил следователь.

Р у б е н. Значит, мы похожи.

С а н и т а р. Значит, похожи. Что дальше?

Р у б е н. Ты был счастлив?

С а н и т а р. Глупый вопрос.

Р у б е н. В тот день ты был счастлив?

С а н и т а р. Мама плакала.

Р у б е н. Мама плакала, я знаю, но ты был счастлив?

С а н и т а р. Не знаю. Мне было хорошо. Легко и хорошо.

Р у б е н. Ты бы хотел повторить тот день?

С а н и т а р. В тот день мне повезло, все могло сложиться иначе.

Р у б е н. Если бы у вас были шпаги, ты бы хотел повторить тот день?

С а н и т а р. Со шпагами – другое дело. Со шпагами – это значит насмерть?

Р у б е н. Насмерть.

С а н и т а р. Насмерть – хотел бы.

Р у б е н. Снова и снова?

С а н и т а р. Это как?

Р у б е н. Обычно. Как всегда. В бой, потом смерть, потом опять в бой. Потом смерть, и так бесконечно. Только воевать тебе придется на стороне слабого, а умирать с оружием в руках. Хотел бы?

Санитар. В бой? А потом что?

Рубен. Потом – ничего, вечный бой с небольшими перерывами. Все, кто умирает с оружием в руках, попадают в Валгаллу. Хорошее место, но немного скучное. Выпить, закусить, отдохнуть немного там можно, но в Валгаллу попадают только настоящие герои, а настоящим героям нужно в бой, только в бою они чувствуют себя людьми.

Санитар (весело). Настоящие герои воюют на стороне сильного!

Рубен. Нет. Те, кто воюет на стороне сильного, не умирают. Они побеждают в бою, выживают, зачем им умирать с оружием в руках? Тот, кто сражается на стороне сильного, всегда выигрывает. Когда играешь на стороне слабого, выигрываешь только иногда, зато по-настоящему. Как ты думаешь, Дылда попал в Валгаллу?

Санитар. Не знаю, он большой был и сильный.

Рубен. Но он умер не в бою. Он умер, отбирая деньги у слабого. Его вообще никуда не возьмут, ни в Рай, ни в Ад. Только на цепочку в дурдоме.

Санитар. Ты уверен?

Рубен. Уверен.

Санитар (кивает назад на забор с ошейниками). Он здесь, среди них?

Рубен. Может быть. Не обязательно именно здесь. Заборов много, ошейников еще больше. Ты сможешь не струсить в бою?

Санитар. Смогу, я никогда не трусил.

Рубен. А мотоцикл?

Санитар. Мотоцикл – это другое.

Рубен. Ты испугался тогда.

Санитар. Я же не боя испугался. Просто захотелось мотоцикл.

Рубен. В том-то и дело. В бою ты не испугаешься. В армии ты не боялся. Но в перерыве между боями? Только захочется чуть-чуть больше выпить или поесть, только расслабишься, и все – ты уже на ошейнике. И второго шанса не будет.

Санитар. Сильно!

Рубен. А ты как хотел? Быть героем легко, а перестать быть героем еще легче. Знаешь, когда-то давно жил шахматист, лучший в мире, он умер с шахматным королем в руке. Он, наверное, сейчас в Валгалле.

Санитар. Понял я про шахматиста.

Рубен. Может, ты подумать хочешь? Быть Санитаром не так плохо.

Санитар. Чего тут думать? Я пошел.

Рубен. Куда?

Санитар. В бой.

Рубен. Собак отпусти.

Санитар. Они не собаки.

Рубен. Но они и не люди.

Санитар. Я не то хотел сказать. Мне никогда не нравились собаки. Волки – другое дело. Волки никому не служат.

Рубен. Волки боятся людей. И, главное, волки боятся красных флажков. Их гонят на флажки, а они не могут перепрыгнуть простую веревку и идут под пули.

Санитар. Лучше под пули, чем на поводок.

Рубен. Не у всех собак есть ошейник. Та, которой поставили памятник в Париже, была без ошейника.

Санитар. Париж один, памятник тоже один. На всех не хватит памятников.

Рубен. Ты прав. Памятников не хватит на всех. Знаешь, есть еще собаки, они живут без людей, без поводков и ошейников. Дикие собаки Динго. Они, почти как волки, только не боятся красных флажков. Отпусти собак.

Санитар. Как же я их отпущу, они же буйные. Еще Публику покусают.

Рубен. Никого они не покусают. Они улетят.

Санитар. Собаки не летают.

Рубен. А люди летают?

Санитар. Смотря кто. По-разному. Некоторые летают.

Рубен. Так и собаки, как люди. Одни летают, другие – нет. Эти летают.

Рубен и Санитар встают, подходят к забору. Санитар расстегивает ошейники. Ошейники падают на пол. В динамиках слышится лай улетающих собак. Санитар быстро уходит. Выходит Викинг.

Почему меч?

Викинг. Тебе не нравится мой меч?

Рубен. Мне нравится, но почему меч, а не топор?

Викинг. Какая разница?

Рубен. Да никакой, в сущности. Меч так меч. Станцуем?

Викинг. Зачем?

Рубен. Так надо для Публики.

Викинг. Не хочу.

Рубен. Миша говорил, что надо танцевать.

Викинг. Мало ли кто и что говорил? Я танцевать не буду. И петь не буду.

Рубен. Тогда Публика не поверит.

Викинг. Если я спущусь в зал и зарублю парочку, они поверят?

Рубен. Поверят, даже если ты зарубишь одного. Но тогда ты не попадешь в Валгаллу. Они безоружны.

Викинг. Все?

Рубен. Все.

Викинг. Ты уверен?

Рубен. Уверен. Они все безоружны.

Викинг. Зачем же они тогда живут?

Рубен. Все по разной причине. Но мы отвлеклись. Ты должен станцевать. Или будешь опять Санитаром.

Викинг. Это жестоко.

Рубен. Это более чем жестоко. Мы в театре, а театр не менее жесток, чем реальная жизнь. Ты должен доказать, что ты не играешь, что ты такой на самом деле.

Викинг. Может, все-таки зарубить кого-нибудь?

Рубен. Попробуй. Но лучше через творчество. Не хочешь петь или танцевать – рисуй. Не стой, делай хоть что-нибудь.

Викинг. Подвинься. *(Толкает Рубена, Рубен отходит в сторону. Викинг остается в центре сцены один.)* Древние викинги – лучшие воины в мире. Бесстрашные воины, люди сильные духом. Упавшего в бою викинга рано сбрасывать со счетов. Упавший в бою викинг в последнем порыве уходящей жизни стискивал ногу врага зубами. Медленно умирать, проклиная свою никчемную жизнь, изводя себя и близких бесконечными жалобами на неудачную судьбу – удел слабых. Вечный гамлетовский вопрос не заботит солдата в бою. Жить в бою и умереть в бою – одно и то же. Жить вполсилы и умирать вполсилы, понарошку, – противно и мерзко. Самое большее, на что может надеяться смертный, – умереть, сражаясь. Если повезет, если очень повезет, можно умереть в полете. Умереть, зажав в руке лошадиную узду или штурвал истребителя, шашку или автомат, кузнечный молот или шахматного короля.

Если в бою отрубили руку – не беда. Можно перехватить клинок другой рукой. Если упал, еще не все потеряно. Остается шанс, маленький шанс – умереть, как викинг, сжимая зубами пятку врага.

Викинг уходит. Выходят Балерина, Настоящий Доктор и Настоящий Летчик. Настоящий Доктор и Настоящий Летчик уносят забор, Рубен и Балерина – стулья. Пустая сцена. Балерина выходит, забирает табличку "Дурдом", уходит. На сцену выходит Рубен.

Рубен. Один. Все, конец. Нет больше дурдома.

Голос пожилого ангела. А мы?

Голос молодого ангела. Да, а как же мы?

Рубен. Ангелы, вы на арфах играть умеете?

Голос молодого ангела. Мы – умеем играть на арфах?

Голос пожилого ангела. Не умеем. Слушай, хватит, танцуй. Мы и так тебе много разрешили. Администрация учреждения пошла навстречу, удовлетворила твои капризы, теперь твоя очередь. За все надо платить. Танцуй.

Рубен. Да не хочется что-то.

Голос пожилого ангела. Хочется не хочется, а надо. Станцуешь чечетку и пойдешь домой.

Рубен. Зачем? Я свободный человек.

Голос пожилого ангела. Мы не спорим, только выбор у тебя маленький, или чечетка, или на ошейник.

Голос молодого ангела. Да, на ошейник и ампула.

Рубен. Ампулы не будет, Доктор сбежал.

Голос пожилого ангела. Не изображай идиота, докторов много, один сбежал, на его место придут десять. От тебя не требуют невозможного. Только скажи, что ничего не было.

Р у б е н. Хитрые вы, ангелы. Я скажу, что ничего не было, что я родился в Ноттингемшире, и что будет потом?

Г о л о с м о л о д о г о а н г е л а. Мы хитрые?

Г о л о с п о ж и л о г о а н г е л а. Хитрые, хитрые. Какая тебе разница, что будет потом? Пьеса закончится, ты пойдешь домой, Публика разойдется, и все будут счастливы.

Р у б е н. Все будут счастливы. Только тогда получится, что Доктор родился в Москве, Летчик ненастоящий, Собака – совсем не собака, а Викинг не умрет в бою?

Г о л о с п о ж и л о г о а н г е л а. Будешь танцевать или нет?

Р у б е н. Конечно, буду. Сами же сказали, что деваться некуда.

Г о л о с п о ж и л о г о а н г е л а. И чтоб без глупостей.

Р у б е н. Понятное дело. Шаг влево, шаг вправо – побег, прыжок на месте – провокация. Так?

Г о л о с п о ж и л о г о а н г е л а. Так. И болтай поменьше. Скажи что надо, и свободен.

Рубен медленно начинает перебирать ногами. В динамиках отдается стук чечетки. Три пары ног отбивают ритм все быстрее.

Р у б е н. Шалтай-Болтай не мог ошибиться, он всегда прав. Я на самом деле дурак. Дурак не может поступить разумно. Дурак – он и есть дурак.

Г о л о с п о ж и л о г о а н г е л а. Текст.

Г о л о с м о л о д о г о а н г е л а. Текст.

Чечетка набрала ритм, Рубен танцует в полную силу. Видно, что он на пределе.

Рубен. Я родился в Москве.

Голос пожилого ангела. Не то.

Рубен. Я родился в Москве.

Рубен шевелит губами, что-то говорит. Его не слышно. Ангелы в динамиках бьют чечетку в полную силу. Вступает саксофон. Саксофон звучит невпопад, короткими фразами, в которых нельзя различить мелодию. Рубен пытается жестами договориться с Ангелами. Бесполезно. Рубен не танцует. Он стоит, опустив руки, смотрит на динамики. Звуки из динамиков все громче, Рубен стоит и смотрит в зал.

Выходит **Балерина**. Балерина ставит перед Рубеном стойку с микрофоном. Она крутит регулятор на микрофоне, звуки из динамиков стихают.

Балерина. Раз, два, три. *(Уходит.)*

Рубен *(начинает чечетку. Медленно отбивает ритм).* Видели? Я так и думал. Это все Шалтай-Болтай с Балериной. Они договорились.

Голос пожилого ангела. Так нечестно, это не по правилам.

Рубен. Мне плевать на правила.

Голос пожилого ангела. Мы так не договаривались.

Рубен. Мы никак не договаривались. Микрофон у меня, и я вас отключаю. *(Крутит регулятор на микрофоне. Не спеша танцует, спокойно произносит текст.)* Я родился в Москве. Москва – столица России. В школе мы знали о Москве все. Мы пели о Москве, читали стихи. Нам говорили, что Москва – самый лучший, самый красивый город на свете. Не знаю, я был в Москве только проездом, как и в Санкт-Петербурге. Спорить не буду, вполне возможно, что все, что нам говорили, правда. Может быть, так и есть. Многие уверены в этом, во всяком случае, москвичи.

Своими глазами я видел три города мира: Новочеркасск, Беркли и Мадрид. Но сначала был Новочеркасск.

Я молод и относительно здоров. Я надеюсь увидеть еще много городов мира. Я увижу Париж и Токио, Рим и Сидней, Буэнос-Айрес и Беркли. Обязательно увижу Беркли еще раз. Я верю, что все эти города есть на свете на самом деле. Верю так же, как верил когда-то в Новочеркасск.

Я родился в Москве, мне очень и очень не повезло родиться в этом страшном, безумном городе. Повезло мне именно в Новочеркасске. Новочеркасск – хороший город. Я бы умер, если бы в России не было Новочеркасска. *(Уходит.)*

В динамиках звучит "Вальс цветов" Чайковского. Выходит танцующая пара. Балерина танцует с Мишей. На Балерине – балетная пачка, на поясе у Миши – шарф. Музыка в динамиках смолкает. Миша уходит. Балерина выходит на середину сцены, кланяется.

Занавес

СОДЕРЖАНИЕ

Рубен Давид Гонсалес Гальего
Я СИЖУ НА БЕРЕГУ...

Редактор В. Топоров. Художествен-
ный редактор А. Веселов. Корректор
Е. Дружинина. Верстка О. Леоновой.

Лицензия ИД 05808 от 10.09.01.
Общероссийский классификатор про-
дукции ОК-005-93, том 2; 953900 – ху-
дожественная литература.
Подписано в печать 31.03.05. Формат
76 x 92$^{1}/_{32}$. Гарнитура Baskerville. Бумага офсетная. Печать офсетная. Усл.
печ. л. 11,5. Тираж 10 000 экз.
Заказ 1551.

ООО “Издательство “Лимбус Пресс”.
190005, Санкт-Петербург, Измайлов-
ский пр., 14. Тел. 112-6706. Отдел мар-
кетинга: тел. 340-09-63, факс 112-67-06.
Тел./факс в Москве: (095) 291-9605.

Отпечатано с готовых диапозитивов в
ООО “Типография Правда 1906”.
195299, Санкт-Петербург, ул. Кириш-
ская, 2.